KB259800

만들어진 점령 서사

일러두기

1. 인명과 지명은 외래어표기법에 맞추어 표기하였지만, 인명의 경우에는 약간의 예외를 두었다.
2. 한국에서는 보통 '미일', '미일관계'라고 표기하지만, 이 책은 미국에 의한 전후 일본의 피점령 경험과 그에 대한 서사의 메커니즘을 살펴보는 데 주안점을 두었으므로, '일미', '일미관계'라고 표기하였다. 미국에 대한 한자 표기도 일본에서 사용되는 한자표기 '米國'으로 통일하였다.
3. 인용문과 본문 중에는 차별적인 용어 및 표현이 있지만, 역사적인 배경과 문맥을 감안하여 그대로 표기하였다.

만들어진 점령서사

미국에 의한 **일본 점령**을 어떻게 **기억**할 것인가

조정민 지음

산지니

점령 서사는 어떻게 탄생했는가

이 책은 전후 일본문학이 패전 후의 연합국(실질적으로는 미국의 단독 점령)의 일본 점령을 어떻게 기억하였는가에 대해 고찰하고 있습니다. 다시 말해 패전 일본이 경험한 피점령에 대한 기억과 서사를 살펴보고, 이들 담론을 등장시킨 메커니즘은 무엇인가에 대해 명확히 하려는 것이 이 책의 목적입니다.

미국에 의한 점령은 일본이 처음으로 경험한 피지배 경험이라는 점에서 대단히 흥미롭습니다. 그런데 여기서 주목하고자 하는 점은 그러한 역사적 사실을 기술하고 서사하는 부분에 있어서 상호 모순적인 현상이 발생한다는 사실입니다. 예를 들면 점령자인 미군으로부터 받은 추잉검과 초콜릿은 풍요로운 미국사회의 상징이었으며, 만화 〈블론디ブロンディ〉는 민주적인 가정의 모델로서, 당시 이러한 것들을 향수하던 일본인에게 미국이나 미국사회는 자유와 민주의 표본이며 이상이었다고 할 수 있습니다. 그러나 한편에서는 미 점령군의 폭력에 의한 일본인 여성의 성적 영유가 억압적인 일미관계 그 자체를 은유하기도 하였습니다. 전후 일본문학에 있어서도 이러한 사건들은 곧잘 등장하는데, 이때 일본인 여성은 굴욕적인 전후 일본의 상징적 존재

로 어김없이 등장합니다. 이렇듯 저마다 회상하고 기억하는 점령상은 다를 뿐 아니라, 경우에 따라서는 대립하기까지 하는 점을 볼 때, 하나의 통일된 점령상占領像을 정의한다는 것은 불가능한 것임을 알 수 있습니다. 따라서 이 책에서는 '사실'에 가까운, 또는 '진실'된 점령상을 찾는 것에 주안점을 두지 않고, 하나의 점령상이 탄생되는 프로세스에 주목하려 합니다.

점령에 대한 기억과 서사가 탄생하는 구조를 살펴봄에 있어서 가장 주의가 필요한 부분은 중간자中間者, intermediate라는 개념입니다. 이에 대해서는 본문에서 자세하게 다룰 예정입니다만, 이 '중간자'는 전후 일본과 미국 사이에 존재하며 '좋은 점령'상과 '나쁜 점령'상을 생산하지만(다시 말하면 상호 모순적인 점령기억을 서사하지만), 이들 점령상은 서사 욕구에 따라 '중간자'들에 의해 작위적으로 만들어진 '허구'에 지나지 않는다는 점을 미리 밝혀두고 싶습니다. 즉, 점령에 대한 기억은 실체적으로 존재하는 것이 아니라, '어떠한 점령이고 싶은가', '어떠한 일미관계를 희구하는가'라는 서사 욕구에 따라 '중간자'에 의해 구성된다는 것입니다. 그러한 의미에서 '중간자'는 점령상의 구축과 해체를 반복시키는 역동적인 운동성을 가진 존재라 할 수 있습니다. 서두에서 이 책의 목적이 일본의 피점령에 대한 기억과 서사를 탄생시키는 메커니즘을 밝히는 데 있다고 하였는데, 이러한 작업에 있어서 '중간자' 는 큰 축을 이루는 부분이라고 할 수 있을 것입니다.

이 책은 전후 일본에 있어 피점령에 관한 많은 담론들이 어떻게 탄생되었는지, 그리고 그들 담론은 어떠한 정치적 욕망의 반영이며 또한 무엇을 생산시키는지에 대하여 확인하고, 나아가 문학작품이 구축한 점령관은 무엇이며, 문학은 지난 경험을 어떻게 상대화하는지에 대해서 고민한 흔적을 담고 있습니다. 이러한 작업은 일본의 전후사, 전후 문학뿐 아니라 일국사가 형성되는 과정, 문학이 가지고 있는 정치적인 역학을 연구하는 부분과 직결된다고 생각합니다. 이는 통상적인 문학연구의 틀에서 많이 벗어난 것인지도 모르겠습니다만 학문의 고유 영역 성립여부에 대해서는 이미 회의적인 관점이 제시되어 있는 것도 사실입니다. 문학 텍스트를 사회상이나 역사상 속에 재배치하고, 그러한 문맥 속에서 '문학' 을 해석하고 있다는 점에서 이 책은 광의의 문학연구서라고 볼 수 있을 것입니다. 여하튼 이 책에서 시도하고자 하였던 실체적인 담론에 대한 재검토는 실체적인 '문학' 및 문학연구에 대한 반성과 성찰을 기초로 하고 있다는 점을 강조하고 싶습니다.

이 책은 저의 박사 학위논문 「전후 일본문학에 있어서의 '중간자'의 위상戰後日本文學における'中間者'の位相」(2004년 규슈대학 비교사회문화학부)을 토대로 한 것입니다. 학위논문 발표 이후 벌써 5년이라는 세월이 지났습니다. 이 공백이 저의 게으름을 상징하고 있기에 부끄

러울 따름입니다. 책으로 엮는 과정에서 군더더기를 제거하고, 되도
록 논의가 명확해질 수 있도록 노력하였습니다만, 전개가 매끄럽지
못하거나 정교하지 못한 부분도 있으리라 생각합니다. 그럼에도 불구
하고 이 책이 일본 전후사 또는 전후 일본문학을 이해하는 데 조금이
나마 보탬이 되었으면 하는 바람을 가져봅니다.

학위 논문을 쓰기까지, 그리고 지금에 이르기까지 많은 분들의 지
도와 격려가 있었습니다. 단지 의욕에 넘치고 명랑하기만 했던 학생
을 두드리고 갈고 닦아 연구자의 길로 인도해주신 은사님들, 무모한
질문과 논의에 인내심을 가지고 임해주신 선후배님들, 서로의 보따리
와 넋두리를 따뜻하게 감싸준 소중한 동료들, 그리고 불안하고 가난
한 길을 걷는 딸의 선택을 무엇보다도 자랑스럽게 여기시는 부모님께
깊이 감사드립니다. 또한 이 책이 출판될 수 있도록 도와주신 산지니
출판사의 강수걸 사장님, 그리고 원고를 정리해주신 박지영 씨께 진
심으로 감사드립니다.

마지막으로 고인이 되신 하나다 도시노리花田俊典 교수님께 이 책
을 바칩니다.

차례

제3장 '재일조선인' 이라는 중간자

종장　교차의 장場, 오키나와

점령과 문학

문학은 기존의 점령 담론을 확대·재생산하
기도 하였으나, 다른 한편으로는 점령이라는
집합적인 기억을 상대화하기도 하였다.

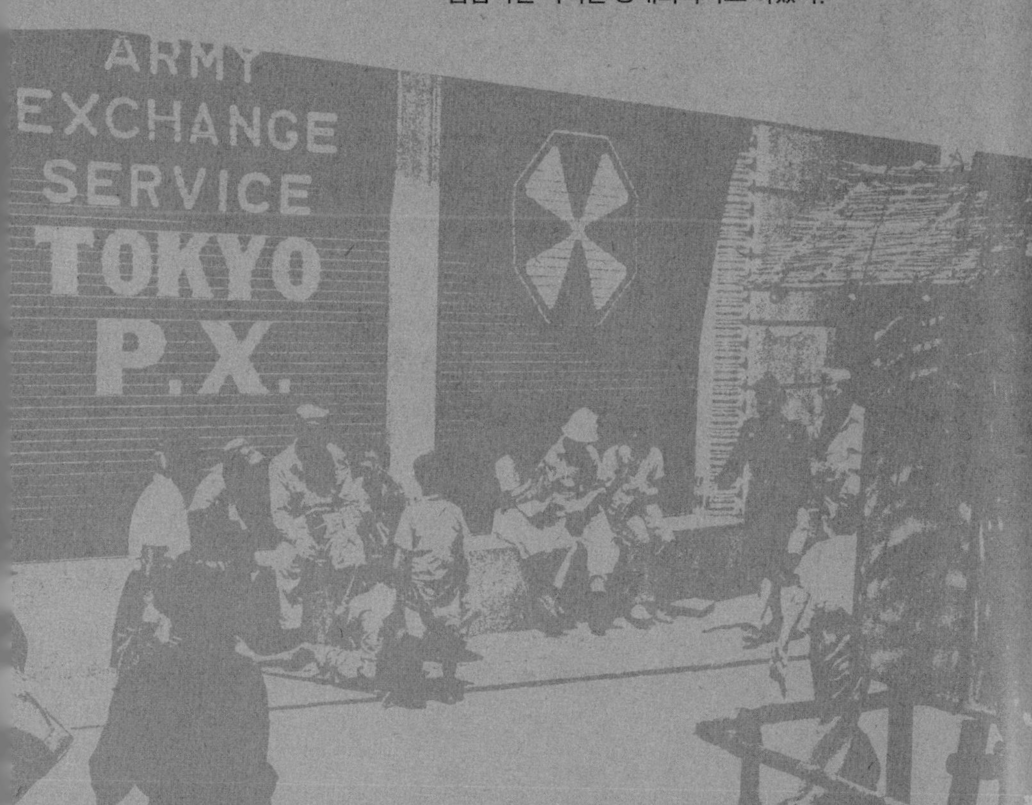

점령과 문학

전후 일본과 미국

아시아 태평양전쟁에서 패한 일본은 1945년 9월 2일부터 샌프란시스코 강화조약이 발효되는 1952년 4월 28일까지 약 7년간 연합국총사령부GHQ의 점령하에 놓이게 된다. 이로써 일본은 처음으로 타국에 의한 지배를 경험하게 된 것이다. 연합국의 일본 점령은 사실상 미국의 단독점령이었다. 그리고 군정에 의한 직접적인 통치는 오키나와沖縄에서만 이루어졌고, 일본 본토에서는 간접통치 방식에 의한 점령정책이 시행되었다.

비군사화와 민주화를 축으로 하는 미국의 점령 방침으로 인하여 일본의 군대는 해체되었고, 전쟁 협력자는 공직에서 추방되었으며, 정치범은 모두 석방되었다. 또한 1946년 천황의 '인간선언'은 전전戰前까지의 신격화를 부정하는 것이었으며, 미국의 강력한 지시하에 전쟁포기(헌법 제9조)를 명기한 일본국 헌법도 공포되었다.

　그러나 한편으로 모든 법령이나 언론은 미 점령군의 엄격한 사전 검열을 받아야만 했다. 일본의 민주화와 비군사화를 목적으로 했던 당초의 점령정책은 중국혁명과 한국전쟁의 발발로 인하여 그 방향이 완전히 전환된다. 냉전하에서 미국은 일본을 아시아의 주요 군사전략 거점지로 규정하고, 일본의 재군비를 서둘렀던 것이다. 소위 '역코스逆コース'라고 불리는 이러한 정책과 함께 미 점령군은 일본공산당과 노동운동을 탄압하는 '레드 퍼지レッドパージ'를 실행한다. 이와 같이 전후 일본의 출발은 긍정적이든 부정적이든 미국과의 긴밀한 관계 속에서 이루어졌고, 안보투쟁, 미군기지 반대운동, 베트남 전쟁, 고도 경제성장 등, 이후의 일본 전후사의 주요국면에 있어서 미국과의 밀접한 관계는 지속되었다.

　특히 이 책이 주목하고자 하는 전후 일본의 피점령 시기는 일미관계의 밀도가 가장 높은 시기였다고 해도 과언이 아니다. 역사학자 존 다워John W. Dower는 1999년 미국에서 출판된 저서 『패배를 끌어안고—제2차 세계대전 후의 일본인 상·하』에서, 미 점령군은 패전 일본에게 전면적인 사회 개조를 요구하지 않고, 오히려 천황제를 비롯한 구체제를 회유하는 방법으로 일본을 지배하였으며, 그러한 의미에서 패전 이전의 일본의 천황제적 정치체제와 점령기의 미군 지배체제는 구조적으로 연속성을 가진다고 논한 바 있다. 특히 천황의 전쟁책임 회피는 일본과 미국의 합작에 의한 것으로, 일본과 미 점령군의 정치적 이해가 일치한 가운데 탄생한 상징천황제는 그 대표적인 예였다. 존 다워가 말한 일미포합체제a hybrid Japanese-American model 역시 이러한 점을 염두에 둔 지적이었다.

　이 책의 목적은 미국과 함께 출발한 전후 일본을 문학은 어떻게 기억하고 있는지에 대해 살펴보는 것에 있다. 타국에 의한 피지배 경험과 그로 인한 인식의 틀은 오늘날에도 그림자를 드리우고 있는 중요한 문제라고 여겨지기 때문이다. 이에 따라 전후 일본사회가 생산한 점령기억 및 담론의 메커니즘에 대해 살펴보고, 이것이 전후 일본문학과 어떠한 관계에 있는지, 그리고 문학은 이들 담론을 어떻게 상대화하고 있는지에 대해 고찰해 보고자 한다.[1]

해방군인가 점령자인가

먼저 패전 후의 일본사회의 변화에 대해 지적한 두 역사학자의 서술을 살펴보자.

1945년 8월 15일을 경계로 하여 일본은 새로운 민주주의의 시대를 맞이하였다. (중략) 천황제 국가하에서 언론, 결사, 사상, 학문 등의 자유를 극도로 제한하고 있던 치안유지법의 폐지나, 이들 치안

---

1) 최근, 사회학자 요시미 슌야吉見俊哉는 『新米と反米― 戰後日本の政治的無意識』(岩波書店 2007. 4)을 통하여 전후 일본사회에 있어서의 '아메리카니즘'의 중층적인 작용을 규명하고자 하였다. 이 책은 미 점령기를 거쳐 고도경제성장기에 이르기까지, 일본이 미국의 헤게모니로 포합되는 구조적인 연속성을 대중적 차원에서 해명하려 하고 있다. 이를 위해 요시미 슌야는 몇 가지 문화 표상에 주목함으로써 전후 일본이라는 장에서 미국이 어떻게 사람들의 무의식에 개입하는 특별한 심급으로 작용하였는가를 밝히고 있다. 저자의 문제 제기와 결론에는 대체로 수긍할 수 있지만, 역사적으로 구성된 '정치적 무의식(친미 의식)'을 분석하기 위해서 동원한 텍스트(미군기지, 도시, 주거, 오락 등)를 실정성이 있는 것으로 간주하고 있는 부분도 있다. 이 책은 한국에서도 『왜 다시 친미냐 반미냐―전후 일본의 정치적 무의식』(오석철 옮김, 산처럼, 2008. 3)이라는 제목으로 번역, 출간된 바 있다.

입법에 의하여 투옥되어 있던 정치범의 석방, 정치범 및 사상범의 규제를 담당하고 있던 특별고등경찰의 폐지, 나아가 경찰행정의 최고 책임자인 내무대신의 파면 등, 민주주의 사회 건설을 위한 기초적 제반 조건을 만드는 작업은 모두 연합국총사령부의 지령을 기다리지 않으면 안 되었다.[2]

1945년 8월 15일을 경계로 하여, 근대 일본의 이데올로기 역사는 근본적인 전환을 이루었다. 메이지 20년대 초기에 그 윤곽을 형성하였던 천황제 국가주의는 그 후 여러 가지 형태의 변환을 거치면서도 기본적으로는 패전을 맞이한 날까지 유지되어, 근대 일본의 지배 이데올로기로서 사람들의 행동과 사고를 반석과 같이 규제하였다. 그러나 천황제 국가주의는 패전을 기점으로 하여 급속하게 무너졌고, 전쟁과 패전, 민주주의 변혁을 거치는 가운데, 그 허망함을 깊이 느낄 수 있었다. 이리하여 '민주주의' 를 공적 가치, 질서원리로 하는 시대가 도래하였다.[3]

위의 인용에서도 알 수 있듯이, 일본에 있어서 '민주주의' 를 공적 가치로 하는 새로운 사회의 도래는 GHQ를 통하여 이루어졌다. 오늘날의 일본을 지탱하는 대부분의 민주주의적 틀(국민의 기본적 인권, 노동자의 권리, 여성의 참정권 및 남녀평등 등)은 이 시기에 만들어졌다고

---

2) 마쓰모토 산노스케松本三之介, 『근대일본의 지적상황近代日本の知的狀況』(中央公論社, 1974. 7) p.195

3) 야스마루 요시오安丸良夫, 「전후이데올로기론戰後イデオロギ—論」(『강좌 일본사8 일본제국주의의 부활講座日本史8 日本帝國主義の復活』, 東京大學出版會, 1971. 3. p.259)

해도 과언이 아니다. 물론, 이러한 개혁이 짧은 기간 내에 이루어질 수 있었던 것은 GHQ의 강력한 힘이 작용했기 때문이었다. 가와카미 데쓰타로河上徹太郎는 미 점령군에 의한 위로부터의 개혁을 '배급된 자유配給された自由'라고 표현하기도 하였다. 미국에 의한 일방적인 전후 개혁을 비판한 가와카미의 표현은 그의 보수적인 정치관에서 비롯된 것이라 할 수 있지만, 그것은 일본의 민주화가 점령자인 미국에 의해 강제적으로 추진되었다는 역설적 상황을 예리하게 지적한 것이기도 하였다.

사실, 광범위에 걸친 점령개혁이 전반적으로 성공을 거둘 수 있었던 것은 GHQ의 강력한 정치적 힘 때문이었다. 이러한 GHQ의 힘은 일본사회 전반을 강제하고 있었지만, 특히 언론에 대한 장악, 즉 검열은 GHQ의 지배를 실감하게 하는 부분이었다. 맥아더 장군이 일본에 도착한 것은 1945년 9월 8일의 일로, 그로부터 3일 후인 12일에 GHQ에 의한 최초의 통고가 정보국에 전달되었는데, 그것은 일본 언론의 규제를 명시한 것이었다. 구체적으로 말하자면, 허위 보도, 평화협력에 반하는 언론, 연합국 군대에 대한 비판 등을 금지하고, 이러한 사항을 위반하였을 시에는 GHQ가 그 간행을 금지시킬 수 있다는 것을 골자로 한 내용이었다. 그로부터 약 10일 후인 9월 21일에는 프레스 코드press cord가 발표된다. 검열은 신문, 라디오에 그치지 않고, 출판, 전신, 전화, 우편 등에까지 이르고 있었고, 위반 시에는 전문 발표금지, 일부 삭제 등의 처분이 내려졌다.

이처럼 미국의 일본 점령은 민주주의를 전후 일본의 공적 가치로 구현시켰다는 측면을 가짐과 동시에, 민주주의를 일본에 이식하였던 그들 스스로가 비민주적인 태도로 일본을 억압하였다는 이중성을 드러내는 것이었다. 이러한 이중성은 민주주의를 가져온 '해방군'으로서 미국을 기억할 것인가, 그렇지 않으면 억압적이고 지배적인 '점령자'로서 그들을 기억할 것인가라는 상반된 점령상을 낳기에 이른다.

어떻게 기억할 것인가

'미국에 의한 일본 점령을 어떻게 기억할 것인가' 라는 문제는 문학의 경우에도 해당된다.

전후 일본의 보수 논객 중 한 사람인 에토 준江藤淳의 경우를 살펴보자. 에토 준의 대표 평론집 중 하나인 『성숙과 상실― '어머니'의 붕괴』(1967)는 일본의 전후 문학가 고지마 노부오小島信夫, 야스오카 쇼타로安岡章太郎, 엔도 슈사쿠遠藤周作 등의 작품을 구체적으로 분석한 책이다. 그는 이 책에서 일본의 근대는 모자상간적母子相姦的 전통 농경사회의 붕괴를 통하여 이루어졌다고 결론 내리고 있다. 그중에서도 고지마 노부오의 『포옹가족抱擁家族』(〈군조群像〉 1965. 7)에 대한 비평에는 에토의 점령 인식이 명확하게 드러나 있다.

『포옹가족』의 주인공은 미와 슌스케三輪俊介로, 그는 두 살 위의 아내 도키코時子와 고등학생 아들 료이치良―, 중학생 딸 노리코ノリ子를 둔 가장이다. 평안하던 그의 가정에 조금씩 균열이 발생하기 시작한 것은 가정부가 소개한 23세의 젊은 미국병사 조지와 도키코가 성관계를 가진 것은 아닌가 하고 슌스케가 의심하면서부터다. 슌스케는 붕괴된 부부관계와 가족관계를 복원하기 위하여 집을 이사하고 수리를

하는 등, 갖은 노력을 기울인다. 그러나 이미 유방암에 걸려 있던 아내는 결국 죽음을 맞이하게 되고, 이어 딸과 아들도 모두 가출해 버리는 등, 그의 가정은 여지없이 무너지고 만다. 그러한 의미에서 작품의 제목인 '포옹가족'은 붕괴되고 이산된 가족의 면면을 반어적으로 표현한 것이라 할 수 있다.

이러한 줄거리를 가지는 작품 『포옹가족』에 대해, 에토 준은 미국인 병사 조지와 일본인 여성 도키코의 관계를 중심으로 작품 해석을 시도한다. 일본의 근대사회는 전통적 농경사회의 붕괴, 즉 '어머니'의 붕괴로부터 출발한다고 했던 에토는, 『포옹가족』의 경우 미국인 병사 조지(미국)의 침입으로 인하여 도키코와 슌스케의 가정(일본)이 붕괴되고, 급기야 상실되고 말았다고 지적한다. 그리고 이와 같은 해석은 작품 『포옹가족』을 감상하는 데 있어서 오랫동안 지배적인 준거로 작용해 왔다.

그러나 문제가 그리 간단하지 않은 것은, 이 작품이 '일본국체'의 '상실'을 주장하고, 그 모든 책임을 '근대', 즉 '미국'에 수렴시키려는 욕망과는 전혀 이질적인 성격을 동시에 가지고 있다는 점이다. 본론에서 상세하게 이야기하겠지만, 예를 들어 슌스케의 통·번역 행위에 주목해 보면, 우리들이 고유의 영역으로 인식하고 있는 '일본'이나 '미국'이라는 개념이 얼마나 작위적인가, 그리고 '미국'을 단순하게 '근대'의 기호로 읽는 것이 얼마나 허구적인가를 알 수 있다. 더욱 단적으로 말하자면, 에토가 수직적인 점령의 상징으로 이해하고 있는 조지와 도키코의 '정사情事'가 실제로 있었던 것인지도 명확하지 않다. 작품 가운데 당사자들이 '성관계' 유무에 관하여 직접 언급하는 장면은 없으며, 사건의 진상은 오로지 슌스케의 통역에 의하여 전달될 뿐이다. 그리고 사건의 전말을 규명하기 위하여 슌스케는 조지와 아내를 대면시키지만, 아내가 조지로부터 오랫동안 애무를 받았다는 것 외에는 아무것도 알아내지 못한다. 이러한 사실을 어떻게 해석해야 하는지 고민하던 슌스케는 조지가 말하는 'Nothing happend'라는 것은 성관계 그 자체가 없었다고 이해할 수 있는 반면, 경우에 따라서는 '만족이 없었다'라는 의미로 해석할 수 있겠다고 생각하며, 사실 확인을 포기한다. 이와 같이 슌스케의 통역을 매개로 하여 조지와 도키코의 관계를 바라보면, 두 사람의 관계는 에토가 지적하고 있는 것처럼 수직적이고 폭력적인 일미관계의 메타포로 단정짓기는 어렵다.

에토와 같이 『포옹가족』을 조지에 의한 도키코의 정복으로 해석한다면, 전후 일본이 경험한 피점령은 명확한 이분법으로 설명할 수 있다. 그러나 슌스케의 통역에 주목해 보면 전혀 다른 해석도 가능해진다. 즉, 슌스케의 통·번역은 '소실의 메커니즘'을 통하여 '국체'의 '상실'을 호소하고, 그 책임을 모두 '근대', '미국'에 수렴시키고자 하는 욕망과는 전혀 다른 성격을 가지고 있는 것이다. 슌스케는 미국 점령하의 전후 일본을 대변하고 있는 것처럼 보이지만, 사실은 그 자신에게 전후 일본을 투영시키는 행위가 얼마나 정치적인 해석인가를 시사한다. 그러한 의미에서 슌스케는 '소실의 메커니즘', 굴욕적인 전후 일미관계라는 집합적인 기억을 상대화하는 인물이었다고 지적할 수 있다.

이와 같이, 미국에 의한 피점령을 민주적인 것으로 기억할 것인가, 그렇지 않으면 지배적인 것으로 기억할 것인가라는 문제는 문학작품을 해석하는 데 있어서 반복적으로 제기되어왔다. 문학은 기존의 점령 담론을 보강하고 확대·재생산하기도 하였으나, 다른 한편으로는 점령이라는 집합적인 기억을 상대화하기도 하였다. 물론, 이 책에서 중요시하고 있는 것은 후자이다. 여기서 『포옹가족』의 슌스케가 가지고 있는 '통역성'을 소개한 것도 바로 그 때문이다. 미국의 대對 일본 점령을 미국에 의한 '국체'의 상실로 규정하는 담론이 난무하는 가운데, 슌스케가 자신의 '통역성'을 가지고 내셔널한 집합적인 기억에 맞서며 균열을 일으키고 있었던 것은 무엇보다도 중요한 사실이다. 이러한 의미에서 이 책에서 다루고 있는 문학작품들은 점령상을 반영하는 거울이자, 동시에 그것을 반사하여 상대화하는 거울이라 할 수 있을 것이다. 점령이라는 집합적인 기억을 문학을 통하여 살펴보고자 하는 것도 바로 이러한 이유에서이다.

'중간자' 개념이 시사하는 것

　미국에 의한 일본 점령을 어떻게 기억할 것이며, 또한 문학은 그것을 어떻게 표상할 것인가 하는 문제에 민감했던 또 다른 작가로 오에 겐자부로大江健三郎를 들 수 있다. 그의 초기 작품에는 전쟁, 점령이라는 모티브가 빈번하게 등장한다. 특히 창작집 『보기 전에 뛰어라』(1958)는 그의 점령 인식이 응집된 작품집이라 할 수 있다.

　오에는 『보기 전에 뛰어라』에서 "나는 이 창작집에 담은 작품을 통하여 하나의 주제를 전개하고자 하였습니다. 강자로서의 외국인과 많든 적든 굴욕적인 입장에 있는 일본인, 그리고 그 사이의 중간자中間者(외국인 상대의 창부나 통역 등), 이 삼자의 상관三者の相關을 그리는

것이 모든 작품에서 반복적으로 전개된 주제였습니다."[4]라고 하였다. 그는 점령을 '강자로서의 외국인(주로 미국인)'과 '많든 적든 굴욕적인 입장에 있는 일본인'이라는 이항대립적인 구조로 파악하지 않고, 일미 양자의 관계를 매개하는 존재로서 외국인을 상대로 하는 일본인 창부나 통역자를 상정하여 '삼자의 상관'으로 파악하고자 하였던 것이다. 오에는 무엇 때문에 '중간자'를 게재시켜 점령을 '삼자의 상관'으로 인식하고자 했을까? 특히 '중간자'의 구체적인 내용으로 언어를 구사하는 통역자와 신체를 구사하는 일본인 창부를 상정한 것은 무엇 때문이었을까? 이러한 물음에 대한 힌트는 앞에서 살펴본 『포옹가족』의 슌스케가 언어를 구사하는 통역이었다는 점을 떠올리면 쉽게 얻을 수 있을 것이다. 슌스케는 '강자로서의 외국인(미국인 조지)'과 '많든 적든 굴욕적인 입장에 있는 일본인(슌스케와 도키코)' 사이에 통역으로 개재한 바 있다. 에토 준이 지배자 미국과 피지배자 일본이라는 이항대립구조로 점령을 인식하여 일본의 붕괴를 호소하였던 것과는 달리, 슌스케의 통역에 주목하여 '삼자의 상관'이라는 구조로 작품을 해석해 보면, 에토가 인식한 점령관의 허구성은 그대로 노정된다. 오에는 에토와 같이 이항대립적인 구조로 점령을 인식할 경우, '좋은 점령' 또는 '나쁜 점령'이라는 이분법적인 점령상이 도출될 수밖에 없음을 인지하고 있었기에, 점령이라는 역사적 사실과 거리를 유지하기 위하여 '중간자'를 설정했던 것이 아닐까.

　문학이 생산한 점령상을 확인하기보다, 문학이 점령이라는 집합적인 기억을 어떻게 상대화하는가 하는 문제에 더 많은 비중을 두려 한

---

4) 오에 겐자부로大江健三郎, 『보기 전에 뛰어라見るまえに跳べ』(新潮社, 1958. 10) p.251

다는 점에 대해서는 이미 언급하였다. 이러한 취지에서 본다면, 오에의 '중간자' 개념은 매우 시사적이다. 다시 말하면, 오에가 상정한 '중간자' 는 이항대립적인 점령관이 가지는 한계를 지적하고, 나아가 실체적인 점령관을 상대화하는 역할을 한다고 할 수 있다.

이에 따라 본론에서는 오에가 상정한 '중간자' 에 대해 더욱 적극적으로 고찰하고, 일본의 점령을 상대화한다고 여겨지는 재일조선인, 오키나와에 대해서도 함께 주목하여, 점령이 서사되는 장場에 있어서의 다양한 담론의 움직임에 대하여 이야기하고자 한다. 점령이 서사되는 장에서 문학은 어떠한 작용을 하였으며 그 작용의 의미는 무엇인지에 대해 살펴보는 것은 한 나라의 사회상이나 역사상이 구축되어 가는 과정을 살펴보는 것과 그 의미를 같이하는 것이라 할 수 있으며, 나아가 그러한 역사상과 사회상을 상대화하는 문학의 가능성을 모색하는 작업이라 할 수 있을 것이다. 이러한 일련의 작업들은 우리들이 무의식적으로 인식하고 있는 일국사national history의 형성과정에 대해 재고하는 계기를 제공할 것이다.

'미어米語' 의 탄생

'영어' 가 포괄적인 의미로 언어의 한 종류
를 가리키는 것이라면, '미어' 는 '미국' 이
라는 특정 국가의 언어임을 강조하는 의미
를 가지고 있다.

'미어米語[1]'의 탄생

'귀축미영'에서 '헬로'로

영어 가르타, 『일미회화수첩日米會話手帳』, '컴컴 영어회화ヵムヵム 英會話'[2]……. 이들은 모두 패전 후의 일본사회에 거세게 일어났던

---

1) 오늘날 우리들이 통상적으로 사용하고 있는 '영어'는 미국이나 영국 외, 캐나다, 호주, 뉴질랜드 등에서 사용되고 있는 언어를 의미한다. 그러나 패전 직후의 일본 사회에는 '영어'와 구별되는 '미어'라는 표현이 있었다. '영어'가 포괄적인 의미로서 하나의 언어를 지칭하는 것이라고 한다면, '미어'는 '미국'이라는 특정 국가의 언어임을 강조하는 의미를 가지고 있었다. 또한, 한국과 중국에서 '美國'이라 표기하는 것과 달리, 일본에서는 '米國', '米語'라고 표기하는 것에도 주의를 요한다.

2) 1946년 2월1일부터 시작된 NHK 라디오 영어회화방송. 진행자는 NHK 아나운서 히라카와 다다이치平川唯一. 매주 월요일부터 금요일까지, 오후 6시부터 약 15분간 방송. "Come Come everybody, How do you do and how are you……"로 시작하는 가사를 잘 알려진 동요에 붙인 주제가가 유행하여 전국적으로 인기를 모으는 방송이 되었고, 진행자인 히라카와 다다이치도 인기 스타가 되었다. 짧은 단문을 소개하고, 그것들을 종합하면 하나의 이야기가 완성되는 형식으로 구성되어 있었고, 일주일에 한 번 외국인 게스트를 초대하여 이야기를 나누며 실전에 가까운 연습이 되도록 하였다. '컴컴영어'는 많은 팬층을 확보하였을 뿐 아니라, 본격적인 영어회화를 일본인에게 전달하였다는 점에서 미국에서도 높은 평가를 받았다고 한다.

영·미어 열풍을 상징하는 것들이다. 가르타는 장방형의 두꺼운 종이에 그림이나 문자를 그려 넣은 것으로, 게임을 하는 데 쓰는 일종의 트럼프 같은 도구이다. 패전 후, 일본에 점령군이 진주함에 따라, 'A는 apple' 'B는 boat' 등과 같이 영어로 놀이를 할 수 있는 가르타가 등장하게 된 것이다. 그리고 패전 직후의 혼란 속에서도 360만 부나 팔렸다는 『일미회화수첩』이나, 본격적인 영·미어 열풍의 도화선이 되었던 NHK 인기 라디오 프로그램 '컴컴 영어회화' 역시 전후 일본사회가 영·미어를 얼마나 희구하고 있었는지를 대변하는 대표적인 예다.

그런데 위와 같은 전후 일본사회의 영·미어 열풍은 전시하의 영·미어가 '적성어敵性語'였다는 사실과 함께 대비적으로 서사되는 경우가 많다. 다시 말하면 전후 일본사회가 영·미어를 희구하고 열광한 것은, 전시하의 영·미어가 적국의 언어라는 이유로 억압되었던 것의 반작용이라는 설명이 정착되어 있는 것이다. 그리고 전시하에 이루어졌던 적성어 박멸의 예로 종래에 사용하던 외래어를 일본어로 고쳐 썼던 경우가 자주 언급되기도 한다. '레코드レコ一ド'가 '음반'으로, 담배 이름 '박쥐バット', '체리チェリ一'가 각각 '금빛 소리개金鵄'[3), '벚꽃'으로 바뀐 것이 대표적인 예다. 또한 야구 용어 '스트라이크'나 '아웃', '파울'이 각각 '좋은 공よし一本', '끝남ひけ', '실격だめ'으로 개정되었다는 이야기도 자주 인용된다.

철저한 억압과 통제 속에 있었던 전시하와는 달리 전후의 영·미어가 급속하게 부활하였다는 서사는 영·미어에 관한 상황이 패전을 경계로 완전히 반전된 듯한 인상을 준다. 그리고 전시하의 적성어 억압

---

3) 일본 건국신화에 등장하는 금빛 새. 진무神武 천황이 동쪽을 정벌할 때, 활에 앉아 천황의 군대를 도와주었다고 전해진다.

이 강조되면 될수록, 전후의 영·미어 부활은 더욱 극적인 사건으로 부각된다.

그런데 전시하의 영·미어가 적성어로 간주되어 정말로 그 모습을 완전히 감추어 버렸다면, 전후의 영·미어가 단기간에 부활할 수는 없었을 것이라는 생각도 해 보지 않을 수 없다. 더욱이, 패전 후의 일본에는 미 점령군에 대한 여러 가지 억측과 유언비어가 난무하고 있었다. "점령군이 도시에 진주해 왔기 때문에 집에 있는 딸아이는 잠도 자지 않고 걱정하고 있다. 부모로서도 걱정이 되어 잠시나마 시골에라도 보낼까 생각하고 있다", "진주군의 차를 추월하면 사살된다고 하지만, 뒤에서 보면 구분이 잘 안 되어서 큰일이다", "옛날에는 어린이들이 경찰을 무서워했지만, 지금은 미군이 온다고 하면 밖에서 울고 있던 아이들도 잠자코 집에 들어온다."[4] 등은 그 좋은 예다. 이러한 담론은 점령군을 비롯한 미국이 패전 후에도 여전히 전시하의 '귀축미영鬼畜米英'[5]의 연장선상에 있었음을 알 수 있게 한다. 이러한 담론이 유통되는 한편, 영·미어에 관한 회화 책이 날개 돋친 듯이 팔리는 상황이 존재했다는 것은 과연 무엇을 의미하는 것일까? 전시하의 '귀축미영'이라는 슬로건에서 전후의 '헬로Hello'라는 슬로건으로의 전환은 과연 그토록 쉽게 이루어질 수 있는 문제였을까?

이하 제1장에서는 패전을 경계로 상반되는 영·미어 담론이 형성되었던 과정을 살펴보고, 아울러 영·미어에 관한 이러한 극적인 서사

---

4) 아와야 겐타로粟屋憲太郎 편, 「거리의 목소리街の聲—경시청 정보과警視廳情報課(1945. 9. 5, 1945. 9. 25)」(『자료 일본현대사2資料日本現代史2』, 大月書店, 1980. 10, p.230)
5) 패색이 짙어가던 1944년경부터 일본에서 유행하던 용어로, 미국과 영국에 대한 적개심을 불러일으키고 염전厭戰 기분을 불식시키기 위해 사용되었다.

가 어떠한 일미관계를 구축하였는지에 대해 고찰해 보고자 한다.

『일미회화수첩』과 영어 열풍

　미 점령군의 도래는 지배자의 도래를 의미하는 동시에, 영·미어를 비롯한 미국 문화의 도래를 의미하는 것이었다.

　패전 직후의 〈아사히신문朝日新聞〉에는 "연합군이 진주함에 따라 다수의 통역 및 안내인이 필요하다."라는 외무성의 구인 광고(1945. 9. 2)를 비롯하여, 경시청의 통역 구인 광고(1945. 9. 9) 등이 실려 있는데, 점령군 및 영·미어에 대한 전후 일본의 대응은 이 시기부터 철저하게 이루어졌다고 볼 수 있다. 그 외에도 이 신문에는 미국 장교가 숙박하는 다이이치 호텔第一ホテル, 마루노우치 호텔丸の内ホテル에서 영어 통역 및 영어를 이해할 수 있는 전화교환수를 모집한다는 광고(1945. 9. 5, 1945. 9. 10)가 실려 있다. 또, 1945년 11월 10일, GHQ는 전 교과서에 영어 번역을 첨부할 것을 명령하고, 인쇄 허가가 없는 교과서는 출간 금지시키는데, 교과서에 영어 번역을 붙이기 위해서는 영어 식자識者, 즉 번역자가 필요한 것은 당연한 일이었다. 이처럼 전후 일본사회에 있어서 영·미어는 미 점령이라는 현실을 살아가는 데 있어서 중요한 수단 중 하나였으며, 시대와 호흡하기 위한 조건이었다고 말할 수 있을 것이다.

　여기서 '영어' 및 '미어'라는 개념에 대해 먼저 확인해 둘 필요가 있다. 오늘날 우리들이 통상적으로 사용하고 있는 '영어'는 미국이나 영국 외, 캐나다, 호주, 뉴질랜드 등에서 사용되고 있는 언어를 의미한다. 그러나 패전 직후의 일본사회에는 '영어'와 구별되는 '미어'라는 표현이 있었다. '영어'가 포괄적인 의미로 언어의 한 종류를 가리키는 것이라면, '미어'는 '미국'이라는 특정 국가의 언어임을 강조하는 의미를 가지고 있다. 예를 들어 1947년에 발간된 미어 서적 『아메리칸 슬랭』(1947)을 살펴보면, "패전 후의 일본에 연합군이 진주함에 따라 연합군, 특히 미국과의 접촉이 빈번해지게 되었다. 그 결과, 과거 수년 동안 등한시되었던 미어(종래의 소위 영국 영어가 아닌)가 중요한 역할을 하게 된 것은 당연한 일이다."[6]라고 기술되어 있는 것을 확인할 수 있다. 이 책은 '미어'라는 용어를 사용함으로써 '종래의 소위 영국 영어'와 그것을 의식적으로 구별하고 있을 뿐 아니라, '미어'에 대한 높은 관심은 미 점령이라는 상황과 연동하는 것임을 강조하고 있다.

전후 일본의 영·미어 열풍을 설명할 때 가장 많이 언급되는 사례 중 하나는, 360만 부의 판매고를 기록했다고 전해지는 『일미회화수

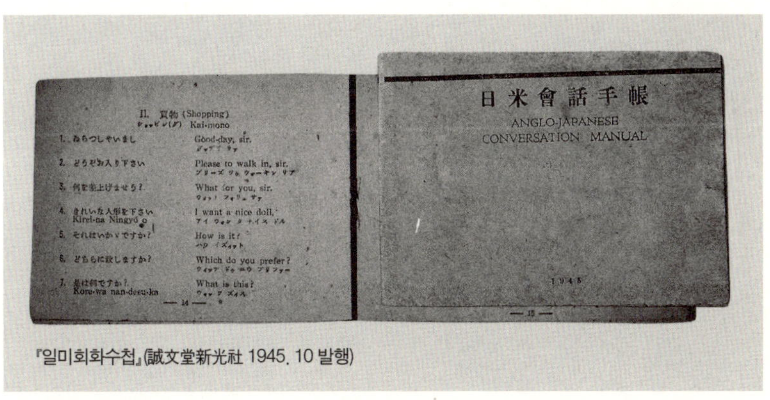

『일미회화수첩』(誠文堂新光社 1945. 10 발행)

---

6) 히라카와 다다이치平川唯一 감수·다카야나기 하루노스케高柳春之助 저, 『아메리칸 슬랭ア メ
   リカンスラング』(文化書院, 1947. 10) p.29

첩』(1945)이다.[7] 360만 부라는 경이적인 숫자는 전후의 영·미어 열풍을 상징할 뿐 아니라, 전후 출판 역사 및 전후 베스트셀러를 논하는 데 있어서 절대적이고 독보적인 지위를 차지하게 하였다. 이노우에 히사시井上ひさし의 『베스트셀러 전후사 1』(1995)에는 전후에 기획, 발행된 최초의 출판물이자 최대의 베스트셀러로 『일미회화수첩』[8]이 소개되어 있으며, 1994년 10월 31일자 〈아사히신문〉의 '좌담회—대중사회의 기분을 반영하는 베스트셀러의 변천' 에서도 『일미회화수첩』은 중요하게 다루어지고 있다. "어느 날 그곳에 『일미회화수첩』이 있었고, 얇은 팸플릿이었지만 광채를 발하고 있었던 기억이 선명합니다. (중략) 책은 350만 부나 판매되었고, 이로부터 전후의 베스트셀러는 시작되었습니다." (기타 준이치로紀田順一郎) 라고 묘사되는 것처럼, 『일미회화수첩』은 전후 일본사회에 있어서 특별한 출판물이었던 것이다. '귀축미영' 이라는 슬로건에서 벗어난 지 1개월도 채 지나지 않은 시점에서 전후 일본사회가 보여준 영·미어에 대한 열망은 사람들의 예상을 훨씬 능가하는 것이었다. 이러한 사회적 분위기는 점령자인 미국에 대한 막연한 불안과 동경이 복잡한 형태로 얽혀 있었음을 잘 말해준다.

　한편, 아사히신문사가 펴낸 『 '일미회화수첩' 은 왜 잘 팔렸는가』

---

7) 1945. 9. 15 세이분도신코샤誠文堂新光社, 『일미회화수첩日米會話手帳』 발매(46반판형, 가로구성, 32페이지, 80전). 초판 30만 부. 눈 깜짝할 사이 매진되어 주문이 쇄도. 300만 부 증쇄하였지만 지방에는 납품할 수 없었다. 나고야名古屋, 교토京都, 그 외 지방에서는 지형을 활용하여 360만 부를 판매, 베스트셀러가 되었다. 이후 영어회화서적의 출판이 이어져 유행을 일으켰다. (슈지 도쿠타로莊司德太郎 : 시미즈 분키치清水文吉 편저, 『전중 전후 출판업계사戰中戰後出版業界史』, 出版ニュース社, 1980. 10, p.203)

8) 이노우에 히사시井上ひさし, 『베스트셀러 전후사1ベストセラーの戰後史一』(文芸春秋社, 1995. 9) p.10

(1995)에는 『일미회화수첩』의 탄생비화와 『일미회화수첩』을 공유하였던 사람들의 추억담이 소개되어 있다.

　예를 들면 다케다 도오루武田徹는 앞서 언급한 1994년 10월 31일자 〈아사히신문〉의 좌담회 내용을 거론하면서, " '광채를 발하고 있었던' 이라는 표현은 지나친 것인지도 모른다. 하지만 이것은 결코 과장이 아니라 당시 대부분의 일본인이 느꼈던 인상을 솔직하게 표현한 것은 아닐까? (중략) 『일미회화수첩』은 말하자면 '특별한 책' 이었기에 광채가 났다고 말해도 조금도 이상하지 않은 것이다."[9]라고 회상하고 있다. 미국역사 연구자 사루야 가나메猿谷要도 "그 당시의 열광에 비례하여 일본인이 그만큼 영어회화를 열심히 학습하였는가 하고 생각해 보면 그 결과는 아주 의문스럽다. 수많은 사람들이 줄을 서서 책을 사는 것을 보며, 그 행렬에 가담하여 '사는 것' 자체가 목적이 되어버린 사람도, 이렇게 말하는 나를 포함하여 꽤 많이 있었음에는 틀림없다. 단지 그동안 무겁고 봉건적이며 비합리적이었던 일본사회 속에서, 이 수첩 한 권이 밝고 민주적이며 합리적인 미국사회를 엿볼 수 있게 하는 창문과 같이 빛나 보였다는 것만큼은 확실하다."[10]라고 이야기한다. 이러한 목소리는 『 '일미회화수첩' 은 왜 잘 팔렸는가』에 일관되어 있다. 그리고 미국의 대 일본 점령정책이 일본의 비군사화와 민주화에 있고, '민주주의' 를 공적가치로 삼았던 것을 반영하듯, 『일미회화수첩』의 가치 역시 '민주' , '합리' 등의 문맥 속에서 해석되고 있었던 것도 주목할 만하다.

---

9) 『 '일미회화수첩' 은 왜 잘 팔렸는가 '日米會話手帖' はなぜ賣れたか』(朝日新聞社, 1995. 9) p.12

10) 위의 책 p.108

여기서 출판사 사장 오가와 기쿠마쓰가 이야기하는 『일미회화수첩』의 탄생 드라마를 살펴보자. 그는 "이번 전쟁이 개시되기 전부터 일본 정신을 고취시켜야 한다고 주장하는 사람들의 의견에 따라 중학교에서는 영어가 전폐되었을 정도로[11], 국민 대부분은 영어에 대하여 거의 관심을 가지지 않았던 것도 사실이다."라고 전전의 상황을 묘사한 후, 패전 후 영국인 또는 미국인과 만날 수 있는 가능성이 높아진 이때에, 자신의 의사를 상대방에게 전하고 상대방이 말하는 것을 조금은 이해할 필요성이 있다고 역설한다. 그리고 이러한 상황을 적극적으로 타개하기 위하여 하룻밤에 일본어로 원고를 만들고 거기에 영어 번역을 넣어 출간한 것이 『일미회화수첩』이라고 그 탄생 과정을 소개한다. 또한 그는 당시의 상황에 대하여 "드디어 발매가 시작되자, 주문이 쇄도하여 생산을 맞출 수 없었다. 대일본인쇄소의 윤전기를 일주일간 동원하여 인쇄한 것이 300만 부, 그래도 지방에는 납품할 수 없었다."라고 회상한다. 결국 『일미회화수첩』은 폭발적으로 팔려 총 360만 부의 판매고를 기록하게 되었다.[12]

360만 부의 판매고를 기록하며 '광채'를 발했던 『일미회화수첩』은 대체 어떤 내용으로 구성되어 있었을까.

세로 9cm, 가로 13cm, 33페이지로 구성되어 있는 이 작은 책자는 일상회화(Everyday Expression), 쇼핑(Shopping), 길을 묻다(Asking the way) 등, 세 가지 테마로 구성되어 있다.

일상회화(Everyday Expression)에는 '안녕하세요. おはう (Good

---

11) 전시하에서 여학교의 영어과는 선택과목(수의과隨意科)으로 바뀌고 학제 개혁에 따라 수업시간이 크게 줄었지만, '전폐' 된 것은 아니었다.

12) 『'일미회화수첩' 은 왜 잘 팔렸는가 '日米會話手帖' はなぜ賣れたか』(朝日新聞社, 1995. 9) p.24

morning!)’, ‘안녕하세요. 今日は(How do you do?/Good day!)’, ‘영어
는 모릅니다. 英語は分りません(I can’t understand English)’, ‘천천히 말
씀해 주세요. ゆつくり話して下さい(Talk slowly, please)’, ‘무슨 일이십
니까? 何の御用ですか(What can I do for you?)’, ‘화장실은 어디입니까?
便所はどこですか(Where is the toilet?)’ 등과 같은 간단한 문장이 소개
되어 있다. 그리고 쇼핑(Shopping)에는 ‘어서 오십시오. ゐらつしやい
まし(Good day, sir)’, ‘무엇을 드릴까요? 何を差上げませう?(What for
you, sir)’, ‘예쁜 인형을 주십시오. きれいな人形を下さい(I want nice
doll)’, ‘너무 비쌉니다. 高すぎる(It is too dear)’, ‘파는 물건이 아닙니
다. 賣物ではありません(It is not for sail)’, ‘고맙습니다 또 오십시오. 有
難う。又どうぞ(Thank you, do call again)’ 등 외국인이 물건을 사러 왔
을 경우를 상정한 회화문이 예시되어 있다. 그리고 ‘오늘 휴업 本日休
業(Closed Today)’, ‘얼마든지 가져가세요. 御自由にお取り下さい(For
Free Distribution)’, ‘파는 물건 賣物(For Sale)’ 이라는 공고 문구도 소개
되어 있다. 마지막으로, 길을 묻다(Asking the way)에는 ‘우체국이 어
디입니까? 郵便局はどこですか(Where is the post-office?)’, ‘곧바로 가십
시오. 곧바로 가서 왼쪽으로 돌아가면 오른쪽에 흰색 건물이 있습니
다. 그것이 우체국입니다. 眞直ぐ御出なさい。眞直ぐ行つて左に曲がると
右手に白い建物があります。それが郵便局です。(Go straight ahead. Go
straight on this street, then turn to the left. You will see the white building
on the right. It is the post-office)’, ‘긴자로 가는 길은 어디입니까? 銀座
へ行くのはどの道ですか(Which is the way to Ginza?)’, ‘그럼 같이 가시
죠. 가르쳐 드릴 테니. では一緒にゐらつしやい。お教しへしますから
(Come along with me, I’ll show you the way)’ 등, 거리에서 외국인을

만났을 경우를 대비한 문장 몇 가지를 소개하고 있다. 그러나 "이 크기에 모든 사람들의 요구를 충족시킬 수 있는 어구를 싣는 것은 불가능하므로, 각자가 필요한 어구를 써 넣을 수 있도록 공란을 마련하였다."라고 이 책의 범례가 말하고 있는 것처럼, 상정되어 있는 장면이나 예문은 소수에 그치고 있고, 또한 나열되어 있는 단어나 문장이 이 책을 구입한 사람들에게 얼마나 도움이 되었을지는 자못 의문스럽다. 또한 예문을 통하여 "밝고 민주적이며 합리적인 미국사회"를 경험할 수 있는지 어떤지에 관해서도 의구심이 든다.

그러나 『일미회화수첩』이 도화선이 되어 일상 인사나 간단한 문장을 담은 영·미어 회화 책은 연이어 출간되었다. 『이노우에 영어회화강좌』(1947)를 비롯하여 『현대 미어 가이드』(1947), 『시사 영어』(1947), 『아메리칸 슬랭』 등은 대표적인 영·미어 학습서였다.

이들 책의 정가는 30엔에서 90엔 사이였다[13]. 당시의 쌀 가격이 10kg당 99엔 70전(1947년)이었고, 된장이 6엔 34전(1947년)[14], 암시장에서 팔던 고등어가 3마리 10엔(1945년), 식빵이 6엔 23전(1948년), 소금 1kg이 20엔 65전(1948년 12월)[15]이었던 것을 참조하면, 영·미어 서적의 가격은 식자재에 비하여 고가였던 것을 알 수 있다.

패전 직후, 일본의 식량위기는 심각한 상태였다. 1946년 5월, 식량난을 극복하기 위하여 우에노上野 동물원에서는 사육하던 돼지와 닭, 오리 등을 선별하여 일반에게 배급할 수밖에 없었고, 패전 직전의

---

13) 『현대 미어 가이드現代米語ガイド』: 30엔, 『아메리칸 슬랭アメリカンスラング』: 40엔, 『이노우에 영어회화강좌井上英語會話講座』: 50엔, 『시사 영어時事英語』: 90엔

14) 『가격으로 본 메이지·다이쇼·쇼와 풍속사値段の明治大正昭和風俗史』(朝日新聞社, 1981. 1) p.115, p.191

15) 『전후 가격사 연표戰後値段史年表』(朝日新聞社, 1995. 8) p92, p.107

1945년 7월, 요코하마橫浜 지검은 감자를 훔치고 달아나려던 사람을 구타하여 살인한 사람의 행동은 정당방위에 준하는 것이었다며 기소유예하였다. 1946년 5월 19일, 황거皇居 앞 광장은 식량 획득 인민대회(飯米獲得人民大會, 식량 메이데이)에 참가한 약 25만 명의 사람들로 가득 찼다. 이들은 천황의 기자회견을 요청하기도 하였는데, 데모대 가운데는 "조서詔書 국체國體는 수호했다. 짐은 배불리 먹고 있다. 너희들 인민들은 굶어 죽어라. 어명 어새"라는 플래카드가 보이기도 하였다. 당시의 식량위기의 심각함과 그로 인한 일반 민중들의 절박한 심정을 잘 보여주는 문구라고 할 수 있다. 이리하여 1946년 5월 24일, 천황은 라디오 방송을 통하여 고통을 분담하고 가족국가 전통에 의지하여 식량난을 극복하자는 육성 방송[玉音放送]을 해야만 했다. 그러나 식량난으로 인한 피해는 연이어 발생하였다. 1945년 10월 11일,

미국의 보도 카메라가 촬영한 패전 직후의 도쿄풍경. 쌀 대신 대두를 배급받고 있는 장면이다.

암시장의 물건을 사지 않기로 결심한 도쿄고등학교 독일어 교수 가메오 에이시로龜尾英四郞는 결국 음식물을 조달하지 못하고 영양실조로 죽음을 맞이하고 말았다. 배급만으로는 아사를 면하기 힘든 상황 속에서 도쿄지방재판소의 야마구치 요시타다山口良忠 판사 역시 "식량통제법은 악법이지만, 법률인 이상 이를 지키지 않으면 안 된다……. 나는 소크라테스는 아니지만, 식량통제법 하에서 암시장과 싸우며 아사하겠다. 나의 하루 하루는 그야말로 죽음으로 향하는 행진이다."라는 일기를 남기고, 1947년 10월 11일 영양실조로 죽음을 맞이하였다. 1946년 당시, 영양실조로 사망한 사람은 1,000만 명에 이르렀다고 한다. 전국 각지에서 식량난과 싸우는 일상이 이어지는 가운데 고가의 영·미어 교재가 날개가 돋친 듯이 팔렸던 것은 무엇 때문일까. 그것은 바로 전후 일본사회가 새로운 시대를 살아가기 위한 도구이자 새로운 가치관을 대변하는 상징물로 미어를 열망하고, 갈구하고 있었기 때문이다.

더욱이 중요한 것은 전후 일본인의 영·미어 학습이 점령이라는 현실을 살아가는 구체성 그 자체였다는 것이다. 점령자의 언어를 이해할 수 없다는 심리적 불안은 식량난이 지속되는 가운데서도 영·미어 회화 책을 사도록 강제했고, 책을 구입하는 것만으로도 그 불안함은 어느 정도 해소될 수 있었다. 그리고 앞에서 소개한 『일미회화수첩』의 '쇼핑(Shopping)' 예문은 점령군을 비롯한 외국인 손님들에게 보다 원만하게 상품을 팔기 위해 강구된 것으로, 전후 일본이 무엇 때문에 미어를 필요로 하였는지를 간접적으로 시사한다. 즉, 33페이지라는 많지 않은 지면 가운데, 상품을 사고 팔 때의 대응이 중요하게 다루어져 있는 것을 보면, 생계를 위하여 치자治者인 점령군과 대면할 수밖에 없었던 절실한 상황을 어느 정도 예측할 수 있다.

이야기를 『일미회화수첩』 쪽으로 다시 되돌려 보자. 여기서 주목해야 하는 것은 『일미회화수첩』을 설명할 때 동원되는 서사 수법이다. 그 좋은 예로는 오가와 기쿠마쓰가 이야기하는 『일미회화수첩』 탄생 비화를 들 수 있다. 그의 발언 중에서 가장 주목해야 할 것은 전시하의 영·미어를 '전폐'라고 규정하는 것에 반하여 패전 후의 영·미어를 '360만 부'라는 상징적인 숫자로 설명하는 부분이다. 그는 적국의 언어라는 이유로 영·미어가 '전폐' 될 수밖에 없었던 전시하와는 달리, 패전 후에는 영·미어 수요가 폭발적으로 증가하게 되었는데, '360만 부'라는 '공전의 발행 부수 기록'은 그러한 상황을 대변한다고 말했다. 이처럼 전후의 영·미어를 '전폐'에서 '360만 부'로의 전환으로 인식하고 설명하는 서사는 『'일미회화수첩'은 왜 잘 팔렸는가』에 등장하는 발언자 모두에게 공통적으로 나타나는 특징이라 할 수 있다. 이미 앞에서 언급한 다케다 도오루나 사루야 가나메의 발언 역시 이러한 문맥 속에서 이루어진 것이었다.

이처럼 전전과 전후의 단절을 통하여 전후 일본사회의 영·미어 유행을 부각시키는 서사는 패전 직후 발행된 영·미어학 잡지에 특히 두드러지게 나타난다.

1945년 11월에 창간된 잡지 〈시사영어연구時事英語研究〉는 발행 목적에 대하여 "이것은 우리나라 영어 연구의 부활을 의미합니다. 그것도 그 부활은 단순한 재출현에 그쳐서는 안 됩니다. 새로운 목적과 사명을 가진 것이 아니면 안 됩니다. 그 새로운 목적은 무엇인가? 굳이 말할 것도 없이 미어입니다."[16]라고 밝히고 있는데, 전후의 영·미어를 '재출현', '부활'이라고 규정한 것은 전시하의 영·미어를 '죽음'

또는 '멸망' 으로 해석했기 때문이라 할 수 있으며, 패전을 기점으로 영·미어에 대해 상반된 의미를 부여하는 것은 앞서 언급한 오가와 기쿠마쓰의 의견과 문맥을 같이한다고 볼 수 있다.

잡지 〈영어 연구와 교수英語の硏究と敎授〉(1946. 10)에서도 같은 맥락의 내용을 읽을 수 있다. 이 잡지는 전후의 영·미어 열풍에 대해, "종전 후 갑자기 영어 지식이 각 방면에 도움이 되기 시작하자, 세간에서는 앞 다투어 영어를 공부하기 시작하였다. (중략) 영어와는 거의 인연이 없을 것 같은 외모를 한 사람도 호주머니에서 영자 신문을 꺼내어 한 손에는 콘사이스형의 사전을 들고 열심히 공부를 하고 있다." 라고 전하고 있다. 그리고 이어서 "전전 및 전중과는 완전히 다른 세계인 것 같은 느낌이다."라고 말하며, 영·미어에 관한 세간의 평가가 '패전' 을 기점으로 하여 급격하게 일변하였음을 강조하고 있다.[17]

한 가지 예를 더 들어보자. 1950년 2월호 〈영어청년英語靑年〉의 '편편록片片錄' 은 1949년도 영어학회의 동향에 대하여 전하는 가운데, "유래 없이 해외, 특히 미합중국과의 교섭이 열려, 마치 쇄국이 풀린 감이 있다. (중략) 아직 부자유스럽지만 영국의 도서, 잡지 수입도 다시 시작되었고 미국의 도서도 주문 가능하게 되었다. 이러한 방면에서도 쇄국 상태는 조금 완화되었다."[18]라고 말하고 있다. 여기에서도 역시 전전의 영·미어에 관한 상황을 '쇄국' 이라고 표현하는 반면, 전후의 사정을 일종의 개국상황으로 해석하고 있음을 확인할 수 있

---

16) 일본의 영어학 100년 편집부日本の英學100年編集部, 『일본의 영어학 100년 · 쇼와 편日本の英學一〇〇年 · 昭和編』(硏究社, 1969. 4) p.45

17) 〈영어 연구와 교수英語の硏究と敎授〉 1946. 10, p.15

18) 〈영어청년英語靑年〉 1950. 2, p.42

다. 이처럼 전후의 영·미어에 관한 담론은 전전의 상황과 비교하고 대조시키는 문법을 사용하는 가운데 형성되어 갔고, 이러한 구조는 전후의 영·미어 열풍을 급격한 변화로 부각시키는 결과를 낳았다.

영·미어에 대한 이와 같은 인식은 미국사회, 미국문화, 미국의 민주주의에 대한 동경을 동반하고 있었기에, 전후 일본사회가 강렬하게 영·미어를 희구한 것은 당연한 일이었다. 패전 직후 선풍적인 인기를 모은 히라카와 다다이치平川唯一의 NHK 라디오 방송 '컴컴 영어 カムカム英語'(1946~1951)는 영·미어에 대한 대중의 열정과 미국사회에 대한 높은 관심을 대변하는 좋은 예라고 할 수 있다. 도미오카 다에코富岡多惠子가 『영어회화에 대한 개인적인 감상』(1983)에서 지적하고 있는 것처럼, 한 시대를 풍미하였던 히라카와 다다이치의 '컴컴 영어'는 민주주의를 이해하고 미국과 영국의 풍습을 알고 싶어 했던 일본인들에게 그것을 체험하게 해주는 유익한 미디어였다. '컴컴 영어'는 영어 구사법을 가르쳐 주는 데 그치는 것이 아니라, 미국의 민주주

NHK 라디오 영어
회화 강사 히라카와
다다이치(1946. 2. 1.
방송개시)

의, 미국의 일상을 전달하는 것에도 중점을 두고 있었다. 히라카와가
미국인 게스트에게 질문하는 내용 중에는 전시하에서는 상상도 할 수
없었던 내용들이 많이 포함되어 있었고, 그것들은 일반 서민들이 자
신의 귀로 직접 접하는 미국의 풍속이었으며, 미국문화의 실제였다.
히라카와는 언어는 어린 아이와 같이 자연스럽게 외우는 것이 좋으
며, 불완전하더라도 살아 있는 말을 몸에 익히는 것이 중요하다고 강
조하였고, 그러한 의미에서 그는 '컴컴 영어'를 들으며 공부하는 사
람들을 '컴컴 아기'라고 불렀는데, '컴컴 영어'를 듣는 사람들이 모
두 '컴컴 아기'가 될 수 있었던 것은 그들 모두가 다름 아닌 '미국 민
주주의의 아기'이기도 하였기 때문이다.[19)]

이처럼 전후 일본에 있어서 영·미어는 점령군과 미국을 실감하는
매개체였고, 전후 일본사회가 보여준 영·미어에 대한 열정은 '아메리칸 데모크라시', '아메리칸 컬처'에 대한 열의와 동경을 대변하는 것이었다고 지적할 수 있다. 물론 그것은 미 점령군이라는 타자에 대한 불안의 또 다른 표현이기도 하였다. 여하튼 전후 일본의 영·미어 열풍은 전전의 상황과 대조되는 가운데 서사

잡지 〈데모크라시〉 창간호(1946. 1)

---

19) 도미오카 다에코富岡多惠子, 『영어회화에 대한 개인적인 감상英會話私情』(集英社, 1983. 9)
　　중 「컴컴영어와 영어회화カムカム英語と英會話」 참조.

되어 갔고, 나아가 '패전'이 영·미어에 대한 근본적인 인식의 변화를 초래했다는 담론을 형성시키기에 이르렀다.

전시하의 영·미어

앞 절에서 살펴본 바와 같이, 전후에 출판된 영·미어 관련 서적은 전쟁 중에 박멸되었던 영·미어를 다시 부활시키는 것에 '새로운 목적과 사명'이 있다고 강조하고 있었다. 이들 간행물이 의도적으로 영·미어의 필요성을 부각시킨 이유는 전쟁 중의 영·미어가 '적성어'로 치부되어 배척되던 역사가 있었기 때문이다.

국가총동원법(1938. 4. 1)이 공포된 후인 1940년 4월 12일의 관보(제3978호)를 보면, 육군 예과 사관학교, 육군경리학교 예과, 육군 유년학교의 입학시험에 외국어 과목이 포함되어 있지 않은 것을 알 수 있다. 또한 학제 개혁안이 적용되는 1943년 4월 1일부터 영어는 중학교 1, 2학년에서만 필수과목이며, 3학년 이상에서는 선택과목이 된다. 그리고 대일본체육회 각 지부회에서는 1943년부터 영미식 경기명을 없애고, 이를 개정한다. 이러한 움직임에 따라 일본야구연맹이 외래어(가타카나) 야구 용어를 일본어로 바꾼 것은 이미 지적한 사실이다.

그러나 "외국어의 채용 동기는 꼭 외국어 숭배차원에서가 아니라 오히려 실제 생활의 편리를 도모하기 위한 것이다. 따라서 그 사정을 무시하고 정신주의 일색으로 일관한다면 실행 가능성은 희박해진다."라는 나카노 요시오中野好夫의 주장[20]에서 알 수 있듯이, 현실적

---

20) 나카노 요시오中野好夫, 「번역어와 일본어譯語と日本語」(《가이조改造》, 1940. 12) p.105

인 면에서 외래어 표기가 필요하다는 의견도 적지 않았다. 이에 준하는 예를 몇 가지 더 소개하자면, 사카구치 안고坂口安吾는 〈미야코 신문都新聞〉(1942. 4. 12)에서 "라디오도 프로펠러도 술폰아미드sulfonamide도 일본인이 발명한 것이 아니다. 이러한 이름은 발명자의 국적에 귀속되는 것이 당연하며, 말하자면 문화를 무기로 싸워 이긴 단어이다. 라디오를 일본어로 고친다고 하더라도 실력으로 이긴 것이 되지는 않는다."라고 지적하였고, 기쿠치 간菊池寬도 「이야기 쓰레기통」(〈분게슌주文藝春秋〉 1942. 5)에서 "한때 외국어 배척 열기가 강하여 여러 가지 논의가 진행되고 있지만, 그러나 그것은 좀 지나친 감이 있다. (중략) 중국과 전쟁을 할 때마다 한자나 한어를 배척하는 일은 불가능하며, 영국, 미국과 싸운다고 해서 컵이라든지 스테이크라든지 비프스테이크라는 말까지 배척한다는 것은 우습다고 생각한다."[21]라고 언급했다. 1942년 10월 1일자 〈아사히신문〉의 '유제무제'에도 "외국에서 수입된 명사 중 고무, 퀴닌quinine, 미터와 같이 상용어화되어 있는 것은 그냥 그대로 사용해도 전혀 지장이 없으며, 사실 일본어로 번역할 수 없는 경우도 적지 않다. 외국어 명을 배격한다는 취지로 '레코드'를 '음반'으로 바꾸는 것은 좋지만, '라디오'처럼 일본어로 바꾸는 것이 곤란하여 그대로 사용하는 예도 적지 않다. 일본어로 고칠 필요가 있는 경우에는 하룻밤에 신조어를 억지로 만들지 않더라도 국민들 사이에서 자연스럽게 잘 소화된 일본어가 태어날 것이다."라는 의견이 실려 있다.

　뿐만 아니라 영·미어 수업 삭감이 고등교육의 근간을 위협하게 될

---

21) 기쿠치 간菊池寬, 「이야기 쓰레기통話の屑籠」(〈분게 슌주文芸春秋〉, 1942. 5) p.155

것이라는 우려의 목소리도 들을 수 있다. 잡지 〈The Current of The World〉(1942. 2)가 실시한 설문조사 '대동아전쟁의 진행과 함께 우리들의 어학적 지식을 어떻게 활용할 것인가'에서, 시키바 류자부로式場隆三郎는 "적국의 어학을 배우는 것을 좋지 않게 생각하는 기분은 알겠지만, 영어는 이미 국제어로서 결코 미국과 영국의 전용어가 아니다. (중략) 미국·영국과 싸울 경우, 어학을 이용하여 그들 민족에게 일본의 힘을 알릴 필요가 있다. 이러한 의미에서 갑자기 영어 폐지를 외치는 것은 너무나도 감정에 치우친 논의다."[22]라는 지적과 함께, 전시하에 있어서의 영어의 유용성을 주장하였다. 또 같은 해 2월, 잡지 〈가이조改造〉에 게재된 기시다 구니오岸田國士의 글 '외국어 교육'은 영어교육의 무용성, 영어교육의 폐지를 주장하기보다는 종래의 외국어교육이 지닌 폐단을 지적하고 개선할 것을 요구하는 내용을 담고 있었다. 기시다는 외국어라고 하면 영·미어만을 생각하여 대부분의 학교가 영·미어를 가르친 결과, 서양은 곧 영국 또는 미국이라는 잘못된 인식을 심어주었다고 지적하고, 앞으로는 일본인으로서 일본식의 영·미어를 사용하여 자신의 생각을 이야기할 수 있도록 하지 않으면 안 된다고 강조하였다. 마지막으로 한 가지 예를 더 소개하자면, 1943년 3월 13일자 〈아사히신문〉의 '신 학제에 바란다'에는 "고등학교에서 가르치는 어학은 대학의 준비교육으로, 이에 관한 요구는 종래 상당히 높았다. 이러한 어학이 빠진다면 우리나라의 고등학교 존재 이유는, 특히 문과의 경우에는 그 절반을 잃는 것이라고 말해도

---

22) 시키바 류자부로式場隆三郎, 「대동아전쟁의 진행과 함께 우리들의 어학적 지식을 어떻게 활용할 것인가大東亞戰爭の進行と共に如何に我等の語學的知識を活用すべきか」(〈The Current of The World〉, 1942. 2) p.94

과언이 아닐 것이다."라는 지적도 보인다.

전시하의 영·미어를 '적성어'로 등치시키는 한, 전시하의 영·미어는 적국의 언어로 배격해야 마땅하다는 설명만을 가질 뿐, 이외의 설명 가능성을 가지지 않는다. 그러나 이상에서 살펴본 예에서도 알 수 있듯이, 영·미어의 사용은 당면하고 있는 전쟁과는 무관하며, 오히려 전쟁에서 승리하기 위한 도구로써 적극적으로 활용할 것을 주장하는 담론도 존재하고 있었다. 그리고 '라디오'와 같은 명사는 적절한 일본어로 바꿀 수 없어서 그대로 사용하는 경우도 있었다. 실제, 1943년도에 간행된 『일본국세도회日本國勢圖會』를 살펴보면, '펄프', '시멘트', '케이블'과 같은 외래어가 일본어로 개정되지 않은 채 사용되고 있음을 알 수 있다. 다시 말하면, 전시하의 영·미어를 '적성어'로 수렴시키는 부정적인 담론에만 주목하여, 마치 전시하의 영·미어가 완전히 모습을 감추어버린 것처럼 묘사하는 것은, 전시하의 영·미어가 가지는 다양한 양태를 은폐한 가운데 작위적으로 만들어진 것이라고 할 수 있을 것이다.

영·미어의 두 가지 기능

전시하의 영·미어가 지닌 위상을 생각할 때 간과해서는 안 될 것은 다음과 같은 두 가지 측면이다. 첫 번째는 적국을 알기 위한 '무기'로서 영·미어의 필요성이 제기되고 있었다는 것이고, 두 번째는 대동아의 잠정적인 공통어로서 영·미어의 역할이 강조되었다는 것이다.

잡지 〈The Current of The World〉(1942. 1) 의 편집부가 실시한 설문 조사 '대동아전쟁의 진행과 함께 우리들의 어학적 지식을 어떻게 활용할 것인가' 는 전시하 영·미어의 역할에 대한 학계 지식인들의 생각을 정리한 것이다. 그 가운데 영어 학자 후쿠하라 린타로福原麟太郎는 "앞으로 전쟁이 진행됨에 따라 군인으로 출정한 사람이나, 후방에 있는 사람, 영어를 할 수 있는 사람은 내지内地의 관청, 병영, 점령지 등에서 활발히 영어를 사용하게 되겠지요. (중략) 백 년이 지나 동아에 영어가 불필요한 날이 온다 할지라도, 태평양 반대편에 미국, 인도의 반대편에 영국이 멸망하지 않는 한, 필요하게 될 것입니다. 만약, 그들 나라가 남아 있게 된다면, 우리들은 그들 나라를 이해하는 차원에서 지금보다도 더욱 영어를 공부하지 않으면 안 되게 될 것입니다." [23]라며, 일본의 동아시아 침략 및 지배에 있어서는 물론, 영국·미국과 대적하기 위해서라도 '영어' 가 필요하다는 점을 지적하고 있다. 이와 함께 후쿠하라는 외국 문학 연구의 필요성에 대해서도 강조하였다. 그는 "우리들은 구미 사람들의 사상과 감정이 어떤 움직임을 보이고 있는지 문학작품을 통해 알고 싶다. 일본을 위해서, 대동아 전쟁을 위해서 알고 싶다." [24]라며, 문학의 내셔널한 역할에 대해 적극적으로 피력하였다.

이처럼 '적' 을 알기 위한 '무기' 의 일환으로 영·미어의 필요성을 강조하는 의견은 다른 곳에서도 확인할 수 있다. 다카베 요시노부高部

義信는 1942년 1월호 〈영어연구英語研究〉의 '편집여기編集余記'에서 "적을 알고 나를 알면 백 번 싸워서 백 번 이길 수 있다."라는 손자孫子의 말을 인용하며, 성전聖戰에서 승리하기 위한 수단으로 영어를 적극적으로 이용할 것을 열변하였다.[25] 미나미이시 후쿠지로南石福二郎 역시도 다카베와 같은 의견을 주장하였다. 그는 '전시 체제하의 영어과 문제'(〈어학교육語學敎育〉1942. 3)에서 "영어 교수인 우리들의 태도는 전선에 있는 동포들과 달라서는 안 된다. 즉 우리들은 적의 상황을 탐색하는 정찰의 임무를 맡고 있는 척후병斥候兵의 마음가짐으로 영미의 장단점과 강약을 정확하게 인식하고, 또한 사람들로 하여금 그러한 인식을 가지도록 지도하지 않으면 안 된다."[26]라며 '영어'를 통하여 '적정정찰敵情偵察의 임무'를 다할 것을 강조하였다.

영미 관련 서적 역시 '적'을 알기 위한 '무기'의 일환으로 간행되었다. 다카가키 마쓰오高垣松雄의 『미국 문학론』(1941)은 "대미 관계가 긴박해져 가는 지금, 그들의 국민성을 알아내고, 그 전모를 파악하기 위해서라도 본서는 국민이 필독할 만한 명저이다."라는 광고[27]를 통해 서적 간행의 중요성을 피력하였고, 사이토 다케시齋藤勇도 "세계 미증유의 대전에 임함에 있어, 우리들이 보국의 성의를 다하며 밤낮으로 긴장하고 있는 가운데, 성서의 깊은 가르침과 큰 위안과 강한 격려가 도움이 되기를 절실하게 바라며"[28] 저서 『문학으로서의 성서』(1944)를 내놓는다고 하였다. 그리고 『New Words from Webster's

---

25) 다카베 요시노부高部義信, 「편집여기編集余記」(〈영어연구英語研究〉, 1942. 1) p.103
26) 미나미이시 후쿠지로南石福二郎, 「전시 체제하의 영어과 문제體制下に於ける英語科の問題」
    (〈어학교육語學敎育〉, 1942. 3) p.41
27) 〈영어연구英語研究〉 1941. 12, p.104
28) 사이토 다케시齋藤勇, 『문학으로서의 성서文學としての聖書』(研究社, 1944. 2) p. iv

Dictionary』(1944)도 "원서 입수가 절대 불가능한 지금, 더욱이 미국과 영국을 상대로 싸우고 있으며, 적국의 언어를 통하여 적을 알아야 할 필요가 절박한 지금, 본서가 Webster의 구판 소지자에게 보충이 될 뿐 아니라 미국 최신의 발명과 과학 자료 등의 독파에 도움이 된다면 편자의 노고는 충분히 보상받은 것이다."라고 출판 의미를 명확하게 밝히고 있다. 이처럼 영미 관련 서적들 역시 '귀축미영'을 극복하기 위한 구체적인 실천행위로 간행되었던 것이다. 즉, 이들은 모두 전시체제의 강화와 보강이라는 목적을 가지고 있었고, 이는 총력전의 또 다른 측면을 시사하는 것이었다고 지적할 수 있다.

그리고 각 신문과 잡지는 미국의 일본어 학습열풍이라든지, 독일의 외국어 교육에 대해 주목하기도 하였다. 예를 들면 〈영어연구〉(1944. 1)는 "일본어에 대한 미국의 열의는 대단한 것으로, 일류 대학은 모두 일본어 강좌를 개설하고 있다. Columbia 대학의 경우, 1942년 일본어 강좌에 등록하고자 한 사람은 500명 이상이었다. 참전 전에는 해마다 20명 정도였다고 한다. Harvard 대학에도 일본 강좌가 있고, 일본의 정치, 경제, 역사, 풍속, 관습, 지리 등과 같은 교과목이 있어, 각자가 전문적으로 연구하고 있다. 가장 규모가 큰 것은 콜로라도 주의 육군 어학교로, 일본어 교사만 200명 이상 있으며, 10개월간 속성으로 수업이 진행된다. 일본어가 능숙한 사람에게는 좋은 지위와 직업, 그리고 높은 월급을 주는데, 이러한 것들이 무엇보다도 매력적으로 비춰져, 학생들도 신중하게 임하고 있다고 한다."[29]라고 전하였으며, 또한 〈영어청년〉(1944. 1)[30]에서도 이와 비슷한 내용의 기사를 확

---

29) 〈영어연구英語研究〉 1944. 1, p.41
30) 〈영어청년英語青年〉 1944. 1, p.23 참조.

인할 수 있다.

독일의 외국어 교육에 대한 보도는 1943년 6월 27일자 〈아사히신문〉에서 찾을 수 있다. 이 신문은 '동맹국 독일의 학생총동원' 이라는 기사에서 "외국어는 적국의 언어인 영어만 필수 항목이고, 프랑스어는 앞서 말한 바와 같이 중요시되고 있지 않은데, 이와 같이 먼저 '적을 아는' 무기로 영어를 철저하게 갈고 닦고 있는 점은 주목할 만하다."라고 보도하고 있다. 또, 잡지 〈어학교육〉 (1942. 8) 이 실시한 좌담회 '고등학교 외국어 교육의 제 문제' 에서도 독일의 외국어 교육은 중요하게 거론되었다. 패널로 참가한 기무라 긴지木村謹治는 "독일의 새로운 고등학교 교수 과목을 보면, 그리스어는 차치하더라도 외국어는 영어밖에 없습니다", "독일 문부성의 교수 요강을 보면, 영어를 공부하는 목적이 명기되어 있습니다. 그것은 영국 국민은 독일 국민과 가장 가까운 민족이며, 역사적으로도 꽤 훌륭한 일을 한 국민들이므로, 이러한 국민을 연구함으로써 자국 문화 향상에 도움이 되도록 하자고 말하고 있습니다."[31]라고 발언하였는데, 이 좌담회의 참가자들은 기무라 긴지의 의견에 동의하고 있을 뿐 아니라, 독일인의 영어교육이나 향학심 또한 높게 평가하였다.

이와 같이 각 미디어가 적국 미국뿐 아니라 동맹국 독일의 외국어 교육 환경에까지 주목한 이유는, 적국어인 영·미어의 필요성을 역설하기 위한 포석이 필요했기 때문이라고 지적할 수 있다.

이와 함께, 영·미어는 '대동아 공영권' 의 과도기적 공통어로서 그 필요성이 제기되기도 하였다.

____

31) 〈어학교육語學教育〉 1942. 8, p.173

이지치 준세이伊地知純正는 "대동아의 남부 일대가 영어를 상용어로 쓰고 있는 것은 실로 이상한 일이다. 이 이상한 것을 바르게 고치는 것이 이번 성전의 목적 중 하나이다. 그러나 그 목적 완수의 process로써 우리들은 영어를 사용할 필요가 있다. 우리들의 궁극적인 목적은 일본어를 대동아에 일반화하는 일이지만 일에는 순서가 있다. 즉, 과도기 용어로 영어는 가장 편리한 것이다."[32]라며, 일본어 상용화 과정에 있어 영어 사용은 불가피하다는 점을 강조하였다.

호아시 리이치로帆足理一郎도 "금후 일본의 노력 여하에 따라 동아공영권이 형성된다면 우리 국어 보급도 상당히 진척될 것이다. 그러나 역시 국제어로서 영어가 공영권 민간의 통용어가 되어야 한다는 것에는 의심할 여지가 없다. (중략) 동아공영권의 여러 민족이 실로 친화 협력하여 동아의 문화를 건설하고, 세계 평화에 공헌하기 위해서는 마음에서 마음으로 통하는 공동 이해가 먼저 필요할 것이다. 그리고 공동 이해와 공동 감정의 기초는 공통의 언어를 가지는 것이고, 그것은 영어가 아니면 불가능하다."[33]라고 지적하면서, 영·미어가 '대동아공영권' 실현을 위한 도구가 될 수 있음을 거듭 피력하였다.

이와 같이, '적'을 알기 위한 '무기'로서의 영·미어, '대동아공영권'의 잠정적인 공통어로서의 영·미어가 강조되었던 것은, 전시하에서 영·미어 사용이 금지되던 상황을 역전시키지는 못한다 하

---

32) 이지치 준세이伊地知純正, 「전시하의 영어교육戰時下の英語教育」(〈영어청년英語青年〉 1942. 1) p.17
33) 호아시 리이치로帆足理一郎, 「대동아전쟁과 영어의 장래大東亞戰爭と英語の將來」(〈The Current of The World〉 1942. 1) p.95

더라도, 적어도 영·미어가 '적성어'로 규정되는 상황을 이겨내기 위한 명분과 자구책이 필요했기 때문이라고 이해할 수 있을 것이다.

한편, "영미를 퇴치한다는 회의[34]를 하면서도, 대부분의 사람들이 적국의 언어로 발언하고, 사상을 논한다는 것은 너무나도 유감스러운 일이다. 가능한 일본어로 말하면 좋겠다고 생각했지만, 그렇게까지 할 수는 없었고 모두 영어로 이야기했다."〈도쿄신문東京新聞〉1943. 12. 1)라고 도쿠토미 소호德富蘇峰가 전하고 있는 것처럼, 영·미어는 퇴치되어야 마땅한 언어였지만, 현실적으로는 그것을 사용할 수밖에 없었고, 경우에 따라서는 오히려 영·미어의 필요성을 인정할 수밖에 없는 딜레마가 존재하였던 것도 사실이다. 문부성은 전시하의 여성 교육의 중점을 육아, 보건, 실업 등에 두기 위하여, 1942년 7월 8일에 는 여학교, 같은 해 7월 18일에는 여자 실업학교의 영어과를 선택과목 (수의과隨意科)으로 개정한다. 이어서 같은 해 8월 21일에 발표된 문부 성의 학제 개혁안에 따라 1943년부터 영어교과는 중학교 1, 2학년의 경우에만 필수과목으로 지정되었고, 3학년 이상은 선택과목으로 전 환되어 수업 시간도 크게 줄어든다. 그러나 반대로 영어 국정교과서 가 만들어진 것은 바로 이 시기였다. 이 시기에 제작된 영어 교과서의 모양을 〈어학교육〉(1944. 7)이 전하는 문장에서 살펴보면, "중학교 독본은 밝은 하늘색 표지에 일본어로 영어英語라고 큰 활자로 씌어 있 고, 표지의 한가운데에는 후지산富士山 봉우리 그림이 삽입되어 있다.

---

34) 아시아 태평양전쟁 중 점령지역의 협력 체제를 강화하기 위하여, 일본의 도조 히데키東條 英機 내각이 개최한 대동아 회의. 1943년 11월 도쿄에서 개최된 이 회의에는 일본·만주· 필리핀·미얀마 등의 점령지역 정권대표들이 참가하여, 공존공영, 독립존중, 호혜제휴 등 5개 원칙을 내용으로 한 '대동아공동선언'을 채택하였다.

(중략) 메이지明治, 다이쇼大正, 쇼와昭和에 걸쳐 긴 세월 동안 'English Readers'라는 표지를 보아 온 사람들의 눈에는 조금 이상하게 보이겠지만 (중략) 외국어 학습의 주체적 입장의 명징이라든지, 작년 회의에서 크라운 리더의 왕관이 문제가 되었던 것 등을 참조해 보면, 이 표지가 가지고 있는 시대적 의의를 확실하게 파악할 수 있을 것이다."[35]라고 나와 있다. 이러한 기사에서 추찰할 수 있는 것은, 당시 외국어 배척의 일환으로 외래어를 일본어로 바꾸려는 시도가 있었던 것과 마찬가지로, 'English Readers'를 '英語'로, 크라운 리더의 '왕관'을 '후지산 봉우리'로 치환시킴으로써, 전시하의 일본이 '주체적 입장의 명징'을 강조하고자 하였다는 사실이다. 다시 말하면 전시하의 영·미어 정책은 '주체적 입장의 명징'을 고수하면서도, 필요 최소한의 영·미어 학습을 확보하려고 했다고 볼 수 있는데, 국정 영어 교과서 제작과 같은 선택이 외국어 박멸이 주장되는 가운데 궁여지책으로 이루어졌다는 것은 상상하기 어렵지 않다.

아울러 1943년 4월호 〈영어청년〉의 '편편록片片錄'을 살펴보면 영어 학습자 증감에 관한 현황을 확인할 수 있다. "올해 도쿄고등사범학교 영어과 지원자는 급감하여 50여 명. 도쿄외국어영어과 지원자는 200명 정도이다. 이에 반해, 호세대학法政大學 고등사범 영어과 등은 지원자가 급증하였다. (중략) 게이오대학慶應大學 외국어학교 영어과는 지금까지 상급(대학 정도)뿐이었지만, 이번 4월부터 중급(고등전문학교 정도)도 설치하였다."[36] 등의 기술을 참조해 보면, 학제 개혁에

---

35) 『영어교육사 자료 제2권英語敎育史資料 第二券』, 東京法令出版株式會社(1980. 2) p.83에서 재인용.
36) 〈영어청년英語靑年〉 1943. 4, p.22

의하여 영어교과가 선택과목으로 바뀌고, 영어과 수업 시간이 큰 폭으로 삭감되었지만, 이와는 상반된 움직임이 다른 한편에 있었음을 확인할 수 있다.

위에서 살펴본 바와 같이, 전시하의 영·미어가 어떤 식으로 존재하고 있었는가에 대해 이야기할 때, 우리는 '적성어'라는 말에 수렴될 수 없는 다양하고 중층적인 양상에 대해 유의하지 않으면 안 된다. 적어도 이상에서 지적한 영·미어의 두 가지 기능, 즉 적국을 알기 위한 '무기'로서의 영·미어, 대동아의 잠정적인 공통어로서의 영·미어의 역할을 고려한다면, 영·미어에 관한 상황을 '전멸', '쇄국' 등의 표현으로 단순화, 획일화할 수는 없는 것이다.

이상적 일미관계를 위하여

패전을 기점으로 하여 영·미어의 수용 상황이나 공유 범위를 명확하게 규정지을 수 없다는 것에 대해서는 이미 확인한 바 있다. 그럼에도 불구하고 어학 교재나 잡지, 관련 출판물 등이 '전중'과 '전후' 사이에 하나의 분절선을 만들어, 일단 앞 세대와의 단절을 강조한 다음 전후의 영·미어 유행을 이야기하는 것은 무엇 때문일까? 게다가 전후의 영·미어 열풍을 묘사하는 담론의 특징 중 하나는, '영어'와는 구별되는 '미어'의 이해, '미어'의 학습을 지나칠 정도로 강조하고 있다는 것이다. 이미 앞에서도 인용한 바 있지만, 잡지 〈시사영어연구時事英語研究〉가 영·미어 연구의 '새로운 목적과 사명'은 '미어'를 익히는 데 있다고 단언한 것은 그 좋은 예가 될 것이다. 또한 어학 교재의 제목에도 빈번하게 등장하는 '미회화' (예를 들면 『일미회화수첩』이나, 『일미회화필휴』, 『모범일미회화』, 『일미회화수첩』 등)의 표현도, 미국과의 의사소통을 적극적으로 희망한 결과에서 비롯된 것이라고 할 수 있다.

먼저, '미어'에 관한 이해와 관심을 불러일으키고, '미어'의 습득을 강조하는 의미에 대해 생각해보자.

1947년 10월에 출간된 『아메리칸 슬랭』에는 '영어'와 '미어'가 다음과 같이 구별되어 있다.

미국과 영국의 신문 잡지를 한번 읽어 보라. 미국과 영국의 소설을 한번 읽어 보라. 즉시 그 큰 차이점을 알 수 있을 것이다. 미국의 신문·잡지는 영국의 그것과 비교하여, 먼저 편집이 화려하고, 읽을 거리에 대단히 활기pep와 박력punch이 넘치며 재미있다. 특히 대중적인 것에는 최신의 속어slang나 새로운 단어new words를 많이 사용하여, 어떻게 해서든지 독자의 독서 욕구를 충족시키려고 고심하고 있는 것을 알 수 있다. 이에 반하여 영국의 신문·잡지·소설은 수백 년의 전통이라는 껍질 속에 갇혀 있으며, 지극히 평범한 전개를 하고 있다. 이것은 저널리즘journalism의 이데올로기ideology의 차이로, 양자의 우열을 간단하게 판단할 수 있는 것은 아니나, 여하튼 우리들이 미어에서 느낄 수 있는 솔직한 표현과 명랑함, 그리고 유머humor와 개그gag—이들이 조금 후안무치한 표현일지라도, 또한 언어에 조금 품위가 없다고 하더라도—에는 많은 호감이 간다. 친밀함을 느낀다.[37]

---

37) 히라카와 다다이치平川唯一 감수 · 다카야나기 하루노스케高柳春之助 저, 『아메리칸 슬랭アメリカンスラング』(文化書院, 1947. 10) p.29~30

위의 인용문에서 '영어'와 '미어'는 '평범'과 '재미'라고 하는 도식으로 명확하게 대비되어 있고, 궁극적으로 전후 일본이 필요로 하는 것은 '솔직한 표현과 명랑함, 그리고 유머humor와 개그gag'가 특징인 '미어'라는 점이 부각되어 있다. 물론 '영어'라는 언어 그 자체가 평범하고, 그에 비해 '미어'가 재미있는 것은 아닐 것이다. 평범한가, 재미있는가의 문제는 언어의 종류에 의해 결정되는 것이 아니라 씌어 있는 내용에 의해 좌우된다. 그러나 위의 인용문은 '영어'가 진부한 언어인 데 비하여, '미어'는 가볍고 활기찬 언어임을 강조하고 있어, 그 설명이 비약적으로 이루어지고 있음을 알 수 있다.

이와 같이 '영어'와 '미어'의 차이를 자명한 사실로 설명하는 논법은 다른 영·미어 잡지나 교재에서도 확인할 수 있다. 예를 들면 1949

영어가 범람한 거리의 풍경

년 9월호 〈시사영어연구〉의 경우, 신간 서적 『미영어대조사전』(1949)
을 소개함에 있어, "영국 영어와 미국 영어 사이에 많은 상이점이 있
다는 것은, 오늘날 누구라도 인식하고 있는 점이며, 거의 상식 수준인
것은 사실이다."라고 단언하며, 영어와 미어가 근본적으로 이질적이
라는 것을 분명히 하고 있다. 나아가 "종래 우리나라 영·미어 연구는
대부분이 미국 영어가 영국 영어와 다르다는 점을 명백히 밝히는 데
있었다. 즉, 미어 연구는 비교언어학적 성질을 가지고 있었다. 본서도
이러한 연장선상에서 이루어진 업적이며, 사전 형식을 빌려 계통적으
로 정리한 것이다. 저자 개인의 공적을 잠시 빌려 말하자면, 종래 우리
나라 미어 연구의 중요한 성과가 여기에 집대성되어 있다고 할 수 있
다."[38]라고 높게 평가하였다.

　또, 〈시사영어연구〉의 편집자인 다카베 요시노부高部義信는 "미국
영어가 대부분을 차지하게 된 지금, 미국인의 풍속과 습관을 잘 알아
두는 것이 바로 시사영어 연구의 첩경이라 말할 수 있겠지요. '다음
호부터 조금 내용을 바꾸어 새로운 바람을 보내 드리겠습니다' 라고
지난 호에서 약속한 것은 이러한 방향으로 연구방법을 바꾸려 했기
때문입니다."[39]라며, 전후 일본에서 통용되는 영어가 미국식 영어인
만큼 '미국인의 풍속과 습관' 에 대해서도 이해할 필요가 있고, 그것
이 곧 '시사영어 연구의 첩경' 이라고 단언하고 있다. 또한 미국식 영
어에 대한 이해가 '새로운 바람' 이라고 묘사되는 것처럼, 미국식 영
어는 종래의 영국식 영어와는 명확하고 분명하게 구별되는 것이었고,
구별될 필요도 있었던 것이다. 이러한 편집자의 취지가 반영되어서인

---

38) 〈시사영어연구時事英語研究〉 1949. 9, p.46
39) 〈시사영어연구時事英語研究〉 1948. 1, p.31

지, 1948년 10월호의 〈시사영어연구〉의 목차를 살펴보면, '미어초米語抄', '고등 미회화高等米會話' 라는 코너가 새롭게 마련되어 있는 것을 알 수 있다. 또한, 잡지 〈영어연구〉는 1950년 1월호부터 '미국어의 경향' 이라는 연재를 시작한다. 내용의 일부를 소개하자면 "영국 영어가 '동사＋부사' 인 것에 비하여, 미국 영어는 '동사＋부사＋전치사' 의 결합을 선호하여 사용하고 있다"[40] 등으로, 단어나 억양 뿐 아니라 문장 체계까지 비교함으로써, 영어와 미어를 명확하게 분별하고자 하였다.

그 외에도 "외래어나 미어에 대해 너무 깊이 언급한 감도 있지만, 그 때문에 본서는 읽는 사전적 성격을 가진다."[41]라든지, "특히 현재 가장 필요시 되고 있는 미어적 표현에 대해서는 Harris 선생님이 상세하고 치밀한 주의를 가지고 담당해 주셨다."[42]와 같이 어학 교재의 특징으로 '미어' 를 충실히 반영하고 있다는 것을 명기하고 강조하는 예는 쉽게 찾아 볼 수 있는데, 이는 '미어' 의 반영 여부가 세일즈 포인트가 될 수 있었기 때문이다.

그러나 '영어' 와 '미어' 사이에 명확한 경계선을 두고, 그 차이를 강조함으로써 '미어' 를 존립시키는 담론은 그것을 정면으로 부정하는 담론과 공존하고 있었다.

예를 들면, 미어사전 『The Kenkyusha Dictionary of American English』에 대한 평가 가운데, "미군 진주 이후, 미회화 책은 날개 돋

---

40) 〈영어연구英語研究〉 1950. 1, p.12

41) 야마토 야스오大和資雄, 『시사 영어時事英語』(山海堂, 1948. 1) 서문 참조.

42) Sergeant James A · Harris James B · 스도 겐키치須藤兼吉, 『일미회화필휴日米會話必携』(旺文社, 1950. 6)「개정판을 내면서」참조.

친 듯 팔려, 어중이떠중이 모두 다 미어에 관심을 가지게 되었다. 이러한 정세의 변화에 부응하기 위하여 나온 것이 바로 미어사전이다. (중략) 이러한 경향을 보면, 미어와 영어는 아주 다른 것처럼 보이나, (이 사전을 훑어보면 더욱 그러한 생각이 들지만) 이 사전에 집약되어 있는 어휘가 어느 정도 사용되고 있는지가 문제일 것이다. 최근 지나치게 영어와 미어의 차이점에 주목하고, 강조하고 있지는 않는가?"[43]라는 회의적인 비평이 존재하였다는 사실은 중요하다. 왜냐하면 이와 같은 평가는 '미어' 라는 장르 자체가 실체적으로 존재하는 것이 아니라, 작위적이고 의식적으로 분절화된 것에 지나지 않음을 지적하고 있기 때문이다.

이와 같은 맥락의 비판은 1948년도 추계 어학교육학술대회 가운데서도 찾을 수 있다. 나카시마 후미오中島文雄는 '미국어의 문법' 에 대해 다음과 같이 설명한다.

문법에 관한 한, 영 · 미어간의 차이는 적다. 역사적으로 보면, 양자가 본질적으로 동일하다는 사실은 쉽게 알 수 있다. will의 일인칭 단순미래 용법, [gæls] [dæns]의 발음 등도 미어에만 국한되는 것은 아니며, 미어의 slang도 Partridge書에서 많이 볼 수 있다. 따라서 소위 Americanism과 같은 것은 그다지 많지 않다고 할 수 있다. (중략) 구로다 다케시黑田巍의 발표 「미어의 발음」은 1900년부터 1947년까지의 13개 서적을 대상으로 Intonation의 일반적인 특징을 분석하고, 영 · 미어 간의 Intonation 차이에 대하여 설명한 것이다. 그에 따

---

43) 〈영어연구와 교수英語の研究と教授〉 1946. 12, p.14

르면 영·미어 간의 Intonation 차이는 대체적인 경향에 지나지 않을 뿐, British intonation이 Amrerica에 없는 것은 아니며, 또한 British intonation을 사용한다고 하여 오해를 불러일으키는 일도 없다. 즉, 꼭 필요한 American intonation pattern은 없다고 해도 좋을 것이다.[44]

나카시마의 의견에 따르면 문법뿐 아니라 억양에 있어서도 영어와 미어 사이에 차이를 발견하는 것은 쉬운 일이 아니며, 오히려 찾기 힘들 정도다. 즉, 나카시마는 양자를 동질적 성격을 가진 언어로 규정하고 있음을 알 수 있는데, 이와 같이 영어가 아닌 미어 학습을 권장하는 담론은 두 언어의 구별이 무의미하다는 주장과 함께 존재하고 있었던 것이다.

여기에서 영·미어에 관한 많은 담론들을 소개한 것은 두 언어의 성격이 동질적인가 아니면 이질적인가를 밝히고 싶었기 때문은 아니다. 오히려 명확히 인식해야 하는 것은, 영·미어에 대한 다양한 담론이 존재하는 가운데, 무엇 때문에 전후 일본은 영어가 아닌 '미어' 라는 장르를 필요로 하였는가, 무엇을 위하여 전후 일본은 '미어' 를 실체적으로 존립시키기 위한 담론을 생산하였느냐는 문제일 것이다.

실제로, 미어의 고유성을 주장하는 담론은 전시 상황의 반동에 의하여 전후의 영·미어가 급진적으로 확산되었다는 담론과 밀접한 관계를 가진다. 결론적으로 말하자면, 전후 일본은 의사소통이 가능한 일미관계를 희구하였기 때문에, 미국이라는 특정 국가의 이름이 투영

---

44) 본문은 『영어교육사 자료 제2권英語敎育史資料 第二券』(東京法令出版株式會社, 1980. 4) p.84에서 재인용.

된 '미어'라는 개념을 존립시키고 학습을 촉구한 것이었다. 미어가 요구되는 장면에는 종종 "일미 양국의 마찰을 줄인다."[45]라거나, "일본은 다시 국제적인 환경에 놓이게 되었다."[46]라는 점이 부각되었는데, 이처럼 미어는 점령군을 맞이하게 된 전후 일본의 상황 및 양국의 관계 개선을 위해 상정된 것이었다. 한마디로 말하면, 전후의 건전한 일미관계 구현을 위하여 미어는 필수불가결한 것이었고, 그러한 의미에서 전후 영·미어 열풍이 가지는 내셔널한 동기는 전시하에서 영·미어를 박멸시키고자 하였던 내셔널한 의도와 전혀 다르지 않았던 것이다. 패전을 기점으로 하여 영·미어에 관한 상황이 완전히 전복되었다고 강조하는 이러한 담론은, '미어'를 이해하고 공유하게 된 전후 일본은 더 이상 '귀축미영'을 부르짖지 아니하고, '헬로'로 궤도 수정하였다는 의미로 유통되기에 이른다. 결국 이러한 담론은 결국 이상적이고 건강한 일미관계상을 조형하는 것으로 이어지게 되고, 이때 전시하의 영·미어가 가지고 있던 '적성어' 측면을 강조하면 할수록 건강한 일미관계상은 더욱 비약적으로 부상하게 된다. '전폐', '쇄국'이라는 말로 전시하의 영·미어가 서사되는 것도 바로 그 때문인 것이다. 요약하자면, '미어'를 탄생시킨 담론은 전전과 전후의 단절 위에 영·미어의 중요성을 주장하는 담론과 서로 공명하는

---

45) 우리들의 생활에 있어서 오늘날처럼 영어회화가 필요했던 시대는 없었다. 문 밖을 나서면 한 사람 한 사람이 민간 외교관으로서 미국인과 접하지 않으면 안 된다. 안팎의 모든 접촉의 기회에 있어서 학생들의 영어실력은 최대한 발휘되어야 한다. (중략) 우리들은 미력하나마 통역자로서 일미 양국의 마찰을 줄이는 데 도움이 되었으면 한다. 지금까지의 영어교육에 대해 깊은 반성을 해야 할 시기라고 생각한다.(도쿄 메구로目黑의 한 고교생, 〈요미우리신문讀賣新聞〉, 1945. 9. 23)

46) Sergeant James A · Harris James B · 스도 겐키치須藤兼吉, 『일미회화필휴日米會話必携』(旺文社, 1950. 6) p.1

관계에 있으며, 결국 이들 담론은 전후 일미관계를 이상적이고 건강한 것으로 전경화했다고 할 수 있다.

그런데 '미어'의 조형 및 학습을 통하여 의사소통이 가능한 이상적인 일미관계가 상정되었다 하더라도, 이때의 '일본'과 '미국'이 등가적이었던 것은 아니다. 왜냐하면 건강한 일미관계의 실현은 일본인의 '미어' 학습을 전제로 한 것이었기 때문이다. 이상적인 일미관계를 위하여 미국인이 '일본어'를 습득하려고 노력한 것은 전무에 가깝다고 해도 과언이 아닐 것이다. 즉, 이상적이고 건전한 일미관계를 위하여 고안된 '미어'는 그 취지와는 달리, 오히려 '일본인'으로 하여금 '미어'에 접근하도록 강요하는 강제성을 내포하고 있었던 것이다. 그리고 이러한 비대칭적인 관계가 점령이라는 상황에서 비롯된 것이라는 점은 상상하기 어렵지 않다.

영 · 미어에 의해 구축된 공동체
—고지마 노부오, 「아메리칸 스쿨」의 경우

전후 일본이 탄생시킨 '미어'의 목적이 건강한 일미관계 구현에 있었다는 것, 또한 전후 일본사회가 보여준 '미어'에 대한 열광이 미 점령이라는 상황을 역설적으로 보여주고 있다는 점을 시사하고, 나아가 이러한 강제성으로 인하여 이상적인 일미관계도 성취될 수 없음을 고발한 작품으로 고지마 노부오의 단편 「아메리칸 스쿨アメリカンスクール」(〈문학계文學界〉 1954. 9)을 들 수 있다.

고지마 노부오의 「아메리칸 스쿨」은 패전 직후의 일본을 배경으로

일본인 영어 교사들이 '아메리칸 스쿨'을 견학하러 가는 가운데, 야마다山田, 이사伊佐, 미치코ミチ子 등, 각각의 등장인물들과 영·미어와의 관계를 희화적으로 묘사한 작품이다. 등장인물 가운데 야마다는 자신의 어학실력을 미국인 앞에서 피력하고자 적극적인 자세를 취하는 반면, 내성적인 이사는 영·미어 사용을 극력 피할 뿐 아니라 그로 인한 노이로제로 고통스러워하는 인물이다. 그리고 미치코는 유창한 영어를 구사하며 영어를 즐기지만, 야마다를 비난하며 이사의 입장을 충분히 이해하는 인물로 등장한다. 말하자면 「아메리칸 스쿨」은 영어에 대한 입장이 각기 다른 인물들의 에피소드를 엮은 작품이라 할 수 있는 것이다. 이 작품에 대해 작가는 다음과 같이 언급하고 있다.

나는 이 견학의 배경을 종전 후 2년 정도의 시기에 두고, 빈곤함과 비참함을 그리고자 하였다. 그것을 위해 상징적으로 6킬로미터의 포장도로를 시골 현청縣廳과 아메리칸 스쿨 사이에 설정해 보았다. 그리고 지금까지 '나'를 대변하던 한 남자를 군상 속에 집어넣어 보았다.

제1 소설집의 마지막 부분에서 말한 것처럼, 역시 나는 소불구자小不具者 소설을 쓰고 있다고 말하지 않으면 안 될 것이다. 그리고 유머이다. 나는 예전에 유머에 집착하는 것은 본질적인 것이라고 말했는데, 이것은 이 세상, 이 시대의 유동성, 불안정에서 기인하는 것이라고 말하는 편이 좋을지도 모르겠다.[47)]

---

47) 『고지마 노부오전집 6小島信夫全集6』(講談社, 1971. 7) p.332

이러한 작가의 설명이 있어서인지, 지금까지 고지마 노부오의 「아메리칸 스쿨」은 '상징', '유머' 라는 키워드를 중심으로 논의되어 왔다. 예를 들면, 다나카 미요코田中美代子는 "작가는 패전국의 과거 적성어 교사라는 상징적인 인물 군상을 통하여 점령하의 일본의 전형적인 드라마를 그려내려고 했다."[48]라고 지적하였고, 이자와 유키오利澤行夫도 이 작품을 풍자문학이라고 규정한 다음, 소설 속에는 "고지마와 같이 나약한 인간 이사伊佐"와 "강자이며 비웃음을 당하는 것을 참지 못하는 야마다山田", 그리고 "정말로 강한 사람이기 때문에 강한 척할 필요가 없는 여교사 미치코ミチ子"로 대표되는 세 가지 타입의 일본인이 그려져 있다고 분석하였다.[49] 다소 도식적이긴 하지만, 이들 해석은 모두 작가가 직접 언급한 작품 설명과 맥락을 같이한다고 볼 수 있다.

고지마 노부오 문학에 대한 대표적인 평론가로는 에토 준江藤淳을 들 수 있을 것이다. 그는 「아메리칸 스쿨」에 대하여 유동적으로 '움직이려고' 하는 야마다는 마지막에 완전히 체면을 구기고, 굼뜨며 '움직이지 않는' 이사는 옛것에 안주하려는 무능함 때문에 오히려 최후의 목적을 달성하게 된다고 분석한다. 또한 「아메리칸 스쿨」은 패전 직후의 일본사회를 뛰어난 기법으로 희화하고 있을 뿐 아니라, '서양=근대' 와 '일본=토속' 과의 접촉면을 신선하게 도려내고 있다는 점에

---

48) 다나카 미요코田中美代子, 「『아메리칸·스쿨アメリカン·スクール』」(〈국문학 해석과 감상國文學 解釋と鑑賞〉 1972. 2, p.107)

49) 이자와 유키오利澤行夫, 「고지마 노부오의 풍자와 추상小島信夫における風刺と抽象」(〈국문학 해석과 감상國文學 解釋と鑑賞〉 1972. 2, p.13)

50) 에토 준江藤淳, 「고지마 노부오의 '토속' 과 '근대' 小島信夫の「土俗」と「近代」(『우리들의 문학—고지마 노부오われらの文學—小島信夫』講談社, 1967. 6, p.462)

서도 특이한 작품이라고 평가하고 있다.[50]

　에토 준의 분석 가운데 주의해야 하는 것은 "영어 수용에 적극적인 입장을 취하는 야마다에 대한 작가의 '악의' 와 불신은 토속적인 핵, 즉 일본인의 생활을 지탱하는 근원적인 형식에 뿌리를 두고 있기 때문에 아주 효과적이고 설득력에 넘친다." 라는 부분일 것이다. 에토는 등장인물 야마다가 '추한 일본인' 으로 그려지고 있는 이유에 대해 그가 일본인 고유의 '토속적인 핵', 이 작품에서는 구체적으로 '일본어' 를 가리키고 있겠지만, 그것을 부정하고 있기 때문이라고 하였다. 적극적으로 영어를 사용하며 어떻게 해서든지 완벽한 '네이티브' 가 되려는 야마다의 행동은 에토 준이 말하는 바와 같이 '토속적인 핵', '근원적인 형식' 을 부정하고 있는 것으로 보인다. 그러나 지배자의 언어를 통하여 자신의 정체성까지도 바꾸고자 했던 야마다의 행동을 단지 추한 것으로 정리하기에는, '종전 후 2년 정도의 시기' 의 일본과 영·미어의 관계는 너무나도 복잡한 양상을 띠고 있었다. 이하에서는 「아메리칸 스쿨」에 등장하는 야마다의 언어관을 중심으로 전후의 영·미어 문제에 대해 살펴보고자 한다.

　먼저, 일본인 영어교사들이 6킬로미터나 걸어서 '아메리칸 스쿨' 을 방문한 것은 영·미어 교수법을 습득하기 위해서였다. 이러한 장면은 전후 일본이 미국과 원활한 의사소통을 하기 위하여 능률적이고 효과적인 영어 교수 방법을 모색하고 있었다는 사실을 말해주는 것이기도 하다. 실제로 GHQ는 전후 일본의 영어교육을 지원하고자, 가리오아GARIOA(Government and Relief in Occupied Areas), 풀브라이트 장학금Fulbright Scholarship과 같은 프로그램을 마련하여 교원들의 미국 연수를 도왔다. 미국은 점령이 끝난 뒤에도 전후 일본의 영어교육 부활을 위하여 일본영어교육연구위원회The English Language Exploratory Committee, 현재는 재단법인 영어교육협의회The English Language Education Council, Inc：ELEC를 조직하여 효과적인 교수법 및 교재연구를 시도한 바 있다. 이와 같이 미국은 패전 직후부터 일본의 영·미어 학습을 적극적으로 지원하였고, 전후 일본 역시 영·미어 습득에 능동적으로 임하였던 것이다.[51]

「아메리칸 스쿨」은 이와 같은 상황을 배경으로 각각의 일본인 영어 교사가 가지고 있는 언어관과 그들이 직면하는 상황들을 유머러스하게 묘사하고 있다. 특히 야마다는 누구보다도 '네이티브'에 가까운 영·미어를 동경하며 자신의 어학 실력을 미국인에게 과시하려고 한다. 또한 전전과는 단절된 전후 일본의 풍경을 전경화하려고 부단히 노력한다. 예를 들면, 야마다는 진주군을 향하여 "우리들은 현청 영어 교사의 일부입니다. 우리들은 영어를 대단히 애호합니다. 우리들은 영어교육에 열심입니다. 우리들은 새로운 교수법을 실행하고 있습니다. 우리들은 여러분 나라의 영어 선생님에게 지지 않을 정도입니다" (방점은 원문)라고 말하며, "(미국인과는) 같이 영어를 사용하는 국민 사이이지요."라고 주장한다. 이러한 야마다의 발언에는 일미관계를 '귀축미영'에서 '같이 영어를 사용하는 국민 사이'로 전환시키고자 하는 욕망이 묻어난다. 뿐만 아니라 그는 군국주의의 그림자를 철저하게 은폐하기 위해, "호각을 부는 것은 바람직하지 않습니다. 그러한 것들을 외국인이 본다면, 우리들이 아직도 밀리터리즘을 신봉하고 있다고 생각할 것입니다. 우리들은 모이기만 해야 할 뿐, 줄을 서서는 안

---

51) 하타노 마사루波多野勝, 『일미교류문화사 그들이 변화시킨 것과 남긴 것日米文化交流史　彼らが變えたものと殘したもの』(學陽書房, 2005. 5) p.15~16

됩니다.”라고 주장하기도 하고, 구두에 쓸려 발이 까져 제대로 걸을
수 없는 이사의 모습은 곧 일본의 낙오를 의미한다고 생각하고 “이러
고 있으면 늦어버립니다. 우리들의 굴욕입니다. 어떻게 해서든 미군
에게 들키지 않도록 하는 것이 중요합니다. 오, 쉐임풀!”이라며 이사
를 재촉하기도 한다. 야마다는 새로운 일미관계의 정형을 위해 ‘같이
영어를 쓰는 국민 사이’라는 구도를 내세우는 동시에, ‘밀리터리즘’
으로 대표되는 전전의 일본의 풍경을 감추고자 부단히 노력하였던 것
이다.

그런데 흥미로운 것은 야마다가 상정한 범주, 예를 들면 우리들이
라든지, ‘같이 영어를 쓰는 국민 사이’라는 것은 야마다가 작위적으
로 창조한 허구에 지나지 않는다는 사실이 다른 등장인물들에 의해
폭로된다는 점이다. 예를 들면 작중 화자, 이사, 그리고 아메리칸 스
쿨의 교장 윌리엄 등은 야마다의 언어관을 상대화하는 인물로 등장
한다.

먼저, 야마다가 이야기하는 우리들에 대해 살펴보자. 야마다는 아
메리칸 스쿨 수업 참관에 임한 일본인 영어교사 모두를 포괄하는 의
미로 우리들이라는 단어를 사용하고 있지만, 이것은 실제와는 거리가
먼 개념이었다. 이 작품에는 야마다와 대조적인 인물로 이사가 등장
하는데, 그는 “되도록 하루 종일 일본어를 사용하지 않도록 노력하여,
우리들의 영어 실력을 그들에게 보여줍시다.”라는 야마다의 제안에
비명에 가까운 소리를 지를 정도로 영·미어에 과민한 인물이다. 그
리고 미국에서 시찰단이 왔을 때에는 이틀 전부터 학교를 쉬며, 열도
없으면서 얼음주머니를 이마에 대고 누워 있을 정도로 영·미어 구사
에 극심한 공포심을 가지고 있는 인물이다. 이러한 인물 묘사는 야마

다가 이야기하는 '영어를 대단히 애호하는' 집단인 우리들과 이사가 전혀 접합하지 않고 있음을 시사한다. 즉, 야마다가 말하는 우리들에 이사는 속해 있지 않은 것이다. 또한 작품 속에는 야마다가 말하는 우리들에 방점이 붙어 있다. 이는 야마다가 제시한 우리들의 개념이 다름 아닌 야마다에 의해 만들어진 작위적인 개념에 지나지 않음을 화자가 강조하고 있는 것으로 해석할 수 있을 것이다.

나아가, '같이 영어를 사용하는 국민 사이'가 되고자 했던 야마다의 바람도 아메리칸 스쿨의 윌리엄 교장에 의해 부정되어 버리고 만다.

어떻게 해서든지 '모델 티칭'을 하고 싶다는 야마다의 요구에 윌리엄 교장은 당혹스러워하면서도 그것을 허락한다. 그 후, 야마다와 함께 모델 티칭을 하게 된 이사는 동요하기 시작하고, 또 도시락을 먹기 위해 이사로부터 젓가락을 빌리려고 했던 미치코도 젓가락을 건네받는 순간 하이힐이 미끄러져 넘어지고 만다. "절룩거리며 뒤를 따라가는 남자는 저를 대신하여 모델 티칭을 하고 싶어 그것을 부탁할 작정으로 뛰어갔던 것입니다. 그리고 저 부인 또한 자신도 모델 티칭을 하고 싶다며, 그에게 양보를 요구하려 했던 것입니다. 모두 연구심과 영어에 대한 열의 때문입니다."라고 야마다가 열심히 항변하였음에도 불구하고, 윌리엄 교장은 "일본인 교사가 여기 교단에 서려고 하거나 (중략) 교육 방침에 간섭하는 일. 즉 너무 열심히 임하는 것"과 "하이힐을 신는 것"을 엄금한다. 이때 윌리엄 교장이 금지한 전자, 즉 "일본인 교사가 여기 교단에 서려고 하거나 (중략) 교육 방침에 간섭하는 일. 즉 너무 열심히 임하는 것"은 야마다의 행동을 가리키는 것이고, 후자인 "하이힐을 신는 것"은 미치코의 행동을 가리키는 것으로 볼 수 있는데, 이렇게 해석한다면 야마다와 이사, 그리고 미치코 중, 윌리엄 교장이 엄금한 규칙에서 자유로운 사람은 오로지 이사 한 사람임을 알 수 있다. 특히 윌리엄 교장이 '하이힐을 신는 것'을 금지한 것에 주목할 필요가 있다. 자연스러운 영·미어를 구사하며 외국어를 즐기는 미치코의 입장은 야마다의 그것과는 차원이 다른 것이었음에도 불구하고 윌리엄 교장은 미치코의 영어마저 차단시켜 버린다. 이것은 일본인의 어학 실력, 입장 차이를 불문하고 일본인의 영·미어 사용을 원천적으로 봉쇄하는 것을 의미한다고 해석할 수 있다. 윌리엄 교장이 규제한 야마다와 미치코는 이사보다 훨씬 능숙하게 영·미어를 구사할 수 있음에도 불구하고, 두 사람은 윌리엄 교장과 바람직한 관계를 형성하지 못했던 것이다.

야마다는 전후 일미관계를 '같이 영어를 사용하는 국민 사이'라고 규정하며 일본인이 얼마나 능숙하게 영·미어를 말하는가를 과시하고자 하였다. 그리고 영·미어를 개재시키지 않는 한, 일본과 미국은 '국민 사이'가 될 수 없다고 믿고 있었다. 야마다가 영·미어에 열심이었던 것도 그 때문이었다. 이것은 이상적인 일미관계 구축과 원활한 의사소통이 일본인의 영·미어 학습이라는 담보에 의해 이루어진다는 것을 의미한다. 그러나 영·미어를 통하여 미국과 밀접한 관계를 만들고자 하였던 야마다의 시도는 윌리엄 교장에 의하여 철저하게 부정되었고, '같이 영어를 사용하는 국민 사이'라는 관계 또한 그리 간단하게 성립되지 않았다.

영·미어를 자유자재로 구사하는 것이 곧 이상적인 일미관계의 획득으로 직결된다고 믿었던 야마다의 언어관은 이사에 의해 그 공허함을 여실히 드러내게 된다.

구두에 쓸리어 뒤꿈치가 까진 이사는 아메리칸 스쿨에 도착하자마자 미국인 여성으로부터 치료를 받는다. 미국인 여성은 이사에게 부드러운 목소리로 말을 건네면서 발의 상처를 치료해 주지만, 영·미어에 거부감을 가지고 있던 이사는 그 여성이 말을 건넬 때마다 귀가 나빠서 들리지 않는다는 시늉을 한다. 그러나 그는 미국인 부인에 대하여 "예의상 자책감을 느끼고, 그대로 땅에 엎드려 부인의 발에 입을 맞추거나 발 아래의 지면에 입을 맞추거나 해서라도 용서를 구하고 싶다."라고 생각한다. 죄책감을 느낀 이사는 치료가 끝난 뒤, 부인이 가지고 있던 두꺼운 책을 대신 들어주려고, 부인의 책을 빼앗듯이 집어 든다. 미국인 여성은 이사가 무리하게 책을 가져가려고 했기 때문에 힘껏 책을 쥐었지만, 이사가 머리를 숙이며 우는 듯한 웃음을 띠고 있는 것을 보고, 겨우 그의 의도를 알아차릴 수 있었다.

미국인 여성으로부터 감사의 인사를 받은 이사는 자신의 의도가 상대방에게 통했다는 것을 직감하고, 지금부터 자신이 아메리칸 스쿨에서 무능하다는 사실이 알려지더라도 적어도 인격적인 면에서 비난은 피할 수 있으리라는 생각에 조용한 만족을 느낀다. 여기서 이사가 느낀 만족은 영·미어를 매개로 의사소통이 가능한 일미관계를 구축하는 것이 가장 이상적인 관계라고 믿는 것과 전혀 다른 성질을 가지는 것이다. 즉, 누구보다도 영·미어에 의욕적이었던 야마다가 윌리엄 교장으로부터 거절당하고 제지당하는 것과는 대조적으로, 영·미어에 거리를 두고 거부해 온 이사는 커뮤니케이션상의 만족을 얻을 수 있었던 것이다. 일본인의 영·미어 실력에 비례하는 전후 일미관계상을 그려 온 야마다의 입장에서 본다면, 이사는 영·미어에 궁색한 만큼 커뮤니케이션이 이루어지지 않는 불완전한 일미관계를 가져야 마땅하다. 그러나 야마다가 지닌 언어관의 공허함을 폭로하기라도 하듯, '자신의 의도가 상대방에게 통했다' 는 만족을 느낀 쪽은 이사였던 것이다. 그러한 의미에서 이사는 야마다의 언어관에 대해 문제를 제기하는 중심인물이라 할 수 있으며, 그와 더불어 윌리엄 교장, 그리고 작중 화자도 야마다의 언어관을 적극적으로 부정하는 인물이라고 지적할 수 있다.

「아메리칸 스쿨」은 점령하의 일본인의 '열등의식'[52]을 적확하게 표현한 작품으로 높이 평가되어 1954년도 하반기에 아쿠타카와상芥川賞을 수상하였다. 이후, 이 '열등의식' 은 「아메리칸 스쿨」이라는 작품을 이해하는 키워드로 작용해 왔다.[53] 많은 논자들의 평가가 '열등의식' 으로 일관되는 것은 당연한 일인지도 모른다. 왜냐하면 이 작품은 처음부터 불균형한 일미관계를 전제로 하고 있고, 전후의 일본인이 영·미어에 접근하는 것을 숙명으로 받아들이고 있던 상황을 토대로 하고 있기 때문이다. 즉, 이 작품에 있어서 전후 일본인의 '열등의식' 은 처음부터 준비되어 있었다고 말해도 좋을 것이다.

그렇다면 우리들이 주목해야 하는 것은 이러한 '열등의식' 이 어떠한 경로를 통하여 어떠한 방법으로 발현되었는가, 그리고 표면화된 '열등의식' 의 성질은 어떠한 것인가라는 문제에 있을 것이다. 이 모

---

52) 이노우에 야스시井上靖, "이것은 인간의 열등의식을 집요하게 추궁한 작품으로, 한 시대의 일본인을 풍자한 시대적 의의를 가지는 역작이다." (《분게슌주文芸春秋》 1955. 3, p.288)

53) 에토 준은 고지마 노부오의 작품에 있어서 일관된 모티브는 '미국' 이라고 하면서, 특히 고지마 노부오의 '미국' 은 '깊은 패배를 가져오는 압력' 이라고 지적하였다. (『아메리칸 · 스쿨アメリカン·スクール』 新潮文庫, 1967. 6, p.306) 또한 다나카 미요코도 「아메리칸 · 스쿨」은 과거 적국어敵國語 교사라는 상징적인 인물군을 통하여 미 점령하의 일본의 전형적인 드라마를 그린 작품이라고 하면서, 특히 이사伊佐의 극단적으로 유아적인 행동은 패전국 남성의 굴욕과 자기 혐오를 표현한 것이라고 논한 바 있다.(《국문학 해석과 감상國文學解釋と鑑賞》, 1972. 2, p.107)

든 문제는 반복하여 지적하고 있듯이 전후 일본이 상정한 일미관계에서 비롯되었다고 할 수 있다. 즉, 전후 일본은 영·미어를 매개로 의사소통이 가능한 일미관계를 상정하였고, 또한 관계 구축의 전제조건으로 일본인의 영·미어 학습을 필수적인 요소로 규정하였다. 그러나 설사 일본인이 영·미어 능력을 갖추었다고 하더라도, '같이 영어를 사용하는 국민 사이'라는 이상적인 일미관계는 그리 간단하게 성립되지 않았다. 이러한 점은 「아메리칸 스쿨」의 야마다와 이사가 경험한 대조적인 상황을 통하여 확인할 수 있었다. 다시 말하면 영·미어를 매개로 조화로운 일미관계 구축이 가능하다고 생각하는 것은 야마다, 나아가 전후 일본의 일방적인 희망사항에 지나지 않는 것으로, '열등의식'은 이와 같은 상황 속에 이미 내재되어 있었던 것이다.

　작품의 배경이 되고 있는 '종전 후 2년 정도의 시기'의 일본에 있어서 영·미어는 새로운 타자와의 관계를 형성하기 위한 가장 이상적인 도구로 급부상하고 있었다. 종래의 '영어'와는 다른 의미를 가지는 '미어'가 탄생되고 보급되는 과정에서는 언어에 대한 전후 일본의 기대감과 정치적 욕망마저 읽을 수 있다. 그러나 어떠한 전후 일본을 구상하는가, 어떠한 일미관계를 구축하고자 하는가 하는 문제제기와 정치적 욕망에 의해 만들어진 '미어'는 실질적인 해결책이 되지 못했다. '미어'의 조형이 건강한 일미관계를 희구한 전후 일본에 의해 일방적이고 작위적으로 이루어진 것이었기 때문에, 야마다와 같이 그것을 공유하고자 노력하더라도 이상적이고 건강한 일미관계는 결국 생성되지 못했던 것이다. 이러한 의미에서 고지마 노부오의 「아메리칸 스쿨」은 '종전 후 2년 정도의 시기'의 일본을 대변한 것이 아니라, 오히려 전후 일본이 희구한 일미관계가 얼마나 많은 문제점을 안고 있었는가에 대해 재고하게 하는 작품이라 할 수 있을 것이다.

통역자가 개재하는 장을 생각한다
―고지마 노부오의 『포옹가족』을 중심으로

여기서 고지마 노부오의 또 다른 작품인 『포옹가족抱擁家族』(〈군조群像〉 1965. 7)에 주목해 보자.

외국문학의 번역가이자 대학에서 영문학을 강의하고 있는 미와 슌스케三輪俊介는 가정부로부터 미국인 병사 조지ジョージ와 아내 도키코時子가 불륜관계에 있다는 사실을 전해 듣는다. 슌스케는 아내와 조지의 관계를 알아내기 위해 노력하지만, 진상을 규명해내지 못한다. 그러한 가운데 슌스케는 가정의 새로운 출발을 염원하며 미국식 새 집을 마련하고 이사한다. 새로운 출발을 시도했던 슌스케였지만, 이미 유방암에 걸려 있던 아내의 죽음과 아들과 딸이 모두 가출하는 불운이 이어질 뿐이었다.

발표 당시의 문예 시평에서도 알 수 있듯이, 『포옹가족』은 '붕괴가족', '가장家長 실격 소설'로 평가되었다. 예를 들면 히라노 겐平野謙은, 이 작품은 남편(슌스케)의 면목도 위엄도 마지막까지 회복되지 못한 채 끝나고 있다며, '가장 실격 소설'이라고 평가하였다.[54] 작품의

---

54) 히라노 겐平野謙, "여기서 작가가 강조하고 있는 것은 좋은 사람이기는 하지만 우스꽝스러운 면모이며, 남성이 가지는 비참함이다. (중략) 남편의 체면뿐 아니라, 아버지의 위엄도 마지막까지 회복되지 못한 채 끝나버리고 있다."(「이달의 소설(상)今月の小說(上)」, 〈마이니치신문每日新聞〉 1965. 5. 23)

제목 '포옹가족'이 '붕괴가족'의 여러 모습을 반어적으로 표현한 것
이라는 지적은 에토 준江藤淳의 문예 시평[55]이나 야마모토 겐키치山
本健吉·후쿠나가 다케히코福永武彦·혼다 슈고本多秋五의 대담「창
작합평」(〈군조〉 1965. 8)[56] 등에서 확인할 수 있다. 이러한 논조는 이
후에도 지속적으로 전개되는데, 스가 히데미絓秀實의「집=계(系)의
파괴―고지마 노부오론」(〈군조〉1983. 8)[57]이나 하야카와 마사유키早
川雅之의「고지마 노부오『포옹가족』론」[58] 등이 이에 해당된다.

　『포옹가족』을 논함에 있어 간과할 수 없는 것은 역시 에토 준의『성
숙과 상실― '어머니'의 붕괴』(1967)일 것이다. 에토 준은『포옹가족』
의 도키코는 자신이 불러들인 '미국(조지)'에 의하여 스스로의 '모
성' 뿐 아니라, 농경사회에 있어서의 모자상간적母子相姦的 관계(도키

---

55) 에토 준, "『포옹가족』은 아내와 미국병사의 간통으로 말미암은 혼란, 무질서로부터 가정
　　을 재건하려는 이야기라고 할 수 있을 것이다."(「문예시평(상)文芸時評(上)」,〈아사히신문
　　朝日新聞〉 1965. 6. 24)
56) 혼다本多 : 저는 정말 좋은 작품이라고 생각합니다. '포옹가족'이라는 것은 결국 '붕괴가
　　족'이라는 느낌을 주는데, 어떤가요?
　　야마모토山本 : 가장 실격 소설이라고 해도 좋을 것 같군요.
　　(야마모토 겐키치山本健吉·후쿠나가 다케히코福永武彦·혼다 슈고本多秋五,「창작합평創作
　　合評」〈군조群像〉 1965. 8)
57)『포옹가족』의 서두는 주인공 미와 슌스케가 '집'에 대해 집요하게 의식하고 있다는 사실에
　　서 시작된다. 미와 슌스케는 전형적인 미국식 주택을 지었다고 생각하지만, 이미 그는 그것
　　이 붕괴의 위험에 처해 있다는 것을 자각하고 있었던 것이다. (스가 히데미絓秀實,「집=계
　　(系)의 파괴―고지마 노부오론家=系の破壊―小島信夫論」,〈군조群像〉 1983. 8, p.233)
58) 오랜 역사에 뿌리를 내린 혈연적 '가족제도'가 해체되고, (중략) 파괴된 남녀의 관계를 어
　　떻게 재건시킬 것인가. 어머니가 여자로 변모하여 가정의 평화와 혈연관계를 파괴하였을
　　때, 또 남편이 성적 기능을 잃어버리고 동시에 가부장적 권위에 해당하는 세대주로서의 권
　　위와 지도력을 상실했을 때, (중략) 어디서 해결책을 찾을 수 있을까? 이러한 전후 일본의
　　과도기적 혼란과 과제를 이 소설은 선취하여 그려내고 있다.(하야카와 마사유키早川雅之,
　　「고지마 노부오小島信夫『포옹가족』론『抱擁家族』論」,〈근대문학론집近代文學論集〉 1988. 11,
　　p.52)

코와 슌스케의 관계) 도 파괴시키고 말았다고 지적하였다. '부성父性'
을 백그라운드로 한 '운명적인 낯선 사람' 조지가 '여성적', '모성
적' 인 일본의 농경사회에 침입했을 때, 도키코는 '창부' 로 변모해 버
렸고, 일본에는 인공적인 문화만이 남게 되었다는 것이다.

　　점령이 법적으로 종결되었을 때, 일본인에게 더 이상 '아버지父'
는 어디에도 없었다. 거기에는 초월적인 것, '하늘天' 을 대신할 수
있는 것은 완전히 부재하였다. 만약 거기에 잔상殘像이 남아 있다면,
그것은 '부끄러운' 패배의 기억으로 철저하게 부정되었다. 그 과정
은 그야말로 농경사회의 '자연' = '모성' 이 '남겨진' 자의 불안과 수
치심으로부터 완전히 파괴된 것과 표리일체를 이루고 있는 것이다.
앞서 말한 바와 같이, 지금 일본인에게는 '아버지' 도 없을 뿐 아니
라 '어머니' 도 없다. 거기에는 인공적인 환경만이 나날이 확대되어,
사람들은 살고 있으면서도 고사枯死당해 갈 뿐이다. [59]

　　이러한 에토의 해석은 작가 고지마 노부오의 집필의도와도 상통하
는 것이었다. 고지마 노부오는 '『포옹가족』 노트' 에서 "미국인을 가
져오는 것은 방해가 되지 않을까, 하고 생각했다. 하지만 이것은 현대
의 문제, 우리나라의 문화의 내용으로 봐서 오히려 필요하다. 슌스케
의 집 짓는 법, 외국식의 집과도 관련이 있다. 우리들에게 윤리적 지주
가 없는 것과 관련을 지어도 좋다." [60]라고 말하고 있는데, 여기서 '미

---

59) 에토 준, 『성숙과 상실─ '어머니' 의 붕괴成熟と喪失─"母"の崩壊』(河出書房, 1967. 6) p.149
60) 『고지마 노부오전집 6 小島信夫全集全集6』(講談社, 1971. 7) p.105

국인', '현대의 문제' 라는 것은 다름 아닌 작품이 발표될 당시의 안보
투쟁이나 미군기지 반대 운동 등의 반미 내셔널리즘을 가리키고 있는
것이다. 정치적으로 미국의 지배하에 놓이게 되어 주체성을 상실한
전후 일본의 모습을, 작가는 일본인 슌스케가 '외국식 집' 을 향유하
면서 생긴 마찰로 묘사하였고, 이러한 점을 에토 준은 미국에 의한 전
후 일본의 '모성' 상실이라고 해석하고 있는 것이다. 작가 고지마 노
부오와 에토 준 모두 '조지' 를 '미국' 또는 '근대' 의 기호로 이해하
고 있다는 점에서 문맥을 같이한다고 볼 수 있다.

　에토 준의 명쾌한 도식이 『포옹가족』을 감상할 때 하나의 방향성을
제시한 사실은 부정할 수 없다. 하바라 유즈루羽原讓의 「소실점
vanishing point 문학 1976—「포옹가족」에서 「한없이 투명에 가까운 블
루」에 이르기까지—」[61]나, 센고쿠 히데요千石英世의 「최후의 성—『포
옹가족』에 있어서 신의 문제」[62], 그리고 오하시 겐자부로大橋健三郎의
「『포옹가족』에 대하여—희극에 의한 비극」[63], 도미오카 고이치로富岡

---

[61] 하바라羽原는 주인공 미와 슌스케에 대해, 가족제도도 윤리도 없는 소위 '전후의 집' 의 아
　　버지이자 남편이지만, 미국인 병사 조지에 대해서는 '고 백 홈 양키' 라고 부르짖을 수 있
　　는 기개를 가진 일본이라고 지적하고 있다. 그러나 무라카미 류村上龍에 이르면, 그러한 기
　　개는 완전히 소실되고 만다고 논하고 있다. (하바라 유즈루羽原讓, 「소실점 문학 1976—「포
　　옹가족」에서 「한없이 투명에 가까운 블루」에 이르기까지—ヴァニッシングポイント文學
　　1976—「抱擁家族」から「限りなく透明に近いブルーへ」」, 〈군조群像〉 1982. 5. p.485)
[62] 신神을 담는 텅 빈 그릇만이 도쿄 교외의 어둠 속에 남아 있을 뿐이다. (중략) 슌스케는 그
　　러한 가운데 눈에 보이지 않는 벽에 부딪히며, 심신 모두 맞지 않는 옷을 입은 듯 우왕좌왕
　　할 뿐이다. 아들 요이치는 그러한 그릇을 버려버렸다. 딸 노리코도 그 그릇에 억눌려버리
　　지는 않을까. (센고쿠 히데요千石英世, 「최후의 성—『포옹가족』에 있어서 신의 문제最後の
　　性—『抱擁家族』における神の問題」, 오하시 겐자부로大橋健三郎 외, 『고지마 노부오에 관한 문
　　학의 현재小島信夫をめぐる文學の現在』福武書店, 1985. 7, p.156)
[63] 패전의 황폐와 그로 말미암은 공백에 서양, 특히 미국의 문물과 제도, 사상이 침입함으로
　　써 일본인의 '윤리적 지주' 가 한 번쯤은 꺾이고 말았다는 것은 누구라도 인정하는 일일 것
　　이다. 게다가 그 서양의 사상과 제도는 일본에 쉽게 뿌리를 내리지 못하고 물질문명의 유

幸一郎의 「텅 빈 '근대' —『영령의 목소리』와 『포옹가족』」[64], 마쓰모토 가즈야松本和也의 「〈암〉·〈번역〉·『포옹가족』—고지마 노부오에 관한 시론」[65] 등은 모두 에토가 제시한 논의의 준거 범위 안에 속하는 논문이라고 할 수 있다.

하지만 과연 『포옹가족』은 미국인 남성 조지와 일본인 여성 도키코의 '성관계'를 통하여 미와 가족, 나아가 전후 일본이 붕괴해 가는 과정을 그린 추문적 소설일까. 더욱 단적으로 말해 에토가 논평하는 가운데 전제로 하고 있는 조지와 도키코의 '정사情事'는 과연 실제로 있었던 것일까. 두 사람의 '성관계'에 관하여 당사자들이 직접 언급하는 장면은 작품 가운데 없으며, 사건의 전말은 오로지 슌스케의 '통역'을 경유하여 전달될 뿐이다. 그렇다면 여기에서 주의할 것은 슌스케의 입장일 것이다. 다시 말하면, 슌스케의 '통역성' 또는 '번역성'은 어떠한 기능을 가지며, 그것은 독자에게 무엇을 환기시키는가, 그리고 사건의 '진상'과는 어떠한 관계가 있는가, 등도 당연히 고려되

___

입과 함께 오히려 일본인의 마음이 머무를 곳, 소위 자기는 상실되었고, 결과적으로 혼돈을 야기하고 말았다고 말하지 않을 수 없다. (오하시 겐자부로大橋健三郎, 「『포옹가족』에 대하여—희극에 의한 비극『抱擁家族』について—笑劇による悲劇」講談社 文芸文庫 『抱擁家族』解說, 1988. 2, p.275)

64) 일본의 전후, 나아가 근대가 가져온 비틀어짐과 정신의 공동空洞을 『포옹가족』만큼 적나라하게 묘사한 소설은 없다.(도미오카 고이치로富岡幸一郎, 「텅 빈 '근대' —『영령의 목소리』와 『포옹가족』空っぽの「近代」—『英靈の聲』と『抱擁家族』」, 〈신초新潮〉 1990. 12, p.221)

65) 논자는 슌스케와 도키코, 조지가 대면하는 장면에 대해, 〈번역〉하는 슌스케는 상황의 부외자처럼 느껴진다고 지적하며, 이러한 모습은 다름 아닌 신=국가가 결여된 비 가부장적 슌스케를 의미한다고 설명한다. 이와 같이 슌스케에게 '부성'이 결여되어 있다고 해석하는 견해는 에토 준의 '어머니의 붕괴'론과 문맥을 같이하는 것이라고 해도 좋을 것이다.(마쓰모토 가즈야松本和也, 「〈암〉·〈번역〉·『포옹가족』—고지마 노부오에 관한 시론〈癌〉·〈飜譯〉·『抱擁家族』—小島信夫をめぐる試論」, 〈릿쿄대학 일본문학立教大學日本文學〉 1999. 7 참조)

어야 할 것이다.

이하에서는 이와 같은 슌스케의 '통·번역성'에 주목하여 위에서 제기한 각각의 문제에 대해 살펴보고, 이를 토대로 『포옹가족』을 재해석해 보고자 한다.

먼저 슌스케의 통·번역성에 대하여 확인해 두자.

2, 3년 후, 슌스케는 좌담회 겸 강연회에 나갔다. 그것은 주부를 상대로 한 것이었다. 대학에서 강사로 일하면서 외국 문학을 번역하고 있는 슌스케는 일본문학 번역가이자 소개자로서 2년 전 미국의 한 대학에서 1년간 체재한 바 있다. 미국에서 돌아온 후, 슌스케는 미국 생활에 대하여 강연하였는데, 언제부턴가 이러한 강연회에 불려 다니게 되었다.[66]

저녁에 슌스케는 '외국의 가정생활에 대하여'라는 작은 강연을 하였다.[67]

『포옹가족』의 미와 슌스케는 대학 강사이면서 외국 문학 번역가로 활동하고 있다. 또한 그는 미국의 라이프 스타일을 소개하는 강연가이기도 하다. 그의 연설 내용의 주된 내용은 '외국의 가정생활', '부부의 길' 등이다.

---

66) 『고지마 노부오전집 3 小島信夫全集3』(講談社, 1971. 2) p.8
67) 위의 책 p.27

본문 중에 "케네디가 죽고, 쓰루미 이중 충격 사건[68]으로 백 몇십 명이 눈 깜짝하는 사이에 죽고"라는 구절이 있는 것으로 미루어 보아, 미와 슌스케 가족이 살고 있는 시대는 1963년 전후前後라고 추정된다.

1956년의 『경제 백서』가 "더 이상 전후가 아니다"라고 선언한 것에 이어, 1960년의 『경제 백서』가 전후 일본사회의 현황을 '소비 혁명'이라고 표현한 것처럼, 이 시기의 일본은 전쟁의 그림자에서 점점 벗어나 물질적 풍요로움을 실감하고 있었다. 삼종의 신기三種の神器[69]의 보급은 생활을 더욱 여유롭게 해 주었으며, 미국 홈드라마의 방영으로 미국문화와의 거리는 더욱 좁혀지게 된다. 전후 일본사회가 비록 무의식적이라 하더라도 생활 방식이나 문화의 모델로 삼아온 이미지의 원형은 미국 홈드라마였음은 부정할 수 없는 사실이었다.[70]

잡지 및 드라마 등의 미디어를 통하여 정형화된 '외국 생활'이나 '미국의 삶'이 '서양'을 대변할 때, 그것과 대비되는 형태로 '일본의

---

68) 1963년 11월 9일 오후 9시 40분경, 일본국유철도(국철) 도카이도혼센東海道本線 쓰루미역鶴見驛~신고야스역新子安驛 간에 발생한 열차탈선 다중 충돌사건.

69) 삼종의 신기三種の神器란, 아마테라스 오미카미天照大神로부터 전해지는 거울, 검, 옥을 말하며, 일본의 역대 천황은 이것을 계승한다고 전해진다. 전후 일본사회의 가정생활을 변화시킨 주요 가전제품을 칭할 때에도 '삼종의 신기'라는 표현을 사용하는데, 세탁기, 냉장고, 흑백 텔레비전이 이에 해당된다.

70) 1950년대 후반, 일본사회에 유행한 대표적인 미국 홈드라마로는 다음과 같은 것을 들 수 있다.
〈아빠는 뭐든지 알고 있다パパは何でも知っている〉(〈Father Knows Best〉, NTV, 1958년 8월 방송 개시)
〈비바짱ビーバーちゃん〉(〈Leave It to Beaver〉, NTV, 1959년 1월 방송 개시)
〈우리 엄마는 세계 제일うちのママは世界一〉(〈The Donna Reed Show〉, 후지테레비, 1959년 3월 방송 개시)
〈이아 러브 루시アイ・ラブ・ルーシー〉(〈Love Lucy〉, NHK, 1959년 4월 방송 개시)
〈뭐 하는 거야 아빠なにしてんのパパ〉(〈The Dennis O' Keefe Show〉, TBS, 1960년 7월 방송 개시)

집', '일본의 가정' 이라는 이미지가 동시에 형성된다. 패전 후에 출간된 건축 관련 서적 『앞으로의 주거생활』(1947)[71]이나 『휴머니즘의 건축』(1947)[72], 『신 주택 독본』(1950)[73] 등을 살펴보면 일본의 제국주의, 국가주의에 의해 저해되었던 근대 건축의 부활을 위해서는 미국식 생활 패턴을 적극적으로 모방해야 한다고 주장하고 있는 것을 알 수 있다.

유아 완구에도 서양식 부엌 문화가 반영되었다.

71) 과거의 주택이 대량으로 손실되고 이를 새로이 재건해야 하는 상황은, 혼란스러웠던 과거의 비합리적, 비능률적 생활양식을 척결하고, 우리들의 오래된 주거생활을 근본적으로 개선할 수 있는 절호의 기회입니다.(니시야마 우조西山卯三, 『앞으로의 주거생활これからのすまい』相模書房, 1947. 9, p.6)

72) 이러한 일본의 제국주의적 국가주의가 사라져 가는 것은 장래 근대 건축의 발전을 위해서도 결정적으로 좋은 조건이 될 것입니다.(하마구치 류이치浜口隆一, 『휴머니즘의 건축ヒューマニズムの建築』雄鷄社, 1947. 12, p.135)

73) 서양풍의 실내에는 가구와 커튼의 조화가 중요한데, 구미의 부인들은 자신의 소양을 쌓는 의미에서 실내의 조화를 여러 가지로 강구해 봅니다. 일본의 부인들 가운데서도 기모노着物나 오비帶의 모양에 상당히 신경을 쓰고 또 훌륭한 센스를 가진 사람도 있습니다만, 일상생활의 장場을 꾸미는 정도는 스스로 노력하여 강구해 보는 것이 좋을 듯합니다. (하야카와 후미오早川文夫, 『신주택 독본新住宅 讀本』, 相模書房, 1950. 8, p.130)

여기서 작품의 시간 축에 맞추어 1963년 전후前後의 사정에 주목해 보자.

예를 들어, 잡지 〈신 주택〉에 게재된 고바야시 아쓰코小林敦子의 연재물 '미국 홈 라이프 견습기' 는 필자가 직접 체험한 미국 생활을 일본의 독자들에게 소개하고자 마련된 것이다. 그녀는 연재의 동기에 대하여 "제가 배워온 저쪽의 좋은 것이, 일본의 생활 개선에 조금이나마 도움이 된다면 기대 이상의 행운이라고 생각합니다."[74]라고 말한다. 그녀가 '미국 홈 라이프' 를 '저쪽의 좋은 것' 이라고 표현하고 있는 것에서 추찰할 수 있는 것은, '미국 홈 라이프' 를 '일본의 가정생활', 즉 '이쪽의 나쁜 것' 과 대치시키고 있다는 것이다. 이러한 이분법적인 설명방식은 결국 낙후된 전후 일본사회를 강조하는 결과를 초래한다.

이러한 서사 구조는 종합 가정생활잡지 〈생활의 수첩〉에서도 확인할 수 있다. 예를 들면 '자력으로 집을 짓는 사람을 위하여' 라는 제목의 연재물은 노골적으로 일본 주택문화의 열등성을 열거하고 있다. "예를 들어 부엌만 하더라도 전전과 전후는 흑과 백 정도로 아주 많이 변하였습니다. 예전의 좁은 부엌은 더 이상 도움이 되지 않습니다", "지금도 이러한 집(전전의 집)에 살고 있는 사람은 단지 선조가 만든 집을 지키고 있는 것에 지나지 않습니다", "100년, 150년이나 옛날에 만들어진 집은 겉보기에만 아름다워 보일 뿐입니다."[75] 등의 설명은 좋은 예라 할 수 있다. 같은 잡지 1962년 가을호에 게재된 '전전의 낡

---

74) 〈신주택新住宅〉 1963. 4, p.80
75) 〈생활의 수첩暮しの手帳〉 1963년 가을호, p.205~206

화로로 요리하던 주방에서 가스, 전자레인지, 전기밥솥, 냉장고가 구비된 주방으로
좌(1947년), 우(1965년)

은 집을 다시 짓는다' 역시 마찬가지다. 이 기사는 침실과 욕실이 없
으며 부엌도 좁은 전전의 집은 생활의 불편함을 가져올 뿐이라고 강
조한 후, 서양의 주거환경을 모방하여 가능한 독립된 방 구조를 만들
어야 하며, 특히 침실은 개별적으로 분리할 필요가 있음을 제안하고
있다.[76] 이러한 담론들은 청산해야 할 '일본의 전근대' 와 도입해야 마
땅한 '미국의 근대' 가 대비를 이루는 가운데 탄생한 것이었고, 심지
어 전전의 일본 주택은 제국주의와 국가주의를 상징하는 경우조차 있
었다.

　작품 『포옹가족』도 같은 문맥 속에서 이해할 수 있다. 슌스케 가족
은 완벽한 서양식 라이프스타일을 추구하며, 도입해야 마땅한 '서양'
문명의 궁극적인 형태로 '센트럴 히팅(중앙집중식 난방)' 주택을 선택
한다.

---

76) 〈생활의 수첩暮しの手帳〉 1962년 가을호, p.93

"앞으로 만들려면 아무래도 미국식 센트럴 히팅으로 하지 않으면
안 되겠지." (중략)

"여름에는 냉방이 들어오게 해야지. 이런 룸쿨러 같은 것이 아니
라 더욱 성능이 좋은 것으로 말이야."

"피서를 가지 않아도 좋고, 나도 일하는 데 쾌적할 것이고, 모두
숙면을 취할 수 있을 거야."[77]

아내 도키코와 가족들을 위해 슌스케는 미국식 센트럴 히팅 주택을
제안하지만, 마음속으로는 '자연 바람이 좋은 거야', '호텔과 같은 집
에서 사는 것은 누구에게도 폐를 끼치지 않아 좋지만, 세상을 사는 데
마냥 편한 것만은 아니야' 라고 혼잣말을 한다. 그리고 미국의 어느 농

1960년대의 일본 가정

---

77) 『고지마 노부오전집 3 小島信夫全集3』 (講談社, 1971. 2) p.52

가를 방문했을 때, 그곳 주인이 "나는 룸쿨러와 같은 것은 좋아하지 않네. 자연의 바람을 쐬도록 하세."라고 말했던 것을 기억해 낸다. 즉, 슌스케는 서양=문명이라는 도식에 대한 거부감과 갈등을 해소하지 못하고 있는 것이다.

이러한 슌스케의 내적 갈등이 중요한 것은 그 속에서 '통역하는' 것과 '통역되어지는' 것 사이에 존재하는 균열을 읽을 수 있기 때문이다. 미국의 모든 주택이 룸쿨러가 완비된 근대적 건축일 리 없고, 미국인 모두가 그것을 선호한다고 단정 지을 수도 없다. 또한 모든 근대건축이 반드시 합리성을 지닌다고 일률적으로 말하기 어려운 점도 있다. 슌스케가 만난 미국인 농부가 룸쿨러보다 자연 바람을 선호하고, 슌스케의 미국식 새 집을 방문한 조지가 집 분위기에 적응하지 못하고, 식사 중에 너무나도 답답한 듯이 한숨을 쉬는 장면은 결코 미국인 모두가 미국식 집을 선호하는 것은 아님을 시사한다. 즉, 우리들이 인식하고 있는 미국문화는 그것을 해석하고 수용하는 쪽에서 일방적으로 이미지를 만들어 내어 유통시킨 것에서 비롯된 것으로, 실제와는 많은 차이가 있는 것이다.[78]

'통역하는' 것과 '통역되어지는' 것 사이의 간극은 '센트럴 히팅' 주택뿐 아니라, 그가 잡지에 기고한 글 '부부의 길'에서도 확인할 수

---

[78] 「미국가정생활 견습기(6)アメリカンホームライフ見習い記(六)」(〈신 주택新住宅〉 1963. 9)에서 고바야시 아쓰코小林敦子는 「W씨 부부의 생활(전형적인 중류 맞벌이 가정)」에 대해 소개하고 있다. '삼종의 신기三種の神器' 즉, 냉장고, 세탁기, 텔레비전 등은 미국인이라면 누구나 사용하고 있을 것이라고 생각하기 쉽지만, "아무리 전기 기구가 각 가정에 보급되어 있는 미국이라 할지라도 세탁기, 드라이어 등을 겸비하고 있는 가정은 아직은 많지 않습니다."라고 고바야시는 보고하고 있다. 실제 미국 각 가정의 생활수준은 천차만별임에도 불구하고, 미국을 서사하는 측의 욕망에 따라 그 내용은 '근대'적인 것으로 획일화되는 경향이 있다.

있다. 그는 이상적인 부부상을 '외국의 가정생활'에 빗대어 이야기한다. 예를 들면, 그는 "부인을 만족시키기 위해서는 부인의 고민에 귀를 기울이도록 해야 한다", "(미국의 주부는) 집을 정리하고 닦으며, 책상 위의 쓰레기를 버린다. 청소기나 샤워기만 쓰는 것이 아니라, 제대로 일한다."라고 서양의 가정과 주부를 묘사한다. 그러나 이러한 내용들은 서양의 다양성을 무시한 평면적인 서술에 지나지 않는 것으로, 이에 대해 독자들은 "미와 씨는 이런 것 말고 더 재미있는 것을 쓰면 좋을 텐데." 하고 냉소적으로 평가한다. 슌스케는 다양한 미국문화를 경험했음에도 불구하고, 자신 혹은 독자가 그리는 미국문화의 이미지를 관철시키는 데 주력한 나머지, 그것을 평면적으로 묘사하고 만 것이었다. 즉, 그가 잡지에 연재한 '부부의 길'은 미국의 '부부의 길'을 통역했다기보다, 독자가 상정한 스테레오 타입의 '부부의 길'을 재생산한 것에 지나지 않았기에, 냉담한 반응을 얻을 수밖에 없었던 것이다. 이러한 차이 역시 '통역하는' 것과 '통역되어지는' 것 사이의 균열을 나타내는 것이라 할 수 있다.

슌스케는 이러한 균열과 낙차에 대해 자각하고 있으면서도, 스테레오 타입의 평면적인 미국문화를 통·번역할 수밖에 없었다. 왜냐하면 그는 전후 일본이 어떠한 미국상을 희구하는가에 대해 잘 알고 있었기 때문이다. 그는 다양하고 중층적인 미국을 경험했음에도 불구하고, 기존의 미국상에 준하는 정보들을 나열하고 반복함으로써, 기성 담론을 강화하고 재생산시킨다. 그러나 슌스케의 '문화통역'에 내재된 갈등과 균열은 우리들이 공유하고 있는 문화의 내용이 실체적으로 존재하는 것이 아니라, 어떠한 문화를 공유하고 싶어 하는가 하는 욕구에 따라 허구적으로 구성되어 유통된 것이며, 그렇기 때문에 그 내용은 가변성을 가질 수밖에 없다는 것을 지적하고 있다는 점에서 매우 중요한 의미를 가진다.

한편, 에토 준이 『성숙과 상실― '어머니' 의 붕괴』에서 전제로 하고 있는 조지와 도키코의 '성관계' 는 과연 실제로 있었던 것일까?

가정부 미치코의 고자질에 의해 조지와 도키코의 관계를 알게 된 슌스케는 아내 도키코에게 '진상' 을 묻는다. 도키코는 "당신과 미치코 둘이서 그렇게 말을 하면, 내가 정말 그렇게 한 것이 되잖아요!", "이상하군요, 어째서 그(조지)가 거짓말을 하는 걸까요?", "당신이 그렇게 말한다면 그런 것 같은 기분이 들어요."라고 말하며 조지와의 일을 부정한다. 도키코가 단순히 거짓으로 둘러대고 있지 않다는 것은, 슌스케가 "이 여자는 시치미를 떼고 있는 것이 아니야. 그래서 더 곤란한 거야."라고 생각하는 부분에서 확인할 수 있다.

결국 진위를 파악하기 위해 조지와 도키코, 그리고 슌스케 세 사람이 대면하게 되는데, 여기서 슌스케가 개입하는 이유는, 그가 도키코의 남편이기 때문이기도 하지만, 그보다도 조지와 도키코의 소통을 돕기 위해서이다. 바꾸어 말하면 통역 슌스케의 등장은 조지와 도키코가 서로 의사소통이 되지 않는다고 가정하고, 두 사람을 '미국' 과 '일본' 이라는 명확한 틀에 가두는 것에서 기인한다.

그러나 이미 히로세 마사히로廣瀨正浩[79])도 지적하고 있는 것처럼 조지와 도키코는 커뮤니케이션을 가질 수 없는 관계가 아니었다. 예를 들면 "그녀는 조지의 윙크에 답했다. 윙크하는 것을 보니, 자신이 화

---

79) 히로세 마사히로廣瀨正浩, 「통역자가 존재하는 것의 의미―언어관계에 관한 『포옹가족』의 문제성通譯者がいることの意味―言語關係をめぐる『抱擁家族』の問題性」(「나고야대학국어국문학名古屋大學國語國文學」 2000. 12) 참조.

제가 되고 있다는 것을 이 남자는 알고 있는 것이다."라는 장면이나, 슌스케가 자리를 비운 사이, 조지의 표정으로 가족들의 분위기가 고조되는 장면을 볼 때, 조지와 도키코 사이에 커뮤니케이션이 성립하지 않는다고 간주하는 것은 부적절하다. 오히려 작품 중에는 동일한 언어를 공유하고 있는 도키코와 슌스케 사이의 디스커뮤니케이션이 더 눈에 띈다. 슌스케가 미국에 가기 전, 아이들의 문제로 아내와 이야기를 나눌 때, 도키코가 "당신이라는 사람은 도무지 모르겠어."라고 말하며, 갑자기 울기 시작하는 장면이나, "그는 다른 사람의 이야기를 듣지 않는 편은 아니었지만, 아내의 이야기는 듣지 않았다."라는 묘사 등은, 슌스케와 도키코가 같은 언어를 사용하고는 있지만, 의미 전달이라는 차원에서는 실패를 거듭하고 있음을 말해준다. 이와 같은 장면을 적극적으로 해석한다면 도키코와 슌스케를 일본인이라는 하나의 틀 속에 가두어 미국인 조지와 대립시켜『포옹가족』을 이해하고자 하는 논법은 성립되기 힘들다고 할 수 있다. 또한 도키코와 슌스케의 모자상간적 관계가 미국인 조지에 의해 붕괴되고 말았다는 논리도 성립되기 힘들다.

그리고 또 한 가지 주의해야 하는 것은 '정사' 여부가 당사자 두 사람에 의해 직접 전해지는 것이 아니라, 통역자인 슌스케를 통하여 전달된다는 점이다. 즉, 독자가 사건의 정보를 얻기 위해서는 슌스케의 '해석'에 의지할 수밖에 없는 것이다. 여기서 슌스케의 '통역'을 개재하여 세 사람이 대면하는 장면을 살펴보자.

"이 사람에게 잘 물어 봐요. 왜 말을 퍼트렸는지. 왜 있지도 않은 일을 떠벌리고 다니는지."

슌스케가 조지를 향하여 도키코의 말을 전했다.

"노, 노, 당신은 그녀가 말하는 것을 믿는가."

"누구도 믿지 않아. 말을 퍼트린 것은 왜지?"

"그녀가 미쳐 있어. 무섭다."

"미쳤다고? 무섭다고? 좋아."

슌스케는 도키코를 힐책하듯이 조지의 말을 그녀에게 전했다.

"그렇다면, 나는 여기서 그때 있었던 일을 자세하게 이야기하겠다. 당신이 강제적으로 당했는지 어떤지를 알기 위해서다. 사실과 다르다면 그것을 이야기하라."

"오케이."라고 상대방은 말했다. 슌스케는 그날 밤의 일을 하나하나 도키코가 이야기하도록 하고는 그것을 상대방에게 통역하기 시작하였다. 두 사람의 이야기는 하나하나 모두 달랐다. 오랫동안 도키코가 침대 위에 있었고 애무를 받았던 것만큼은 틀림없었다.[80]

두 사람으로부터 사건의 내용은 확인되지 않고, 이 장면을 읽는 독자는 "두 사람의 이야기는 하나하나 모두 달랐다. 오랫동안 도키코가 침대 위에 있었고 애무를 받았던 것만큼은 틀림없었다."는 것만 알 수 있을 뿐이다. 그리고 '영어'와 '일본어'를 모두 이해하고 양쪽의 이야기를 전할 수 있는 슌스케의 통역이 어느 정도의 레벨에서 이루어졌는지도 알 수 없다. 물론 여기서 '바른 통역', '발화자의 의도를 충분히 파악한 통역' 등을 상정하고 있는 것은 아니다. 올바른 통역을 가려낼 수 있는 기준은 어디에도 없기 때문이다. 이미 「아메리칸

---

80) 『고지마 노부오 전집3 小島信夫全集3』(講談社, 1971. 2) p.33

스쿨」에서 확인한 바와 같이 숙달된 어학능력이 반드시 정확한 커뮤니케이션의 성공을 보장하지는 않는다. 『포옹가족』의 경우도 마찬가지이다. 슌스케의 영·미어 실력과 통역 능력은 무관할 뿐 아니라, 슌스케가 영·미어에 뛰어나다 하더라도 그의 통역이 반드시 '바른 통역'이라고는 단언할 수 없다. 단지, 조지와 도키코가 발화하는 메시지가 슌스케에 의해 치환될 때, 그 내용이 양자에게 어떠한 영향을 주며, 어떠한 작용을 하는지가 불분명하다는 것만은 지적해 두어야 할 것이다. 즉, 독자 역시 "누구도 믿지 않아."라고 말할 수밖에 없는 것이다.

한편, 슌스케는 통역이나 번역을 함에 있어서, 양자를 동일하게 치환시키는 것은 불가능하다는 사실을 알고 있다. 작품 속에는 슌스케의 지인인 야마기시山岸가 영어와 일본어의 과거형 뉘앙스가 서로 다른 경우 어떻게 번역하면 좋을지에 대해 고민하며 슌스케에게 묻는 장면이 있다.

야마기시는 슌스케가 부탁한 번역 일에 관하여 질문하러 왔다. 그는 영어와 일본어의 과거형 뉘앙스가 서로 다른 점에 대해 물으러 온 것이었다. 그것은 번역에 있어서 초보적인 질문으로, 그것을 피하고 싶다면 동사의 시제로 해결하려 하지 말고 문장 전체로 되도록 가깝게 번역하는 수밖에 없다고 슌스케는 대답했다. 갑자기 그는 기운을 차렸다.[81]

---

81) 위의 책, p.138

번역 작업에 있어서 각각의 언어는 일대일 치환이 가능하다고 전제하고 있는 야마기시와는 달리, 슌스케는 번역상의 두 언어 사이에는 '비공약적'인 요소가 있다는 것을 인지하고 있는 것으로 보인다. 동사의 시제에 구애되지 말고 "문장 전체로 되도록 가깝게 번역하는 수밖에 없다."라고 슌스케가 말한 것은 통역이나 번역이 또 다른 표현 및 해석을 생산하는 행위라는 것을 의미한다. 실제로 슌스케는 조지가 말하는 'Nothing happened'의 해석에 관해서도 '성관계' 그 자체가 없었다고 이해하는 한편, 경우에 따라서는 '만족이 없었다'라는 의미로 해석하는 등, '번역'에 따라 해석이 유동적일 수밖에 없음을 알고 있었던 것이다. 야마기시에게 조언한 것을 계기로 슌스케가 갑자기 기운을 차리게 된 것은, 그가 번역의 유동성을 떠올렸기 때문이라고 여겨진다. 다시 말하면 'Nothing happened'에 관한 해석을 도키코와 조지 사이에 '성관계'가 없었다는 것으로 판단했기에 그는 기운을 차릴 수 있었던 것이다.

독자들은 슌스케의 통역 행위가 사건을 해명해 줄 수 있을 것이라고 기대한다. 왜냐하면 슌스케는 양자의 언어를 이해할 수 있는 능력을 가지고 있기 때문이다. 그러나 당사자 두 사람의 목소리가 직접 전달되는 장면이 없고, 슌스케의 '통역' 레벨이 확인되지 않는 점, 그리고 슌스케의 '통역' 내용은 또 하나의 해석에 지나지 않는다는 점을 감안하면, 독자는 '진상'의 해명을 단념할 수밖에 없는 것이다. 결국 독자들은 슌스케가 말하는 것과 같이 "아내가 다른 남자와 무언가를 했다고 하더라도 그것이 잘못됐다고 할 수 있는 근거는 없다. 다만 불쾌할 뿐이다. 그렇다면, 그때 이러한 불쾌감을 해소할 방법이 있으면 그것으로 족하다."라고 결론을 내릴 수밖에 없다.

『포옹가족』해석의 절대적 준거로 작용하여 왔던 '붕괴가족' 론, '성숙과 상실 — '어머니' 의 붕괴' 론, '텅 빈 근대' 론 등은, 너무나도 간단하게 도키코와 조지를 '일본' 과 '미국' 이라는 대항 도식에 대입시키고 있다는 점에서 공통점을 갖는다. 그리고 조지와 도키코의 '성관계' (경우에 따라서는 '간통' 이라고도 표기되기도 한다)는 틀림없는 '사실' 인 것으로 간주되어 왔다.

그러나 위에서 검토해 본 것과 같이, 슌스케의 '통역' 을 매개로 한 뒤, 조지와 도키코는 비로소 '미국인' 과 '일본인' 으로서 마주 서게 된다. 즉, 조지와 도키코 사이에 슌스케가 개재하여 양자를 미국과 일본이라는 명확한 틀에 가두기 전, 그들은 슌스케가 상정한 국가적 경계선에 갇혀 있지 않았던 것이다. 슌스케의 문화통역이 문화의 다양성을 배제시킨 후 명확한 이분법에 의해 이루어졌듯이, 진상 규명을 위한 그의 통역도 이러한 문법을 통하여 이루어지고 말았던 것이다. 나아가 슌스케의 통역은 또 다른 이해와 해석을 낳는 행위였던 만큼 진위는 파악되지 못하고 사건은 점점 미궁 속으로 빠져들게 될 뿐이었다.

적어도 조지와 도키코는 의사소통이 불가능한 관계가 아니며, 또한 해석에 따라서는 '성관계' 가 있었다고 할 수도 있고 'Nothing happened' 라고 단정 지을 수도 있다. 오히려 작품이 전달하고자 하는 것은, 통·번역이 가지는 불완전성과 유동성이며, 사건의 진실 여부를 떠나 슌스케의 불쾌감이 해소될 수 있는가 없는가에 있는 것이다. 이렇게 『포옹가족』을 해석한다면, 도키코의 상대가 굳이 미국인 조지가 아니더라도 이 소설은 성립할 수 있다.

그럼에도 불구하고 조지를 '미국' 또는 '근대' 의 기호로 해석하고,

'고백 홈 양키' 라는 목소리가 소설의 마지막까지 울리는 듯한 느낌이 드는 것은, 역시 슌스케의 통·번역성이 초래한 결과라고 할 수 있다. 즉, 슌스케의 문화통역에 의해 생성된 '미국문화' 는 '일본문화' 와 대립하는 형태로 제시되었고, 슌스케의 통역도 조지와 도키코 두 사람을 각각 독립적으로 고립시켜 마주 서게 함으로써 이루어졌다. 슌스케의 통·번역성에 의해 제시된 이항대립구도, 즉 '미국' 과 '일본' 의 대립구도는, 『포옹가족』을 감상하는 데 있어 자명한 전제가 되었고, 그것은 독자로 하여금 조지를 '미국' , '근대' 로 읽게 하는 것이다.

그러나 간과해서는 안 될 것은, 슌스케의 '통·번역' 이 이분법적인 도식을 통하여 이루어졌지만, 그것이 동시에 '통역하는' 것과 '통역되어지는' 것 사이의 균열과 갈등을 호소하고 있다는 점이다. 미국식 주택에 대한 슌스케의 이해나 번역 작업에서 발생하는 해석의 유동성은 바로 이러한 것을 의미한다. 이 작품에 있어서 더욱 적극적으로 해석해야 할 부분도 바로 이러한 점이다. 다시 말하면 슌스케의 통·번역성은 '소실의 메커니즘' 을 통하여 '국체' 의 '상실' 을 호소하고 그 책임을 '근대' 즉 '미국' 에 수렴시키고자 하는 욕망과는 그 방향성을 달리하는 것이었다.

조지와 도키코의 성관계 여부가 불분명함에도 불구하고 에토 준이 '소실의 메커니즘' 에 근거하여, 『포옹가족』을 조지에 의한 도키코의 정복으로 해석한 것은 에토가 지닌 점령관의 또 다른 표현에 지나지 않는다. 그러나 위에서 살펴본 바와 같이, 슌스케의 통·번역성에 주목해 보면, 전혀 다른 해석이 가능한 것을 알 수 있다. 슌스케는 미국 점령하의 전후 일본을 대변하고 있는 듯이 보이지만, 사실은 그 자신에게 전후 일본의 모습을 투영시키는 것이 정치적 해석에 지나지 않음을 지적하고 있는 것이다. 이러한 의미에서 슌스케는 '소실의 메커니즘', 굴욕적인 전후의 일미관계라는 집합적인 기억을 상대화하는 인물이었다고 지적할 수 있다.

　전후 일본은 미국과의 새로운 관계를 구축하기 위해 먼저 '미어' 조형을 서둘렀다. 영어가 아닌 '미어'를 일본과 미국 사이에 개재시킴으로써 원활한 의사소통을 꾀하였고, 이를 통하여 이상적인 관계를 구축할 수 있다고 믿었던 것이다. 이러한 전후 일본의 전략이 성공적인 것이었다면 「아메리칸 스쿨」의 야마다는 윌리엄 교장에게 대단한 환영을 받아야 마땅하고, 『포옹가족』의 슌스케가 행한 '문화통역'은 독자의 지적 욕구를 만족시켜야 당연하며, 또한 조지와 도키코 사이의 진위도 밝혀져야 마땅할 것이다. 그러나 커뮤니케이션상의 만족을 얻은 것은 미어 사용을 극력 피해왔던 이사였고, 슌스케의 '문화통역'은 독자들에게 외면당했으며, 사건의 진상규명도 실패로 돌아가 버리고 말았다. 즉, 고지마 노부오의 두 작품은 전후 일본인이 건강하고 이상적인 일미관계를 위하여 미어 학습을 서두르고, 설령 그것을 충분히 학습했다 할지라도, 그것은 어디까지나 전후 일본이 작위적으로 분절화한 허구적인 개념에 지나지 않으며, 또 미어의 획득이 반드시 이상적인 일미관계를 보장하지 않음을 시사하고 있는 것이다.

　전후 일본이 미국이라는 특정 국가를 연상시키는 '미어'를 조형할 수 있었던 것은 일본에는 일본어를 공유하는 균질한 일본인 집단이 있다는 점을 자명한 전제로 삼고 있었기 때문이다. 즉 그것은 '우리들 일본인'이 '모(국)어'인 '일본어'를 당연히 공유하고 있는 것과 마찬

가지로, '미국인'에게는 '미어'가 존재한다는 방법으로 추출된 것이었다. 이러한 사고는 고지마 노부오의 작품『포옹가족』을 분석하는 데 있어서도 절대적으로 작용하였다. 조지에 의한 도키코 정복, 미국에 의한 전후 일본의 패배, 근대의 침입으로 인한 일본의 모성 상실이라는 해석의 근저에는 도키코와 조지를 각각 일본과 미국에 수렴시킨 대항 도식이 자리 잡고 있었던 것이다.

다양한 비공약성을 배제하고 무시한 위에 생산된 균질적인 '일본인'이 당연히 '모(국)어'인 '일본어'를 공유한다고 생각할 때, '일본인'이 영·미어를 사용하는 행위는 '일본인'이라는 국민적(민족적) 출신을 부정하는 것으로 해석되기도 하였다. 통역이나 번역에 종사하는 사람에 대해 세상 사람들의 시선이 그다지 호의적이지 않았던 것도 그 때문이었다. "종전 후 한때 영어 만능주의 시대가 존재하였고, 영어를 잘하는 사람은 여기저기에 불려 다니며 인기가 있었으며, 지금도 그들은 취직할 곳이 넘쳐 먹고 사는 데 걱정이 없다. (중략) 그러나 무엇을 이야기하느냐, 그 내용이 중요한 문제이다. 양쪽을 모두 가지고 있으면 최상이겠지만, 어학능력이 탁월할 뿐이라면 결국 잔심부름을 하는 정도에 지나지 않음을 기억해 주었으면 좋겠다."[82], "영어를 잘하는 일본인보다도 못하는 일본인이 더 현명한 경우가 많다."[83] 라는 담론이 당시 존재하였던 것도, '일본인'에 의한 '미어' 발화는 스스로의 '주체성'을 부정하는 행위로 해석되었기 때문이다.

미어가 이상적인 일미관계를 희구한 전후 일본의 욕구에 의해 조형

---

82) 사카니시 시호坂西志保, 「양행의 유행洋行の流行」(〈생활의 수첩暮らしの手帳〉 1951. 1) p.58
83) 다카다 다모쓰高田保, 「영어英語」(『대롱대롱 호리병ブラリひょうたん』, 創元社, 1950. 8) p.115

되었다는 점에 대해서는 이미 지적한 바 있다. 전시하의 일본과는 달리 영·미어를 희구하고 학습하는 전후 일본의 모습은 의사소통이 가능한 건강한 전후 일미관계를 연상시켰다. 그러나 건강한 일미관계를 유지하기 위해서는 항상 일본인의 '미어' 학습이 필요조건이 되어야 했다. 그리고 그러한 '미어' 는 균질한 집단인 '미국인' 의 언어로 상정되었기 때문에, '일본인' 이 '미어' 를 희구하는 것은 '일본(인)' 이라는 '운명', '본래성' 을 배반하는 행위로 해석되었던 것이다. 즉, 그것은 '미어' 가 제작될 때 목적으로 하고 있었던 이상적인 일미관계와는 거리가 먼 것이었고, 건강한 일미관계를 위해 창출된 '미어' 는 '미국' 과 '일본' 이라는 경계선을 더욱 강화하고 고착시켰다고 할 수 있다. 그러한 의미에서 고지마 노부오의 두 작품은 전후 일본인이 건강하고 이상적인 일미관계를 위하여 '미어' 의 학습을 서두르고, 설령 그것을 충분히 학습했다 할지라도, 그것은 어디까지나 전후 일본이 분절화한 허구적인 '미어' 에 지나지 않으며, 또 '미어' 의 획득이 반드시 이상적인 일미관계를 보장하지 않음을 시사한 것이라고 평가할 수 있다.

전후 일본과 미국의 젠더적 관계

일본이 여성의 '정조'를 어떻게 구성하느냐
에 따라 전후 일본과 미국과의 관계는 각각
다른 풍경으로 전경화되었다.

전후 일본과 미국의
젠더적 관계

전후 일미관계의 젠더적 구조와 오리엔탈리즘

　패전 직후, 미 점령군을 참을 수 없는 '성욕'을 가진 신체로 규정하는 담론은 다양한 형태로 존재하였다. "젊은 여성은 몸빼를 벗지 말라고 말들 하죠. 우리들은 정말 조심하지 않으면 안 돼요."(「거리의 목소리」경시청 정보과)[1] "벗지 마라 마음의 방공복防空服, 여자는 빈틈없는 복장"(〈아사히신문〉 1945. 8. 17) 등, 미군의 폭력적인 '성'에 관한 묘사는 내용 및 형태(유언비어, 신문 등의 미디어)에 있어서 다양한 양상을 보인다. 말할 필요도 없이 이들 담론은 미 점령군의 진주로 인하여 일본인 여성들이 신체적 위기에 처하게 되었음을 시사하는 것으로, 절대적인 힘을 배경으로 '강간하는' 승자 미국과, 그들로부터 '강간당

---

1) 경시청 정보과警視廳情報課, 「거리의 목소리街の聲」(아와야 겐타로粟屋憲太郎 편, 『자료 일본 현대사 2資料日本現代史2』, 大月書店, 1980. 10, p.227)

하는' 패자 일본이라는 배치를 통하여, 전후 일본과 미국의 관계를 젠더적 구도로 설명하고 있다.

한편, 패전 일본의 새로운 지도자로 군림하게 된 맥아더에게 많은 편지가 도착한다. 그 가운데에는 "당신의 아이를 낳게 해 주세요."라는 취지의 내용도 다수 포함되어 있었다고 한다. 『맥아더 원수 귀하—점령하의 일본인의 편지』[2]의 저자 소데이 린지로袖井林二郎가 지적하고 있듯이, 이와 같은 현상은 강건한 미국 남성에 대한 동경을 대변하고 있는 것이기도 했지만, 다른 한편으로는 일본 스스로 '협의 간통'을 제안함으로써 미국에 의한 성적 폭력을 사전에 방어하려는 것이기도 했다. 이와 같이 파더 피규어father figure로서 맥아더를 바라보

맥아더의 일본 도착
(1945. 8. 30 가나가와현 아쓰기 비행장)

일본인이 맥아더에게 보낸 서간들

---

2) 소데이 린지로袖井林二郎, 『맥아더원수 귀하—점령하의 일본인의 편지拜啓マッカーサー元帥様—占領下の日本人の手紙』(大月書店, 1985. 8) p.142

는 시선이나, '협의 간통'을 제안하는 편지는, 전후 일본과 미국의 관계가 다분히 젠더적인 것이었음을 암시한다.

미 점령군과 일본인 여성과의 이러한 젠더적 관계는 국가 차원으로 확대된다. 1945년 8월 18일, 내무성 경찰국은 점령군 전용 성적 위안 시설 및 음식 시설, 오락 시설 등을 설치하도록 각 현縣에 통지하는데, 그 목적은 '일본인의 보호'에 있었다. '외국군 주둔지 위안시설에 관한 내무성 경찰국장 통첩'에는 다음과 같은 내용이 실려 있다.

외국군 주둔지에 있어서는 별기의 요강에 따라 이러한 위안시설 등이 필요하지만, 본 건의 취급에 관해서는 매우 신중을 요하므로 특히 아래 사항에 유의하여 유감스러운 일이 발생하지 않도록 하기 바란다.

기

1. 외국군의 주둔지구 및 시기는 지금 전혀 예상할 수 없지만, 반드시 귀 현縣에 주둔할 것임을 예상하고, 일반에게 동요가 없도록 할 것.

2. 주둔할 경우에는 급속히 개선할 필요가 있으므로, 내부적으로 미리 수순을 정해 두고 외부에는 절대 누설하지 않을 것.

3. 본건의 실시는 <u>일본인의 보호를 취지로 함</u>을 이해시켜, 지방민으로 하여금 오해가 발생하지 않도록 할 것.[3] (이하 밑줄은 인용자)

---

3) 니시 기요코西淸子 편, 『점령하의 일본부인정책—그 역사와 증언占領下の日本婦人政策—その歷史と證言』(ドメス出版, 1985. 8) p.35

내무성 통첩 내용에서 알 수 있듯이, 각종 성적 위안시설은 폭력적인 미국으로부터 일본 국민을 보호하고자 강구된 것이었다. 이와 같은 정부의 요청에 의해 같은 해 8월 26일, 도쿄東京 긴자銀座에 '특별위안시설협회(Recreation and Amusement Association, 이하 RAA로 약칭)'가 설립되어 29일에는 경시청이 이러한 시설들을 인가하였다. 이때 도쿄 RAA를 공동 경영하게 된 7개의 단체는 "일억의 순결을 보호하고 이를 통하여 국체 수호國體護持 정신에 충성할 것"을 다짐하며, "(RAA가) 그들과 우리 양 국민 사이의 의사소통을 돕고, 국민 외교의 원활한 발전에 기여함과 동시에 평화세계건설에 일조"하기를 염원한다는 취지의 성명문을 발표한다.[4] 다시 말하면, RAA를 비롯한 성적 위안시설은 '그들(미국)과 우리(일본) 양 국민'의 의사소통과 화합을 꾀하기 위한 수단이었고, 나아가 '국체 수호'의 수단이었던 것이다. 이때, RAA 여성들이 '일억의 순결', '일본인'에서 배제되어, 오히려 '일억의 순결'과 '일본인'을 보호하는 '성의 방파제'로 인식되었다는 점은 중요하다.

또한 치안 당국 및 내각이 이러한 각종 성적 위안시설을 적극적으로 유도하고 지원하였다는 점은 놀랄 만한 사실이다. 매매춘을 단속하고 규제하였던 당국은 패전 후 솔선하여 매매춘 시설을 설치하도록 권장하였고, 설치(장소 및 시설 등)와 운영(비품의 조달 및 구입, 자금 융자, 여성모집 등)에 있어서도 적극적으로 참여하고 지원하였다.[5] 이러

---

4) 요시미 가네코吉見周子, 『매춘의 사회사賣娼の社會史』(雄山閣出版, 1984. 12) p.188
5) 하야카와 노리요早川紀代, 「점령군 병사의 위안과 매매춘 제도의 재편占領軍兵士の慰安と賣買春制の再編」(게이센여학원대학 평화문화연구소惠泉女學院大學平和文化研究所 편, 『점령과 성─정책·실체·표상占領と性─政策·實體·表象』(インパクト出版會, 2007. 5) p.50~52

점령군의 PX로 변모한 도쿄 긴자

한 움직임은 아시아 태평양전쟁 당시의 일본이 전쟁 지역에 위안소를 설치하여 아시아 여성들의 성을 강탈하고 인권을 유린했던 것처럼, 패전 후의 일본에도 그러한 상황이 미국에 의해 전개될 수 있다고 생각했기 때문이다. 즉, 정부 주도에 의한 미군 전용 성적 위안시설은 그들의 경험에 비추어 스스로 마련한 '성 방파제'였다고 할 수 있는 것이다.

이와 같이, 일본은 스스로 '성'을 파는 신체로 규정함으로써, 성적 역할분담이 명확한 전후 일미관계를 형성시켰다. 그리고 이러한 젠더적 일미관계는 패전 직후 급속하게 유포되고 정착되어 갔다.

한편, 제2차 세계대전 중 미국 및 영국에서는 '야만적이고 보잘 것 없는 짐승'이라는 의미를 담아 일본인을 '원숭이 종족'이라고 표현하기도 하였다. 이에 관한 연구는 존 다워의 『가차 없는 전쟁─태평양전쟁에 있어서의 인종차별』에 구체적으로 언급되어 있다. 존 다워에 의하면, 전쟁 중의 서구인들은 일본인을 '원숭이와 같은'이 아닌, 의심할 여지없는 '원숭이'로 묘사했을 뿐만 아니라, 일본을 받아들일 문화가 없는 열등국으로 치부하며, 의도적으로 차별하였다고 한다.[6] 그 중에서도 특히 주목해야 하는 것은, 일본인을 '특수한 정신 구조'를 가진 민족으로 묘사하는 문법이다. 전쟁 중의 서구인들은 이성과 논리에 근거를 두는 구미의 사고와는 달리 일본의 정신은 느낌, 감각에 좌우된다며 일본인을 폄하했고, 또한 '전前 그리스적, 전 합리적, 전 과학적'인 것으로 평가절하했다. 더욱이 일본인의 성격을 "여성의 정신이 그런 것처럼, 보다 초보적인 움직임을 보인다. 분석이나 논리적

---

6) 존 다워John W. Dower, 『가차 없는 전쟁─태평양전쟁에 있어서의 인종차별容赦なき戰爭─太平戰爭における人種差別』(平凡社, 2001. 12) p.165, 181

연역에 따르는 것이 아니라 본능, 직감, 불안, 감촉, 연상 등에 의해 움직이는 것이다."[7]라고 설명함으로써, 합리적이고 과학적인 남성성을 가진 서구의 반대편에 합리와 과학이 결여된 여성성을 가진 일본을 배치하고 있었던 것이다. 이러한 서구의 담론을 보강하듯, 패전 일본은 자신들에게 과학과 합리가 결여되어 있다는 사실을 스스로 지적하기도 하였다. 다시 말하면 패전의 원인을 서양의 '과학'에 일본의 '정신'이 패배한 것이라고 인식하였던 것이다. "지고 말았구나. 제일 큰 원인은 뭘까", "과학이지. 정신력도 과학 앞에서는 지고 만 거야", "그 사람들은 어릴 때부터 과학에 중점을 둔다는군. 일본과는 다르다네. 우리들도 과학에 대한 연구와 노력이 필요하지만 정부가 본격적으로 움직이지 않으면 할 수 없지."[8] 등의 일본인에 의한 자기규정은 서구에 의해 발견된 일본상이 실정성實定性을 가지도록 보충, 보강하는 역할을 하였다고 할 수 있다.

미지의 나라가 갖고 있는 제반 사정을 본능이라든지, 직감, 전 과학적, 전 합리적이라는 개념에 수렴시켜 이해하고 파악하는 것은, 서구에 의해 발견된 일본에 지나지 않는 것으로, 그것은 다름 아닌 서구의 오리엔탈리즘이라고 지적할 수 있다. 서구 사회가 일본의 정신을 본능, 직감, 감촉, 여성의 정신 등으로 정의함에 따라 형성된 전시 중의 젠더적 질서는, 후술하는 바와 같이, 점령군이 일본인 여성을 너무나도 간단하게 성의 대상으로 삼았던 것과 무관하지 않을 것이다. 그리고 서구 사회가 가지고 있던 이러한 담론은 패전 후 그들을 기다리고

---

7) 위의 책 p.202

8) 경시청 정보과警視廳情報課, 「거리의 목소리街の聲」(아와야 겐타로粟屋憲太郎 편, 『자료 일본 현대사 2資料日本現代史2』, 大月書店, 1980. 10, p.226)

있던 'RAA' 와 같은 성적 위안시설에 의해 더욱 보강되고 강화되어
갔다.

'흑인' 의 위상

미시마 유키오三島由紀夫의 『금각사金閣寺』(〈신초新潮〉 1956. 1~10)
가운데에는 미국인 병사가 일본인 여성에게 폭행을 가하고, 주인공인
'나' 에게 여성의 배를 짓밟도록 명령하는 장면이 있다.

얼굴을 들이대고 욕을 퍼붓는 미군의 뺨을 여자가 힘껏 때렸다.
그리고 몸을 돌려 도망쳤다. 하이힐을 신고 참관로參觀路 입구 쪽으
로 달려갔다.

나도 무슨 일인지 모른 채, 금각에서 내려와 연못가로 달려갔다.
하지만 여자에게 가까이 갔을 때에는 이미 다리가 긴 미군이 쫓아가
서 여자의 새빨간 외투 멱살을 잡고 있었다.

미군은 내 쪽을 힐끗 보았다. 여자의 빨간 멱살을 잡고 있던 손을
가볍게 놓았다. 그 손의 힘은 보통이 아니었던 듯했다. 여자는 눈 위
에 나뒹굴었다. 빨간 옷자락이 찢어져, 눈 위에 하얀 맨살의 허벅지
가 드러났다.

여자는 일어서려고도 하지 않았다. 구름처럼 높은 곳에 있는 사내
의 눈을 밑에서 잠자코 노려보고 있었다. 나는 하는 수 없이 무릎을
꿇고 여자를 부축하여 일으키려고 하였다.

헤이, 하고 미군은 소리쳤다. 나는 뒤돌아보았다. 가랑이를 넓게

벌린 채 버티고 선 그의 모습이 눈앞에 들어왔다. 그는 나에게 손가락으로 신호를 보내고 있었다. 방금 전과는 사뭇 다른 따뜻한 목소리가 영어로 이렇게 말하였다.

"밟아, 네가 밟아 봐."

나는 무슨 소리인지 알 수 없었다. 그러나 그의 파란 눈은 높은 곳에서 명령하고 있었다. 그의 넓은 어깨 뒤에는 눈에 덮인 금각이 빛나고, 씻어낸 듯이 파란 겨울 하늘이 촉촉이 어리어 있었다. (중략)

"밟아, 밟으라니까."

저항할 수 없어 나는 고무장화를 신은 발을 들어 올렸다. 미군이 내 어깨를 두드렸다. 내 발은 내려와, 봄날의 진흙처럼 부드러운 물체를 밟았다. 그것은 여자의 배였다. 여자는 눈을 감은 채 신음하였다.[9]

미시마 유키오의 작품 『금각사』는 미 점령군이 일본인 여성을 폭력적으로 지배하는 것을 그리는 데 주안점을 둔 작품은 아니다. 그러나 여기서 『금각사』의 한 장면을 언급하는 이유는, 미군 병사가 자신의 아이를 가진 일본인 여성에게 폭력을 가하고, 또한 '나'에게 일본인 여성의 배를 짓밟도록 명령하는, 다시 말하면 미군 병사와 일본인 여성 사이의 젠더적인 지배 관계, 그리고 미군병사와 '나' 사이의 수직적인 지배 관계가, 작품 중에 일상의 한 장면으로 용해되어 있는 것을 지적하기 위해서다. 즉, 위와 같은 장면은 이 소설의 시대적 배경이 되고 있는 1956년 당시에 폭력적인 성적 지배구조가 전후 일본과 미국

---

9) 『미시마 유키오전집 제10권 三島由紀夫全集 第10券』(新潮社, 1973. 4) p.85~85

사이에 일상적으로 존재하고 있었음을 엿볼 수 있게 한다.

그런데 '성'을 파는 신체로서의 전후 일본과 그것을 사는 신체로서의 '미국', 또는 '강간' 당하는 신체로서의 전후 일본과 '강간' 하는 신체로서의 '미국'이라는 담론 편성에 있어서 주의해야 하는 것은 '흑인'이 가지는 위상일 것이다. 바꾸어 말하면, 미국의 성적 폭력성이 '흑인'을 통하여 표출될 때, 그것은 '흑인' 특유의 선험적인 성격으로 해석되어, 남성성으로서의 미국이 더욱 강조된다는 것이다.

마쓰모토 세이초松本淸張의 작품『검은 바탕의 그림黑地の繪』(〈신초〉 1957. 3~4)은 '흑인' 병사를 통하여 미국의 남성성을 선험적인 폭력성으로 묘사한 가장 좋은 예라고 할 수 있다.

1950년 7월 2일, 후쿠오카현福岡縣 고쿠라시小倉市 조노城野 캠프에서 무장한 미국 병사 약 250명이 탈주하여 주변의 민가를 침입하고, 강간, 절도 등의 폭행을 일으키는 사건이 발생하였다. 미 점령하에 발생한 사건이었던 탓에, 이 사건이 당시에 크게 보도되는 일은 없었다. 이 지역 가까이에 살고 있었던 마쓰모토 세이초는 풍문으로 이 사건을 접하였고, 그것을 기초로 하여『검은 바탕의 그림』이라는 작품을 쓰게 되었다고 한다.

1950년 여름, 고쿠라시의 기온 마쓰리祇園祭り가 다가오자, 마을은 북소리로 가득 찬다. 고쿠라시 소재 조노 캠프에는 한국전쟁으로 파병될 미국 병사들이 대기하고 있었다. 북소리는 특히 '흑인' 병사들의 원시적인 본능을 자극하였고, 급기야 그들은 캠프에서 탈주하여 민가를 습격하는 등, 집단 폭행을 일으키고 만다. 마에노 류키치前野留吉의 아내 요시코芳子도 '흑인' 병사들로부터 윤간당하는 피해를 입게 되고, 이로 인하여 부부는 결국 헤어지게 된다. 이후, 류키치는 미국 병사의 시체를 처리하는 일을 하게 되는데, 거기서 그는 아내를 범한 남자, 즉 가슴에 독수리 문양의 문신이 있는 흑인 병사의 시체를 발견하고는 나이프로 그것을 찢어 버린다.

이 작품이 환기시키는 것 중 하나는, 피점령에 의해 일본인 여성들이 직면할 수밖에 없었던 성폭력의 참상일 것이다. 점령이라는 반半식민지적 체제에 있어서 점령자에 의한 피점령자 여성의 성적 영유는 지배와 정복의 비유로 표상되는 바와 같이, '흑인' 병사에 의한 윤간이 전후 일본의 상황을 상징하고 있다는 것은 쉽게 이해할 수 있다.

그렇지만 이 작품에 있어서 아내 요시코가 당한 성적 유린은 간단하게 '우리들'의 성적 유린으로 확대되지는 않았다. 왜냐하면 악몽과 같은 폭풍이 지나고 난 다음, 류키치가 '굴욕의 본체는 아내이고 자신은 연루자라는 자기도 모르는 위화감'을 느끼기 때문이다. 또한 류키치는 자신이 놓여 있는 상황을 '남편과 부인이라는 인연 관계가 아닌 실체와 주변이라는 위치 관계'로 인식하고 있으며, 이러한 '위치 관계'가 자신과 아내 사이의 '감정의 불평등'을 조장하고 있다고 생각한다. '굴욕의 본체'와 '연루자', 또는 '실체와 주변'이라는 '위치 관계' 때문에, 결국 류키치는 아내의 굴욕과 고통에 동화되지 못하고 만 것이다.

그는 아내의 목을 끌어안았다. 아내는 턱을 반대방향으로 돌렸지만, 이내 그의 얼굴을 보았다. 어두운 그림자 속에서 그의 눈은 빛나고 있었다. 아내의 눈빛은 그를 시험하는 듯했다. 그에게 당황하는 기색이 역력했다. 그러나 그 다음 순간 요시코는 미친 듯이 그에게 달려들어 소리 높여 우는 것이었다.

류키치는 아내의 몸 위를 덮고 있던 유카타를 젖혔다. 그녀의 다리
가 그로부터 도망치려 했다. 그는 자신의 다리로 그것을 저지했다.
　이러한 행위로 아내의 굴욕에 동화하려는 것일까. 류키치는 격한
흥분 속에서 아직 아내에게 밀착하려 하는 자신의 노력을 느꼈다.
그의 가슴팍에 땀이 흘렀다. 그러나 행위의 동조는 있어도 의식의
괴리는 남아 있었다.[10)

　위와 같은 장면을 읽어 보면, 사건의 범위가 어디까지나 요시코 개
인의 신체에 국한되어 있는 것임을 알 수 있다. 바꾸어 말하면, 그녀의
상처는 남편 류키치에게로 이동되어 확대되지 않았던 것이다. 이것은
미군에 의한 강간사건이 점령군의 폭력성과 성적 지배를 상징하는 장
치로 등장하지만, 요시코에 대한 성적 유린이 일본민족 전체로 확대
되지 않았음을 의미하는 것이라 할 수 있다. 물론, 아내를 범한 ‘흑인’
병사의 시체를 발견하고 가차없이 찢어버리는 류키치의 복수 행위는
그의 강한 분노를 반증할 뿐 아니라, 아내의 아픔을 류키치가 대신 승
화시킨 것으로 해석할 수 있다. 하지만 류키치의 이러한 감정은 아내
를 범한 주범이 미 점령군, 나아가 ‘흑인’ 병사가 아닐 경우에도 충분
히 성립하는 것이다.
　그러나 ‘동물’ 과 같은, ‘비정상적인 성욕’ 을 가진 ‘미개인’ 에 의한
피해를 강조하기 위해서는 아내 요시코를 능욕한 범인은 반드시 ‘흑
인’ 일 필요가 있었다. 작품에는 탈주병이 ‘흑인’ 이었기 때문에 사건
은 필연적으로 일어날 수밖에 없었고, 피해의 범위도 넓을 수밖에 없

---

10)『마쓰모토 세이초전집37 松本淸張全集37』(文芸春秋, 1973. 7) p.185

었다는 설명이 산재해 있다.

　불행은 조선전선에 파병되기 위해 그들이 이곳을 임시 거처로 삼고 있었던 것에 그치지 않는다. 불운은 이 부대에 모인 이들이 검은 인간이었다는 것이며, 그들이 머물기 시작했던 날이 마쓰리의 북소리가 전 시내에 울려 퍼지던 날과 일치하고 있었던 것에 있다.[11]

　흑인 병사들은 불안에 떨고 있던 가슴으로 그 타악기 리듬에 귀를 기울였음이 분명하다. 돈,돈, 도돈코, 돈, 돈 이라는 단조로운 패턴이 반복되는 음은, 선율적으로 주문呪文과 같은 느낌이었다. 그들은 튀어나온 눈동자를 이리저리 굴리며, 두꺼운 입술을 반쯤 벌리고서 심취했을 것이다. 리듬은 깊은 숲 속에서 울려 퍼지는 미개인의 축전 무용의 북소리와 비슷했다. 그러고 보니, 캠프와 마을 사이에 펼쳐져 있는 띠와 같은 어둠은 그야말로 어두운 삼림지대를 연상시켰다.
　흑인 병사들의 가슴 깊은 곳에 쌓여 있던 절망적인 공포와 억압되어 있던 충동들은 북소리에 어지럽혀져 기묘하게 융합하여 발효하였다. 북소리는 흑인 병사들에게 그만큼의 효과와 자극을 주었던 것이다. 멀리서 들려오는 북소리는 그들의 선조가 의식이나 수렵 시에 사용하던 원통형, 원추형 북소리와 같은 것이었고, 그것은 그들의 피를 도취시켰다.[12]

---

11) 위의 책 p.170
12) 위의 책 p.171

작품의 화자는 '흑인' 병사의 집단 탈주가 그들이 '검은 인간' 이었다는 사실에 기인한다고 전제하고 있다. 매년 7월 12일, 13일은 고쿠라시에서 기온 마쓰리가 열리는 날인데, 마쓰리가 다가오면 북소리는 고쿠라시 전역에 울려 퍼진다. 돈, 돈, 도돈코, 돈, 돈이라는 단순한 리듬은 조노 캠프에 주둔하고 있던 '흑인' 병사에게 주술적인 아프리카 원시음악을 상기시켰다. 그리고 이 타악기의 선율은 '흑인' 병사들을 동요시키고 침착함을 잃게 하였으며, 결국 형용할 수 없는 참상을 초래하고 말았다. 이처럼, 병사들이 '검은 인간' 이었다는 전제는 사건의 경위와 결과 등 모든 것을 포괄한다. 뿐만 아니라 '흑인' 의 성격은 '비정상적인 심리', '미개인의 피', '아프리카 원시 음악', '주술적인 리듬' 등의 표현을 통하여 유전적이고 선험적인 것으로 정의되었다. '탈주병 가운데 백인 병사는 한 사람도 없었고 흑인 장교도 섞여 있었다' 는 설명 역시, 근본적으로 '백인' 과 '흑인' 의 성격은 다르다는 의미를 내포한 것이었다. 장교라 하더라도 '흑인' 이라면 결국 '비정상' 적인 '미개인' 에 지나지 않는다는 메시지도 놓치지 말아야 할 포인트이다.

여기서 북소리의 선율이 '검은 인간' 의 원시적 본능을 자극하였다는 설명에 주목해 보자. 작품 중에는 "일본인으로서는 알 수 없는, 이 타악기의 선율, 즉 피부에 흡수되어 직접적으로 육체 내부에 있는 피에 호소하는 선율" 이 아프리카 원시음악을 상기시켜, 그들을 탈주와 범행으로 이끌었다는 대목이 나온다. 그러나 일본에서 북은 적이나 새를 위협하기 위하여 실용적으로 사용될 뿐 아니라, 악령을 쫓고 정령의 기운을 북돋기 위해서도 사용되는 것으로 전해지고 있다. '고무하다' 또는 '고취하다' 라는 표현 또한 북을 격하게 두드리고 춤을 추며 정령의 기운에 활기를 불어 넣는다는 주술적인 의미에서 유래한다고 한다.[13] 따라서 '피부에 흡수되어 직접적으로 육체 내부에 있는 피에 호소하는 선율'을 '일본인으로서는 알 수 없는' '미개인' 특유의 것으로 해석할 때, 그것이 어디까지 유효한 의미를 가지는지 대단히 의문스럽다.

존 G. 러셀은 『일본인의 흑인관日本人の黑人觀』에서, 일본이 가지고 있는 흑인관은 서양의 영향에 의해 형성되었다고 지적하고 있다. 그에 따르면 백인이 얼굴에 먹물을 찍어 '흑인'으로 분장하여 춤추고 노래하는 유희(minstrel show)라든지, 인류 진화론, 사회적 다위니즘에 근거를 둔 서양의 문명관은 일본인의 흑인관 형성에 많은 영향을 주었다. '비참할 정도로 무지', '그로테스크', '불결', '이상한 악취', '버릇없음', '물리적 혐오감'이라는 일본인의 흑인 인식은 다름 아닌 서양의 흑인관에서 비롯된 것이라 할 수 있는 것이다.[14]

또한 존 G. 러셀은 전후 일본에 있어서 미국의 인종 편견을 원형으로 한 흑인 편견이 증폭된 것은 미군 기지에 많은 '흑인' 병사들이 주둔하게 되면서부터라고 지적하고 있다. 서양을 경유하여 재생산된 일본인의 스테레오 타입 흑인관은 문학작품 속에도 남아 있는데, 유형별로 나누어 보면, (1) 유아적, 원시적(엔도 슈사쿠遠藤周作의 『흑인黑ん坊』), (2) 성욕이 강한, 또는 동물적(마쓰모토 세이초松本淸張의 『검은 바탕의 그림黑地地の繪』, 무라카미 류村上龍의 『한없이 투명에 가까운 블루限りなく透明に近いブルー』, 야마다 에이미山田詠美의 『베드 타임 아이즈ベッドタイ

---

13) 도베 다미오戶部民夫, 『신비의 도구 일본편神秘の道具 日本編』(新紀元社, 2001. 6) p.180~181

14) 존 러셀 John G. Russell, 『일본인의 흑인관日本人の黑人觀』(新評論, 1991. 3)의 '제1장 표상으로서의 타자—일본대중문화에 있어서의 흑인' 참조.

ムアイズ』, 오에 겐자부로大江健三郎의 『사육飼育』), ⑶ 기민, 또는 천성적인 스포츠맨(엔도 슈사쿠의 『흑인』)[15] 등으로 정리할 수 있다. 이와 같이 오랜 세월 동안 집적된 일본인의 흑인관은 '원시적', '성욕이 강한', '동물적', '기민' 등으로 집약되어 문학작품에도 농후하게 반영되어 있는 것이다.

존 G. 러셀의 지적을 염두에 두고 동시에 이야기할 수 있는 점은, 스테레오 타입의 '흑인' 이미지가 문학 텍스트에 반영되는 구조와 동일하게 문학작품이 재생산시킨 '흑인' 이미지가 또 다른 영역에 영향을 주는 경우도 상정할 수 있다는 것이다. 예를 들면, '검은 인간' 이기 때문에 불행한 사건이 일어날 수밖에 없었다는 『검은 바탕의 그림』의 '흑인' 서사는 〈후쿠니치フクニチ〉 신문이 '후쿠오카의 쇼와 50년, 사건·범죄편福岡昭和50年 事件·犯罪編'(1974. 12. 25)에서 '흑인병 집단 탈주' 를 회고할 때의 기술과도 호응하고 있다. 실제 사건이 미 점령하에서 발생했던 것인 만큼, 언론에 보도되는 일은 거의 없었고, 그 때문에 사후에도 사건의 정확한 경위를 파악하는 것은 곤란한 일이었다.[16] 그래서인지 〈후쿠니치〉는 사건을 전달함에 있어서 세이초 작품을 인용하는 형태로 기사를 전개하고 있다. 다시 말하면 세이초가 탈주병의 피부색으로 사건의 전말을 설명하고 묘사했던 것처럼, 〈후쿠니치〉도 그와 같은 문법으로 사건을 정리하고 있는 것이다. 〈후쿠니치〉의 기록을 살펴보면, "흑인 병사가 가득해요. 젊은 아낙네들이 벽장 속에

---

15) 위의 책 p.60

16) 1950년 7월 11일 밤 고쿠라小倉 캠프에서 일어난 흑인병사들의 집단탈주와 폭행의 정확한 경위를 파악하는 것은 곤란하다.(후쿠오카현 경찰사 편찬위원회, 『후쿠오카현 경찰사 쇼와 전편福岡縣警察史 昭和前編』, 福岡縣警察本部, 1980. 7, p.848)

숨어 있는데 언제 들킬지……", "흑인 병사가 우글우글하는 거예요", "여기에도 저기에도 흑인병" 등과 같은 기술이 산재하는데, 이러한 설명은 작품의 내용과 크게 다르지 않고, 오히려 중복되기까지 한다. 이와 같이, 기온 마쓰리의 북소리가 '미개인'의 '피'를 자극하여, 비참한 사태를 불러 일으키고 말았다는 『검은 바탕의 그림』 텍스트가 종래의 흑인 담론을 보강하고 확정한 것은 부정하기 어렵다. 그러한 의미에서 이 작품이 환기시키는 흑인 담론은 그로부터 약 30년 후의 신문기사 '후쿠오카의 쇼와 50년, 사건·범죄편'에도 잔향하고 있다고 말할 수 있을 것이다.

이상에서도 확인할 수 있는 바와 같이, 전후 일본과 미국의 젠더적인 관계를 생각할 때 미국 병사 중에서도 특히 '흑인' 병사가 가지는 위상은 미국의 남성성을 더욱 부각시키는 효과를 가지고 있었다. 또한 '흑인'의 성격을 '동물적', '원시적', '성욕이 강한' 것으로 서사하고, 그것을 선험적이고 유전적인 것으로 규정할 때, 그들로부터 일본인 여성이 '성'을 유린당하는 것은 불가항력적일 수밖에 없는 사실로 기성화되었다.

'한국전쟁'이라는 사건

전후 작가 노사카 아키유키野坂昭如는 한국전쟁에 대한 인상을 다음과 같이 이야기하고 있다.

기타큐슈北九州 지방에는 경보가 울렸다는 신문 기사도 분명히 있었고, 그리고 조선반도는 이로부터 2년 가까이 비참한 전장으로 변했지만, 일본은 여전히 태연했다. 오히려 그 특수로 인하여 경제가 회복되는 계기가 되었으니, 놀라 도망친 나 같은 사람은 어리석음의 절정이었다.[17)

노사카가 기억하고 있는 것처럼, 전후 일본에 있어서 한국전쟁의 이미지는 크게 '조선특수朝鮮特需', '후방기지 일본'으로 요약할 수 있다. 한국전쟁에 관한 설명에는 반드시라고 해도 좋을 정도로 '조선

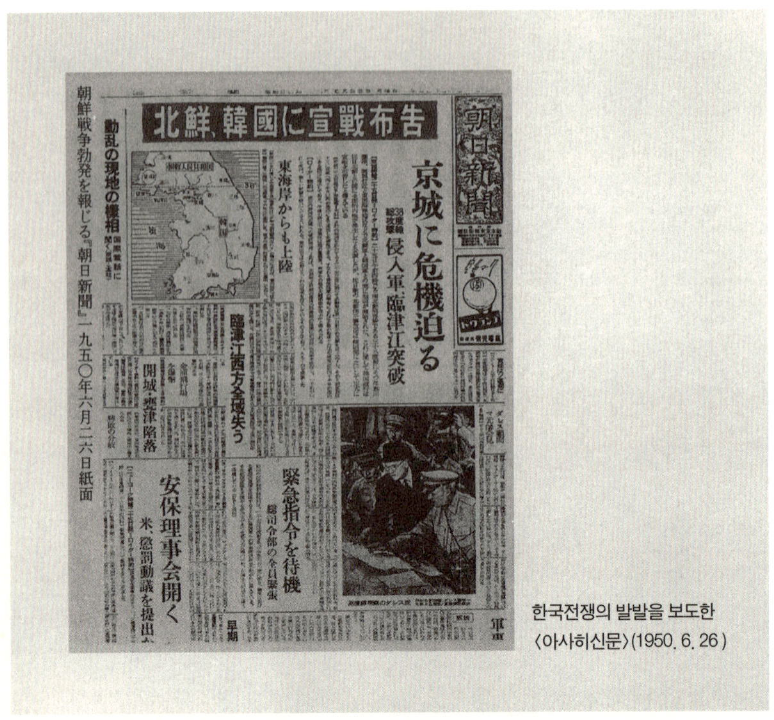

한국전쟁의 발발을 보도한
〈아사히신문〉(1950. 6. 26)

---

17) 노사카 아키유키野坂昭如, 『일억인의 쇼와사⑤점령에서 강화로―億人の昭和史⑤占領から講
和へ』(毎日新聞社, 1975. 11) p.184

특수' 와 '후방기지 일본' 에 대한 언급이 빠지지 않는다. 예를 들면 "일본 정부는 조선의 평화를 위해 노력하기는커녕 미군의 군사작전에 많은 지원을 하였다. 미군이 오키나와를 포함한 일본 열도를 출격 기지, 첨병 기지, 보급 기지로 마음대로 이용할 수 있었던 것은 큰 이점이었다. 이는 미군이 하와이나 남태평양의 신탁통치령에서 조선반도로 출격할 것을 상상하면 쉽게 이해할 수 있을 것이다."[18] "당시의 일본에 있어서 우연이지만 행운이었던 것은, 미국군이 일본을 조선출동 기지로 활용하고, 군용 물자를 매입하였다는 것이다. 미군은 자재비를 달러로 지불하였는데, 그로 인하여 일본의 외화 수입은 한꺼번에 증가하였다. (중략) 휴가를 얻은 미국 군인들은 일본에서 휴양하였는데, 그들의 소비도 달러로 이루어졌다. 서비스를 포함한 미군 특수는 1951년 6억 달러, 52년 8억 달러, 53년 8억 달러로, 일본 수출의 약 60%에서 70%를 점하는 큰 외화 수입이 되었다."[19]라는 설명은 전후 일본이 가지는 한국전쟁의 의미를 가장 집약적으로 나타낸 것이라 할 수 있다.

한편, 한국전쟁이 일어난 시기의 전후 일본을 살펴보면, 1950년 7월 8일에는 맥아더의 제언에 따라 경찰 예비대가 창설되었고, 이로 인하여 재군비 논의가 세상을 뜨겁게 달구었던 것을 알 수 있다. 또 강화조약과 일미안전보장조약(1951. 9. 8) 조인을 둘러싸고, 강화, 일본의 안전보장, 외국기지 등에 대한 논의도 활발히 전개되었다.

이러한 가운데, 전후 일본과 평화에 관한 문제가 재검토되기도 하

---

18) 역사학연구회歷史學研究會 편, 『일본동시대사2 점령정책의 전환과 강화日本同時代史2 占領政策の轉換と講和』(靑木書店, 1990. 9) p.118
19) 나카무라 다카히데中村隆英, 『쇼와사Ⅱ昭和史Ⅱ』(東洋經濟新報社, 1993. 4) p.439

1952년, 경찰 예비대는 보안대라고 개칭되었고, 탱크의 행진을 지켜보던 시민들도 놀랄 수밖에 없었다.

였다. 당시, 잡지 〈세카이世界〉는 1950년 2월호에 평화문제담화회平
和問題談話會가 발표한 '세 번째로 평화에 대하여三たび平和について'
라는 보고를 소개하며, 전후 일본국 헌법이 표방하는 자위권 포기와
비무장 중립주의 원리를 재차 강조하였다. 특히 이 담화회는 한국전
쟁과 관련한 한반도의 국제적 정세는 미 점령하에 있는 일본의 안전
보장 및 재군비 승인 문제와 무관하지 않다고 지적하며 주의를 환기
시켰다.[20]

또 난바라 시게루南原繁도 '평화냐 전쟁이냐平和か戰爭か'(〈주오코
론中央公論〉 1951. 5)에서 "세계는 결코 하나로 융합될 리 없고, 불행하

---

20) 「세 번째로 평화에 대하여三たび平和について」, (〈세카이世界〉, 1950. 12. 본문은 「전후 평화
론의 원류戰後平和論の源流」, 〈세카이〉 임시증간호, 1985. 7, p.147에서 재인용.)

게도 두 세계의 대립이 점점 극명해지고 심각한 상황에 이른 가운데, 우리와 가장 가까운 곳에서 조선 사변이 발발하고 말았다. 작년 여름, 아시아의 일각에서 일어난 이 사건이야말로 돌연히 우리나라의 근본 이상—비무장·중립 사상의 전환점이 되었고, 재군비를 야기시켰다고 할 수 있다."라고 논하며, 전후 일본의 정치적 상황이 한국전쟁을 둘러싼 동서의 냉전적 국제질서와 밀접하게 관련 있음을 강조하였다.

이와 같이, 전후 일본에 있어서 한국전쟁이 가지는 의미는 다음과 같이 크게 두 가지로 요약할 수 있을 것이다. 먼저, 한국전쟁으로 인하여 전후 일본이 후방기지화 되는 가운데, 전후 일본의 정치적 입장 및 평화에 관한 논의들이 활발하게 이루어졌다는 점이다. 그러나 이러한 논의와는 모순되는 형태로 일본이 미군의 후방기지로 적극 활용되면서 일본의 경제 회복[21]이 가속화되었다는 점도 같이 지적할 수 있다.

전후 일본이 가지는 한국전쟁의 성격은 일본 전후 문학의 후경後景이 되기도 하였다.

히사오 주란久生＋蘭의 「모자상母子像」(〈부인공론婦人公論〉 1955. 7)은 사이판에서 전쟁을 겪고 일본으로 돌아와 새로운 일상을 모색하는 모자를 그린 작품이다. 미인 어머니를 둔 이즈미 타로는 어머니의 사랑에 집착하는 인물이다. 어머니는 생계를 위하여 미군을 상대로 하는 바를 운영하는데, 아들 타로는 어머니의 관심을 끌기 위하여 미군

---

21) '조선특수朝鮮特需'로 인한 경기회복에 대한 지적은 잡지 〈킹キング〉(1951. 1)의 부록 『신어대사전新語大辭典』에서도 확인할 수 있다. 이 사전에서는 '조선특수'를 '조선 붐朝鮮ブーム : ブームboom英'이라고 표현하고 있으며, 이에 대해 '조선동란朝鮮動亂 발발로 인하여 경제계 일부에 일어난 일종의 의도적인 경기. 군수물자로서 수요가 많은 금속류나 섬유의 수출로 일시적으로 조선경기朝鮮景氣가 일어났다'고 설명하고 있다.

기지, 역 주변 등에서 미군을 호객하여 어머니의 가게로 보낸다. 미군의 대부분은 한국전쟁에서 일시적으로 일본에 돌아온 사람들이었다. 그러던 어느 날, 타로는 자신이 소개한 미군과 어머니가 관계를 가지는 것을 우연히 목격하게 된다. 충격에서 벗어나지 못한 타로는 자살을 시도하지만, 그것도 미수에 그쳐 결국은 경찰에 체포된다.

이 작품은 앞에서 언급한 전후 일본이 가지는 한국전쟁의 성격을 배경으로 삼고 있다. 이와 함께 간과할 수 없는 것은 미군과 타로 어머니의 신체관계일 것이다. 한국전쟁을 계기로 하여 미국 병사들의 주둔이 늘어남에 따라 미군기지 주변에는 그들을 대상으로 하는 영업행위도 성행하게 된다. 실제로, 사세보佐世保의 경우, 한국과 지리적으로 인접했기 때문에 한국전쟁 당시 연합군의 해군 기지로 활용되었는데, 한국전쟁으로 인한 사세보의 변화를 살펴보면 다음과 같다.

그 옛날의 해군교海軍橋 거리는 국제 거리라는 이름으로 바뀌었고 외국인 전용 가게는 갑자기 활기를 띠게 되었으며 동란 전까지 1,000명이었던 사창私娼은 동란 후 반년 만에 6,000명으로 증가하여 그녀들은 전성시대를 구가하게 되었다. 또 린타쿠リンタク[22] 20대가 1,500대로, 하나밖에 없던 택시 회사가 7개로, 그 외 기념품점, 카바레, 레스토랑, 댄스 홀, 맥주 홀, 여관 등이 수 배에서 수십 배로 팽창하는 실정이었다.

처음에 1,000명으로 추산되던 가창街娼은 동란 후 급증하여 1950

---

22) 자전거의 뒷부분 또는 측면에 손님 좌석을 부착시킨 영업용 삼륜 자전거. 아시아 태평양전쟁 이후 수년간 유행하였다.

년 10월에는 거의 8,000명이 되었고, 그 수는 사세보에 상륙한 진주
군의 수를 상회하는 것이었다. 따라서 사창들은 일을 구하기 위하여
길거리로 나와 적극적으로 거래해야만 했다.[23]

한국전쟁 발발 이후, 미국 병사가 주둔하는 기지 주변에는 그들을
대상으로 하는 맥주 홀, 레스토랑, 카바레, 댄스 홀 등이 급속히 증가
하게 되었고 그에 따라 부수적인 문제들도 함께 발생하였다. 특히, 이
들 상업은 일본인 여성의 '성'을 매개로 하는 것이 적지 않았던 만큼,
미군으로부터의 성폭력의 가능성은 항상 잠재되어 있었고 또한 일본
여성들도 그러한 위험을 감내하며 생계를 유지해야만 했다. 「모자상」

한국전쟁 중 휴가를
보내기 위해 일본을
방문한 미군 (1950
년 도쿄 긴자)

---

23) 이노마타 고조猪俣浩三 외, 『기지일본基地日本』(和光社, 1953. 5) p.196

은 한국전쟁으로 인하여 파생된 젠더적 일미관계와, 그것이 또 다른 파괴를 가져온다는 점을 타로와 그의 어머니의 생활을 통하여 그려내 었다고 할 수 있다.

또 앞에서 다룬 마쓰모토 세이초의 『검은 바탕의 그림』도 한국전쟁을 배경으로 한 작품이다. 미국 '흑인' 병사들은 한국전쟁 파병을 목전에 둔 이들로서, 그들이 가지고 있던 죽음에 대한 공포는 탈주, 강도, 윤간, 살인으로 이어지고 말았다. 특히 이 소설이 강조하고 있는 것은 '흑인' 병사의 '원시적'이고 '동물적'인 성욕이며, 그들의 성적 욕구가 일본인 여성을 대상으로 억압적이고 폭력적으로 이루어졌다는 점이다. 즉, 세이초는 '한국전쟁'을 배경으로 하면서도, 젠더적인 일미관계를 강렬하게 그려냈던 것이다.

후지와라 신지藤原審爾의 작품집 『모두가 보고 있는 앞에서·모두가 알고 있다みんなが見ている前で·みんなが知っている』(1955)에 수록되어 있는 「죽여버리겠어殺してやる」의 주인공 기미코公子도 한국전쟁으로 인하여 가정을 잃고, 결국은 미군 병사를 살해하는 등의 범죄를 저지르게 된다. 미국인 병사 폴은 자신이 한국전쟁에 파병되게 되었다며, 아내 기미코에게 이별을 고한다. 그러나 폴은 한국전쟁에 파병되지 않았을 뿐 아니라, 친구인 그랜드에게 아내를 300달러에 팔아버리고 만 것이었다. 사실 폴은 한국전쟁을 구실로 아내와 헤어지고 싶었던 것이다. 이 일을 알게 된 기미코는 분노한 나머지 폴을 사살해버리고 만다. 미국인 병사의 현지처로 살아온 기미코는 미국의 기지가 되어버린 전후 일본과 공생관계에 있었다. 다시 말하면, 전후 일본이 미국에게 기지를 제공함으로써 경제회복을 이룰 수 있었던 상황이 존재했기에, 기미코도 미국병사에게 '성'을 상품화하여 전후를 살 수

있었던 것이다. 그러나 '한국전쟁'의 발발은 안정된 가정을 바라던 그녀의 꿈을 결국 파괴시키고 말았다. 기미코가 이야기하는 것처럼, 폴이 자신을 단지 "성적 대상으로 하고 있었다 하더라도 두 사람의 생활은 한국전쟁이 일어나지 않았더라면 지속될 수 있었던 것"이었는지도 모른다.

「모자상」이나 『검은 바탕의 그림』, 「죽여버리겠어」 등은, 전후 일본과 미국이 일본인 여성의 '성'을 매개로 젠더적인 관계를 형성하고, 나아가 그러한 젠더적 일미관계가 일본인 여성의 성적 유린, 가정의 붕괴와도 밀접한 관련을 가진다는 사실을 시사한 작품이라 할 수 있다. 그리고 일미 사이의 젠더적 질서가 '한국전쟁'이라는 사건으로 인하여 더욱 긴장이 고조될 수 있음을 알 수 있게 한다. 이 작품들은 한국전쟁이라는 역사적 사건을 후경에 두고 전개되었지만, 전후 일본 사회가 기억하고 있는 '조선특수', '후방기지 일본'과는 다른 또 하나의 '한국전쟁' 상을 제시하고 있다 하겠다.

해체되는 일미관계 — '팡팡'[24]과 '온리'[25]

---

24) 패전 직후 거리에 넘치던 매춘부의 총칭. 처음에는 미군을 상대로 하던 여성만을 지칭하는 말이었지만, GHQ가 성병 방지를 이유로 미군에게 매매춘 행위를 금지하자, 이들은 일본인을 상대로 영업하기도 하였다. 그 가운데 미군만을 상대로 하던 여성을 '양팡洋パン'이라고도 불렀다.

25) 미군 상대 매춘부 가운데 특정한 남성과 관계를 가지던 여성을 말한다. 불특정한 미군 남성과 관계를 가지던 이들은 '양팡洋パン', '버터플라이butterfly'라고 불리었다. '온리(only에서 유래)'는 '현지처'적인 의미가 강했는데, 미군이 기지를 옮길 경우에는 자신의 '온리'를 동료들에게 넘겨주기도 하였다.

패전 일본의 여성성은 일본 스스로 내린 자기규정과 구미에 의해 형성된 담론이 서로 맞물려 발효되는 가운데 획득되고 기성화되어 갔다. 그리고 젠더적 일미관계에 있어서 '흑인'에 관한 서사는 미국의 남성성을 더욱 강조하였고, '한국전쟁'으로 말미암은 젠더적 일미관계는 '조선특수'와 '후방기지 일본'이 간과한 다른 측면의 전후 일본을 제시하기도 하였다.

젠더적 일미관계의 형성에 있어 이와 함께 또 다른 변수로 주목해야 할 것은 '폭로본暴露本'의 등장이다. 패전 후의 일본이 미국을 '남성성'으로 인식하고, RAA 등을 통하여 스스로를 '여성성'으로 규정하였음에도 불구하고, 1950년대에 들어서면 이러한 자기규정이 모습을 감추고 오히려 미국이 일방적으로 '여성성'을 강요하였다는 피동적 서사가 등장하기 시작한다. 소위 '폭로본'의 등장은 그러한 상황의 변화와 연동하고 있었다.

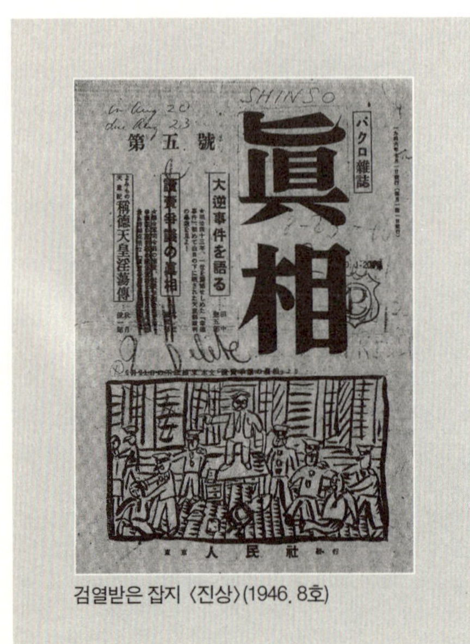

검열받은 잡지 〈진상〉(1946. 8호)

이미 지적한 대로, 미 점령군은 1945년 9월 19일부터 1949년 10월 24일까지 신문·잡지·서적 등을 대상으로 검열을 실시하였다. 소위 '프레스 코드'라고 불리는 이 검열은 모두 열 개의 항목으로 구성되어 있었으며, "뉴스는 엄격하게 진실에 부합하지 않으면 안 된다", "직접적이든 간접적이든 공공의 안녕을 해치는 내용을 게재해서는 안 된다", "연합국에 관한 허위 또는 파괴적 비난을 해서는 안 된다." 등의 규제를 담고 있었다. 그중에서도 특히 GHQ에 대한 비판이나 원폭에 대한 보도는 엄격하게 금지되어, 이에 대한 내용을 담은 서적은 발간 금지되었는데 이러한 억압적인 검열정책은 "신문에 대한 제한을 목적으로 하는 것이 아니라, 자유로운 신문을 가질 책임과 그 의미를 일본의 신문에게 가르치기 위함"이라는 대의명분하에, 신문의 뉴스, 사설, 광고는 물론, 그 외 일본에서 인쇄되는 모든 간행물에 적용되었다.[26]

또한 CCD(Civil Censorship Detachment, 민간검열국)가 작성한 '프레스 코드' 위반 처분 이유 일람표를 보면, ① 연합국 최고 사령관이나 점령군 및 연합 제국諸國을 비판하는 내용 ② 일본의 군국주의 · 국가주의 · 대동아 공영권 · 봉건사상 등의 선전 ③ 극동국제군사재판을 비판하거나 전범의 변호를 정당화하는 것 ④ 폭력 또는 사회불안의 선동이 될 수 있는 것 · 진실이 아닌 기술 · 시기상조의 정보를 공표하는 것 ⑤ 검열에 대한 언급 ⑥ 점령군 장병과 일본인 여성과의 친밀한 관계를 묘사하는 것 등이 주된 항목으로 열거되어 있다.[27]

이러한 사항을 염두에 두고 생각해 보면, '폭로본'의 등장은 검열제도의 완화와 호응하는 현상이었다고 할 수 있다. 즉, 점령군을 비판하고, 점령군과 일본인 여성과의 폭력적인 관계를 고발하는 것은 1949년 10월 24일까지 엄격하게 금지되어 있었기 때문에, '폭로본'의

---

26) 후루카와 아쓰시古川純, 「점령과 출판검열占領と出版檢閲」(다케마에 에이지竹前榮治 · 나카무라 다카히데中村隆英 감수, 『GHQ일본점령사 제17권 출판의 자유GHQ日本占領史 第十七券 出版の自由』, 日本圖書センタ-, 1999. 3, p.19)
27) 위의 책 p.20

등장은 검열제도 폐지와 밀접한 관련이 있다고 볼 수 있는 것이다.

그러나 '프레스 코드'가 실시되고 있던 시기에, 점령군 장병과 일본인 여성과의 관계를 묘사한 담론이 전무했던 것은 아니다. 특히 그러한 서사는 '팡팡'이나 '온리'라는 여성들의 신체를 통하여 표상되었다. 예를 들면 '밤의 여자의 고백'(〈실화잡지實話雜誌〉1946. 7), '타락하는 소녀들의 심리'(〈적과 흑赤と黑〉1946. 9), '뒷골목 홍등가 일기—팡팡 걸'(〈범죄이야기犯罪讀物〉1947. 3), '전락하는 여성군상, 어둠의 여자의 생태'(〈여성개조女性改造〉1947. 3·4월 합본), '더렵혀진 미모 그 후의 어둠의 여자'(〈여성개조〉1948. 2), '가창 삼대기 전락하는 여성의 심리'(〈범죄공론犯罪公論〉1948. 11), '우리 없는 동물원, 밤의 우에노 현실보고'(〈여성개조〉1949. 4) 등은 정숙한 '정조'를 가져야 마땅한 일본인 여성이 외국인 병사의 창부로 전락해 가는 모습을 적나라하게 폭로하는 것에 목적을 둔 기사들이었다.[28]

역으로 '프레스 코드' 해제 후, 오히려 '폭로본'과는 다른 방향성을 가진 담론이 등장하는 것도 확인된다. 〈주오코론〉 1950년 8월호를 살펴보면, "패전 직후, 상당히 경멸적인 의미로 사용되던 팡팡이라는 말은 육체문학의 홍륭과 함께 로맨스와 엽기에 대한 일종의 부러움의 뉘앙스를 가지게 되었고, 성의 해방과 개인의 자유를 추구하는 파이오니아와 같은 여운을 가지게 되었다."[29]라고 '팡팡'에 대해 긍정적으로 평가하고 있는 것을 알 수 있다. 또 작가 다카미 준高見順은 "미국인이라고 하면 이름도 없는 말단 병사조차도 마치 신神처럼 보는

---

28) 야마모토 아키라山本 明, 『카스토리잡지연구—심벌로 보는 풍속사カストリ雜誌研究—シンボルにみる風俗史』(出版ニュース社, 1976. 7) 카스토리·대중오락잡지 연표 해설 참조.

29) 구로 효스케黑豹介, 「팡팡어고パン語考」(〈주오코론中央公論〉, 1950. 8) p.109

풍조라든지, 또 최근(1953년—인용자 주) 오로지 강제적으로 정조를 뺏는 존재로 미국인을 보는 풍조에 대해서는 일본인 모두 부끄러워해야 할 것이다.”라고 지적하고, 오히려 처음부터 대담하게 점령군과 관계를 가져온 팡팡의 가련함과 강함을 예찬한다고 하였다.[30] 따라서 ‘프레스 코드’ 해제를 경계로 상반된 성적 담론이 형성되었다고 단정할 수는 없다.

이야기를 다시 폭로본의 등장으로 되돌려 보자. 『기지의 여자』(1953)나 『일본의 정조—외국인 병사에게 능욕당한 여성들의 수기』(1953), 『속·일본의 정조』(1953), 『모두가 보고 있는 앞에서—점령하 일본여성 수난의 기록』(1955), 『특수 여성』(1955), 『매춘 호텔』(1957) 등 당시 발간된 폭로본의 공통점은 미 점령군이 일본인 여성에게 가한 혹독하고 폭력적인 성적 학대를 숨김없이 드러내는 것에 있었다.

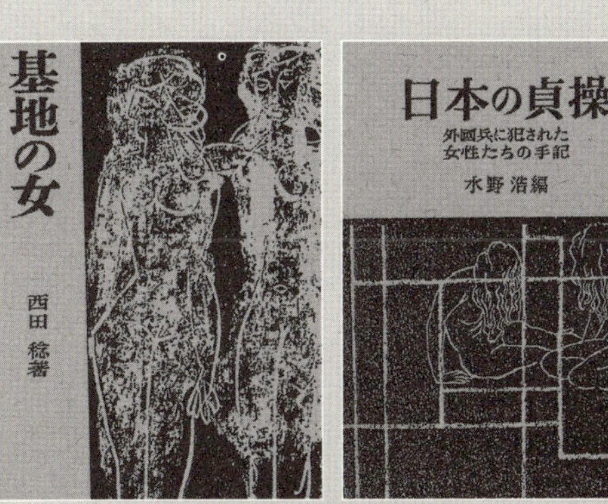
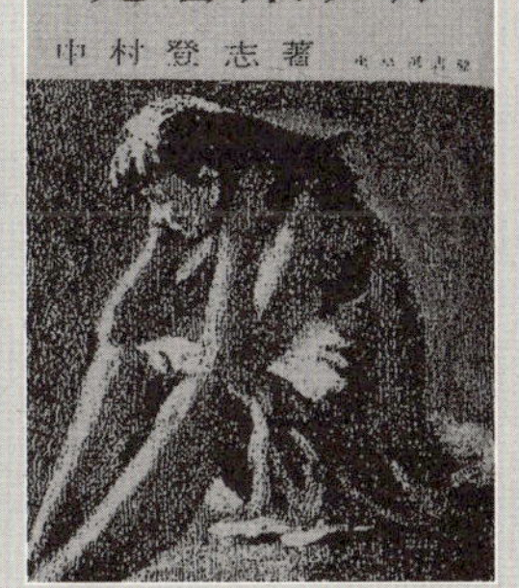

폭로본 『기지의 여자』(1953), 『일본의 정조』(1953), 『매춘 호텔』(1957)

---

30) 다카미 준高見順, 「팡팡예찬パンパン禮讃」(〈신초新潮〉, 1951. 10) p.120

특히, 폭로본은 '사실'에 근거한 '실화'라는 점을 강조하였는데, 이러한 폭로본의 목적은 여성들이 실제로 입은 성적 유린을 빠짐없이 유용함으로써 점령시대의 기억을 젠더 이미지에 의존한 국민적 알레고리로 구축하는 데 있었다. 즉, 여성들의 이야기를 국가의 이야기로 바꾸어 놓고, 국가주의적 시점에서 점령상을 재편함으로써 일본인 남성도 점령군에게 능욕을 당한 여성들과 마찬가지로 버젓한 희생자로 위치지우는 것이 이들 폭로본의 의도였던 것이다.[31] 사건의 묘사가 자극적이면 자극적일수록, 내러티브의 어조가 감정적이면 감정적일수록, 사건의 극적인 상황은 배가되며, '약자의 내셔널리즘'은 보다 강경해지게 되었다. 또, 이들 폭로본의 표지에는 머리카락이 흐트러진 나체의 여성들이 고개를 숙이고 있는 모습이라든지, 거친 스케치로 그려진 여성들의 신체가 표지에 등장하기도 했는데, 이것은 미국으로부터 강간당하여 어지럽혀진 신체를 상징하는 것으로, 독자로 하여금 그러한 장면을 연상시킴으로써 책의 내용과 함께 '감정의 공동체' 구축을 가속화하였다. 그리고 이러한 장치들을 통하여 전후 일본이 경험한 미 점령은 억압적인 젠더적 이미지로 고착되어 버리고 말았다. 즉, 미군 병사에 의한 일본인 여성의 성적 유린은 어느새 '우리들'의 성적 유린, '일본'의 성적 유린으로 확대되어, 폭력적인 젠더적 일미 관계를 생산해 냈던 것이다. 알기 쉬운 예를 『속 · 일본의 정조』에서 인용해 보자.

　일본의 전 국토가 군사 기지화가 된 이상, 우리들 일본인은 모두

---

31) 마이클 몰라스키Michael S. Molasky, 『점령의 기억 기억의 점령占領の記憶 記憶の占領』(靑土社, 2006. 3) p. 172

<u>기지의 남자이며 기지의 여자인 것이다.</u> 만약 미군 전용 창부만을 특별히 기지의 여성이라고 부른다면, 일반 여성들은 기지의 여자가 아니라는 결론이 나오는데, 이것은 일본의 전 국토에 10겹, 20겹으로 뒤엉켜 있는 기지의 쇠사슬을 무시하는 것이다. 이러한 착각이야말로 무엇보다도 위험하다.[32]

인용문에서도 알 수 있듯이, '미군 전용 창부' 의 문제는 그녀들만의 문제가 아닌, '기지의 여자', '기지의 남자', '우리들 일본인' 의 문제로 확대되었다. 왜냐하면 '미군 전용 창부' 의 신체는 일본인과 일본의 메타포였기 때문이다.

도쿄 유라쿠초 거리에 서 있는 일본 창부(1945. 9)

그런데 여기에서 주의해야 하는 것은, '미군 전용 창부' 의 신체를 전후 일본의 심벌로 규정하는 담론이 그것을 완전히 부정하는 담론과 공존하고 있었다는 점이다. 다시 말하면, '미군 전용 창부' 의 신체가 곧 전후 일본을 의미하지는 않으며, 미군과 일본인 여성의 젠더적 관계가 반드시 '미

---

32) 고토 벤五島勉 편, 『속 · 일본의 정조續 · 日本の貞操』(蒼樹社, 1953. 12) p.3

국'과 '일본'이라는 국가적 차원의 젠더 관계를 대변하지 않는다는
서사가 존재하고 있었던 것이다. 특히 전후 일본의 메타포로 인식되
기 쉬운 '팡팡'이나 '온리' 등의 여성들은 적극적으로 그러한 해석들
을 부정하고 있었다.

『기지의 여자』의 저자인 니시다 미노루는 '팡팡'을 대상으로 한 의
식 조사에서, "진주 병사는 일본인보다 돈과 물건을 많이 가지고 있
다. 물질욕을 만족시켜 준다", "진주 병사는 일본 남자에 비하여 자상
하다. 대부분의 경우에는 여자가 원하는 대로 한다", "주둔 병사는 일
본인보다도 문화생활을 한다", "진주 병사를 손님으로 받거나 동거하
면 강력한 배경이 있는 것 같은 느낌이 들고, 그저 MP의 감시를 피하
면 되는 정도의 가벼운 경계만 하면 된다", "주둔 병사를 상대로 하거
나 동거하면 이웃 일본인들은 우리들을 별개의 것으로 취급하지만,
일본인을 상대로 하면 더러운 것을 보는 듯한 눈길로 주시한다", "주
둔 병사는 여자의 과거 이력을 포함한 사생활에 대하여 꼬치꼬치 캐
거나 감시하지 않는다."[33] 등의 이유로 진주군만을 선호하는 일본인
여성이 적지 않았다고 보고하고 있다.

또한 '팡팡'이나 '온리' 여성들은 일본인을 상대로 할 때에는 다분
히 수치심을 느끼지만, 외국인의 경우에는 그렇지 않다고도 고백한
다.[34] 특히 '양팡洋パン'이라고 불리던 여성들은 외국인만을 상대로
하는 만큼 소위 팡글리쉬[35]로 의사전달을 하였는데, 언어가 다르기

---

33) 니시다 미노루西田稔, 『기지의 여자 基地の女』(河出書房, 1953. 6) p.154
34) 무카이 히로오向井啓雄, 『특수여성特殊女性』(文芸春秋新社, 1955. 12) p.49
35) '팡팡'과 '잉글리쉬'를 결합시킨 조어. '팡팡'들이 미군과 의사소통을 하기 위해 사용하
　　던 일본어식 영어 및 일본어와 영어가 뒤섞인 말을 가리킨다.

때문에 자신의 행위가 타 지역 내지는 친인척들의 귀에 전해지지 않을 것이라는 심리적 안정감을 얻을 수 있었다고 한다.[36] 이와 같이, 그녀들은 상대가 외국인에 국한될 경우에 '안심'과 '자유'를 보장받을 수 있었던 것이다. 또 일본인 여성이 외국인 남성을 선택하여 교제하는 것을 '정조의 이동'으로 이해하고, 이를 일본의 전통적인 가부장제적 질서(이에제도, 家制度)로부터의 해방으로 간주하기도 하였다. 그리고 이들 여성의 활약은 대단히 진취적인 현상[37]으로 해석되었을 뿐아니라, 직업의 일환으로까지 설명되기도 하였다.

물론 이들 여성이 '정조의 이동'을 일관되게 긍정적으로 주장하고 있었던 것만은 아니다. "사랑하는 사람들과 함께 있고 싶지만 6조疊 다다미방 하나를 구하는 데도 몇만 엔씩 권리금을 지불해야 합니다. 옷을 팔아 겨우 방을 마련하였다고 하더라도 이후의 생활을 지탱할 수 없다면, 지금과 같이 정조가 이동되는 것도 어쩔 수 없는 일입니다." 등의 고백을 듣자면, 이들 여성들은 자신들의 '성'이 일본인 남성에게 종속되는 것이 바람직하다고 생각하지만, 현실적으로 불가능하기에 자신들의 '정조'를 이동시킬 수밖에 없다고 토로하고 있음을 알 수 있다.

그러나 미 점령군과 일본인 여성의 관계가 새로운 국면을 맞이하고 있었던 것은 틀림없는 사실이었다. 그 예로, 작가 요시야 노부코吉屋信子, 진보당 부인부장 무라오카 하나코村岡花子, 마이니치신문 기자 이노우에 마쓰코井上まつ子 등이 참가한 '남성을 논하는 좌담회男性を語る座談會'(〈부인춘추婦人春秋〉 제1권 제2호 1946. 4)를 들어보자.

---

36) 니시다 미노루西田稔, 『기지의 여자基地の女』(河出書房, 1953. 6) p.154
37) 이케다 미치코池田みち子, 「정조의 이동貞操の移動」(〈미타분가쿠三田文學〉, 1948. 7) p.19

이 좌담회는 '친구로서의 남성', '연인으로서의 남성', '남편으로서
의 남성', '일반 남성' 등을 주제로 다루고 있는데, 대부분의 내용은
진주군進駐軍이 남녀평등적인 사고를 가지고 있고 민주적인 것에 비
하여, 일본 남성은 연애에 있어서나 가정에 있어서나 봉건적이며 비
민주적이라는 결론으로 일관되어 있다.

예를 들면, "특히 진주군들은 여성을 소중하게 다룬다고 할까, 친절
하게 대한다고 할까, 그러한 태도를 보면 자신의 애인에게도 바라게
되죠. 특히 일본 남성은 표현이 서툴다고 할까⋯⋯. 이러한 점에서도
일본인 여성들이 상당한 불만을 가지고 있지는 않은가 하고 생각합니
다만." 이라는 잡지사 측의 발언에 대해, 좌담회에 참가한 여성들은
"일본 남성이 약한 사람, 저항력이 없는 사람을 동정하고 돌보는 일은

현지처에 해당하는 일본인 여성 '온리'는 1945년 10월경부터 모습을 드러내었다. 미 장교들이 출입하는 클럽에도 '온리'와 동반하는 미군들이 많았다.

의외로 적습니다." (요시야 노부코), "일본인 남성이 좀 더 여성에게 친절하게 대해주면 좋겠다고 생각합니다. 최근 진주군과 젊은 아가씨가 같이 걷는 것을 꽤 많이 볼 수 있습니다만, 미국 병사들은 일본 남성보다 친절한 부분이 있으니까요." (이노우에 마쓰코) 라고 말을 이어갔다. 또, 가정사에 있어서 모든 일을 모두 부인에게 일임하는 일본 남성의 방임주의적 성격을 비판하고, 이상적인 부부관계와 가족상을 미국에서 찾기도 했다.

물론 위의 좌담회에서는 '진주군' 과 '미국 병사', 그리고 '외국인' 이라는 용어를 혼합적으로 사용하고 있고, 점령군의 이미지를 평면적으로 묘사하고 있는 감도 없지 않다. 그러나 여기서 주목해야 하는 것은, '일본인 여성' 과 '일본인 남성' 을 하나의 공동체로 묶는 전제가 '진주군' 이라는 존재에 의해 크게 흔들리고 있다는 점이다. 즉, '일본인 여성' 의 '정조' 는 당연히 '일본인 남성' 에 귀속되어야 마땅하다는 논리와 일본인 여성의 성이 미 점령군에게 종속되는 상황을 통하여 일본인 남성들이 느끼는 패배감은 '일본인' 이라는 공통항을 실체적으로 전제하였기 때문이라고 할 수 있는데, '진주군' 의 존재와 함께 부상한 위와 같은 담론은 '일본인 여성' 의 '정조' 가 반드시 '일본인 남성' 에게만 예속되는 것이 아니라는 점을 시사하고 있다.

이러한 서사가 중요한 것은, 그것이 일본인 여성의 신체를 전후 일본의 메타포로 해석하고자 하는 서사 욕망을 상대화하기 때문이다. 다시 말하면, 점령군과 팔짱을 낀 여성들을 '일본인의 정조' 를 외국인에게 쉽게 건넨 여자로 규정하는 시선이나, 그녀들이 영위하는 삶을 '민족의 부끄러움을 보인' 행위로 규정하는 담론은, 가부장제적 패러다임으로 '팡팡' 과 '온리' 를 이해하고, 나아가 그녀들의 문제를

‘우리들 일본인’ 의 문제, 즉 ‘국가’ 의 문제로 확대시킨 결과라고 할 수 있는데, 이러한 연결 고리를 단절시킨 것은 다름 아닌 ‘팡팡’ 이나 ‘온리’ 라는 여성들 자신에 의하여 이루어졌던 것이다.

‘팡팡’ 이나 ‘온리’ 들의 발화는 ‘일본인 여성’ 의 성이 오로지 ‘일본인 남성’ 의 소유물로 간주되어 왔던 점과 ‘일본인 여성’ 의 신체를 매개로 너무나도 안이하게 ‘상상의 공동체’ 를 형성해 왔던 점에 대해 반성을 촉구한다. ‘팡팡’ 이나 ‘온리’ 들은 자신들을 둘러싸고 있는 ‘일본인’ 또는 ‘일본민족’, ‘일본인 남성’ 이라는 ‘공적’ 인 요소를 부정하고 배제함으로써 스스로 ‘사적’ 인 신체로 존재할 수 있는 가능성을 체현하였다. 그리고 그녀들은 ‘우리들 일본인’ 이라는 틀에 수렴되는 것을 스스로 거부하며, 그녀들의 신체를 통하여 상처입고 훼손된 일본을 대변시키고자 하는 국가주의적 점령 기억을 상대화하였다. 이

미군들과 시간을 보내고 있는 일본인 여성들

러한 의미에서 이들 여성들의 신체를 미국에 의해 짓밟힌 '일본'의 심벌로 규정하는 담론이나, 남성인 미국에 의하여 '일본'은 강제적으로 '여성'을 연출할 수밖에 없었다는 담론은, 위와 같은 그녀들의 다원적인 목소리를 은폐하고 말살한 위에 작위적으로 구축된 서사라고 할 수 있으며, 억압적인 젠더적 일미관계를 전경화하기 위한 서사 욕구로부터 출발한 허구[38]라고 지적할 수 있을 것이다.

이데올로기로서의 '정조'

'팡팡'이나 '온리'들이 자신들의 신체가 내셔널리즘의 문맥 속에서 해석되는 것에 대해 의문을 제기하고, 실체적으로 서사되는 젠더적 일미관계의 허구성을 폭로하였다는 점에 대해서는 이미 살펴본 바 있다. 그러나 당시 일본인 여성의 '정조' 귀속에 관한 문제는 집요하게 논의되었고, '팡팡'과 '온리'들에 대한 주목도 끊이지 않았다. '팡팡'과 '온리'를 매개로 한 전후 일미관계가 전후 일본의 서사 욕구에

---

38) 나카무라 미하루中村三春, 『픽션의 기구フィクションの機構』(ひつじ書房, 1994. 5)에 의하면 허구(픽션)에는 두 가지의 범례 체계가 있다. 첫째, '허(feint)'에 중점을 둔다면 허구는 현실에는 존재하지 않는 상상물, 또는 그것을 가능하게 하는 상상행위라는 점에 있어서 사실(진실, 현실)과는 대립되는 활동이다. 그 극점은 '거짓말'과 같다고 할 수 있다. 둘째, '구(fictio)'에 역점을 둔다면 허구는 '무'에서 '유'를 만들어 내는 점에 있어서 창작(제작, 구축)의 일종이다. 극단적으로 말하자면 제작활동은 '허구'와 같은 의미를 가진다. 거짓말과 창작이라는 양극 사이에 존재하는 진폭 어느 한 점의 위치에 허구는 존재하는 것이다. (p.46) 이 책은 전후 일본과 미국에 관한 담론이 어떠한 서사 욕구에 의하여 창작되었고 제작되었는지 살펴보고, 또한 형성된 담론이 어떻게 해석되어지는지에 관해 고찰하는 것에 주안점을 두고 있는 만큼, 이 책에서 사용하는 '허구' 또는 '픽션'이라는 것은 '창작(제작, 구축)의 일종'의 의미로 사용하고 있음을 밝혀둔다.

의해 형성된 상반된 자화상이었던 것과 마찬가지로, 일본인 여성의 '정조' 또한 두 개의 모순된 전후 일본상을 제시하고 있었다. 일본인 여성의 '정조' 이동은 전후를 영위하는 적극적인 자구책으로 전경화되기도 하였고, 한편에서는 미 점령하의 일본 그 자체를 의미하는 것이기도 하였던 것이다. 물론, 이러한 상반된 얼굴은 전후 일본의 서사 욕구가 어느 쪽을 선택하였느냐에 따른 것이었다. 그리고 이것은 곧 이데올로기로서의 '정조'가 가지는 허구성을 의미하는 것이기도 하였다. 이에 대해 구체적으로 알아보기 위해, 먼저 1949년 12월호 〈가이조〉에 실린 '실태조사 좌담회—팡팡의 세계實態調査座談會—パンパンの世界'를 살펴보기로 하겠다.

이이즈카 코지飯塚浩二와, 미야기 오토야宮城音彌, 사타 이네코佐多稻子, 미시마 유키오三島由紀夫, 모리타 세이지森田政次, 그리고 미나미 히로시南博 외에 '팡팡' 여성 다섯 명이 참가한 이 좌담회에서 '팡팡'들은 직업을 선택한 동기, '정조' 관념 등에 대해 고백하고 있다. 그녀들은 전후의 혼돈스러운 상황 속에서 '강간'이나 '호기심' 등에 의해 '어둠의 여성'이 되었지만, '육체'와 '정신'은 별개의 것이며 '팡팡'은 단지 직업에 지나지 않는다고 말한다. 또한 세간의 사람들이 상상하는 '팡팡'의 세계, 즉 그룹 내에서의 폭력이나 마약 복용, 불량배들과의 연계 등의 사실도 부정한다.

좌담회에서 폭력과 마약이 '팡팡의 세계'에서 횡행할 것이라고 전제한 것은 당시의 소설이나 연극, 영화의 영향 때문이라고도 할 수 있다. 예를 들면 다무라 다이지로田村泰次郎의 소설 『육체의 문肉體の門』(〈군조〉 1947. 3)은 소위 '팡팡의 세계'를 소재로 한 작품으로, 발표 당시에 선풍적인 인기를 모았다. 소설의 인기는 연극으로도 이어

졌다. 1948년 8월, 극단 구키
자空氣座는 도쿄의 신주쿠新
宿 데이토자帝都座에 연극
〈육체의 문〉을 올렸는데, 이
는 3년 동안 1,000회 이상 상
연되었을 정도로 오랫동안 인
기를 모았다. 또한 영화의 경
우에는 각기 다른 감독에 의
해 네 번이나 각색될 정도로
관객 흡입력이 강한 작품이었
다. "갖고 싶어하지 않겠습니
다. 이길 때까지는ほしがりま
せん勝つまでは" 이라는 전시
하의 슬로건에 속박되어 있던
사람들의 욕망은 패전 후에
육체를 통하여 분출하였다고
할 수 있는데, 『육체의 문』에
대한 열광은 그것을 증명하는
좋은 예라고 할 수 있을 것이
다. 작품 내용 가운데 특히 화
제가 되었던 것은 팡팡 집단
의 규율을 어긴 한 여성을 알
몸으로 만들어 매달아 놓고
응징하는 장면이었다. 독자

연극 〈육체의 문〉 포스터(위)
극단 구키자空氣座가 상연한 〈육체의 문〉의 한 장면(아래)

및 관객들은 이들 작품이 묘사한 '팡팡의 세계'를 접함으로써 실제 '팡팡'의 모습을 이미지화하기도 하였는데, 작품과 실제 사이에 간극이 존재할지라도 작품이 환기시키고 연상시키는 '팡팡'의 세계는 결국 당시 '팡팡' 담론의 중요한 부분을 형성하기에 충분하였다. 이와 같은 상호 영향관계는 광의의 '문학'에 의해 역사상이나 사회상의 일부가 형성될 수 있음을 시사하는 부분이기도 하다.

다시 좌담회 이야기로 돌아가자면, 좌담회 참가자들이 '팡팡'들의 전후를 긍정적으로 평가하고 있는 점은 특히 주목을 요하는 부분이다. 예를 들면, "당신들은 자신의 일이 유한마담의 불놀이보다 우위라고 자신하고 있군요."(미나미 히로시), "이야기를 들으니 아주 건강한 것을 느끼게 됩니다. 신체를 소중히 생각하며 내일의 생활을 준비해나가는 것, 그것은 어떤 의미에서는 일본의 소설가들이 더 불건전하며, 작가들이 히로뽕 등을 흡입하는 것을 생각하면 부끄러워집니다."(미시마 유키오) 등, 참가자들은 그녀들의 일을 주체적이고 건강한 것으로 평가하고 있다. 이는 '팡팡'들의 신체를 통하여 훼손된 전후 일본을 전경화하고자 하였던 서사와는 전혀 다른 성격을 가지는 것이라 할 수 있다.

'팡팡'에 대한 긍정적이고 적극적인 평가는 비단 위 좌담회뿐만이 아니었다. 카스토리 잡지[39] 〈리버럴りべらる〉(1954. 1)에서 이시이 닌

---

39) 패전 후 유행한 대중오락잡지의 속칭. '카스토리かすとり'의 어원은 술지게미로 만든 조악한 소주에 있다. 감자류나 곡류로 급조한 이 소주는 술맛이 나쁠 뿐 아니라, 도수가 높아서 세 잔만 마시더라도 취해서 쓰러질 정도였다고 한다. 카스토리 잡지 역시 조악한 종이를 사용한 잡지로, 발행 후 3호 정도에 이르러서는 폐간되는 경우가 잦았다. 카스토리 잡지의 내용은 주로 에로틱하거나 그로테스크한 사건, 엽기적인 범죄, 실화 폭로 등으로 구성되어 있었다.

사쿠石井仁作가 상대上代부터 에도江戸시대에 걸친 '매소사賣笑史'를 개관하며, 전후의 '팡팡'과 '온리'를 매소사 계보의 연장선에서 이야기하고 있는 것 역시 마찬가지다.

이시이는 "상대의 성 생활은 단조로웠고 사람들도 무지하였다. 연애조차도 성교 그 자체를 의미하는 것이었다. 정조 관념 등은 먼 훗날 후세

카스토리 잡지 〈리버럴〉

에 와서 인간의 의식이 발명한 것이다."라며, '매소' 행위는 '정조'의 범위에 속하는 것이 아니라 유희의 일환이라고 정의하였다. 그의 설명에 따르면, 『만요슈万葉集』에는 '우카레메宇加禮女', '아소비메阿曾比女'라는 말이 있는데, 이는 모두 이성과 놀면서 음탕한 생활을 영위하는 소위 매소부賣笑婦를 가리키는 것으로, 유행부遊行婦의 지위는 하천한 것이 아니라, 권문權門에 드나들고, 또한 교양과 품위를 가지고 있었기 때문에 일반인으로부터 아주 선망받던 자랑스러운 존재였다고 한다. 이러한 매소 행위는 헤이안平安시대에 들어 와서 직업 유녀遊女를 낳기에 이르렀는데, 대표적인 유녀로서 '구구쓰傀儡'와 '시라뵤우시白拍子'를 들 수 있다. 양자 모두 가무歌舞의 전통을 계승하는 이를 지칭하는 말로, 특히 우아하고 아름다우며 화려한 시라뵤우시는 헤이안 유일의 자랑거리였다. 그리고 아즈치 모모야마安土桃山시대에는 유곽이 창설되었고, 에도시대에는 그야말로 유곽 전성의 시

대를 구가하였다고 소개하고 있다.

그렇다면 1954년이라는 시점에서 이시이가 일본 전통의 ‘매소사’ 에 대해 언급하는 이유는 무엇 때문일까. 그는 본론에 들어가기 이전에, 글의 목적에 대하여, “오늘날 우리들은 지나치게 성 노출 시대에 놓여 있다고 말한다. 과연 그러할까? 현재 가장 비극적인 양상으로 비춰지고 있는 팡팡의 문제에 대해, 시대를 거슬러 올라가 우리들 자신의 역사에 비추어보면, 무슨 반성이라든지, 자각이라든지 하는 것을 얻을 수 있을지도 모른다.”라고 말하고 있다. 이러한 문장을 참조해 보면, 전후 일본이 ‘성 노출 시대’ 라고 회자되는 경우가 많지만, ‘우리들 자신의 역사’ 에 비추어 보면, 그것은 특별히 이상한 것이 아니라는 것을 피력하기 위하여 이와 같은 글을 쓰고 있음을 알 수 있다. 그리고 ‘팡팡’ 의 문제도 ‘가장 비극적인 양상’ 으로 취급하는 것이 아니라, 그녀들을 전통 ‘매소사’ 속에 위치 지음으로써 ‘유희적’ 이고

패전 후 크게 유행한 카스토리 잡지

'자랑스러운 존재'로 부각시키고 있다. 덧붙여 말하자면, 이시이가 '매춘賣春'이라고 표기하지 않고 일부러 '매소賣笑'라고 표기한 것에서도 그가 '팡팡'의 세계를 유희의 일환으로 해석하고 있음을 알 수 있다.

이와 같은 담론에서 '팡팡'과 '온리'들은 더 이상 미 점령하의 일본을 지키는 '성 방파제'가 아니었다. 그녀들은 민주적이고 자유스러운 사고를 가진 이들이었고, 또한 건강하며 패션 리더이기까지 하였다. 이러한 담론의 등장은 패전 후의 일본

신주쿠 데이토좌의 액자 쇼(1947. 1. 15)

사회가 희구한 성 담론 및 현상과도 무관하지 않은 것이었다. 패전 직후의 일본에서는 사교댄스가 전국적으로 인기를 구가하고(1946), 카스토리 잡지가 범람하였으며(1947), 신주쿠新宿의 데이토좌帝都座에서는 액자 쇼(1947)가 선풍적인 인기를 모으기도 하였다. 또 아사쿠사淺草에서 '파마넌트 콩쿠르'(1946. 12 도쿄도東京都 부인 이용조합 주최)가 열리고, 후쿠오카현福岡縣 신구新宮 해수욕장에서는 수영복 콩쿠르(1947. 8 〈후쿠니치〉 신문 주최)가 개최되기도 하였는데, 이들은 전후 일본사회가 얼마나 '성'에 대한 자유와 표출을 희구하였는가를 반증하는 것이라 할 수 있다. 뿐만 아니라 앙리 반데 벨데Henry van de

Velde의 『완전한 결혼』(1946)이 번역되어 베스트셀러가 되고, 나가이 가후永井荷風의 「훈장」(〈신세이新生〉 1946. 1) , 「오도리코踊子」(〈덴보展望〉 1946. 1) , 후나하시 세이이치舟橋聖一의 『드러누운 아가씨』(〈미타분가쿠三田文學〉 1946. 1~12) 등이 발표된 배경에도 이와 같은 사회적 맥락이 닿아 있었다.

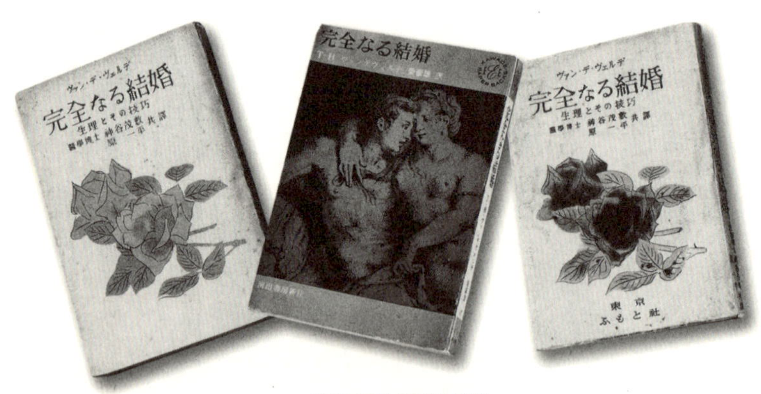

베스트셀러 『완전한 결혼』

그러나 한편으로는 어린 남자아이와 여자아이가 점령군과 '팡팡'의 성관계를 흉내 내는 '팡팡놀이パンパンごっこ' 라든지, 점령군과 일본인 여성 사이에서 태어난 혼혈아, 소위 'GI 베이비' 에 대한 차별 등, '팡팡' 은 부정적인 사회 현상과도 깊은 관련이 있었다. '팡팡', '온리' 들로 인하여 전후의 일본 여성들이 총체적으로 잠정적인 '매춘부' 로 오인되는 경우도 빈번하였다. 일본인 여성들 가운데는 강제적으로 성병검사를 받아야 했던 이들도 있었고, 그 과정에서 인격적으로 차별적인 대우를 받는 경우가 속출하였다. 1946년 11월 15일, 도쿄 이케부쿠로池袋에서는 일본 영화연극노동조합원 여성 두 명이 '어둠

의 여자'로 오인되어 강제 성병 검진을 받게 되는 사건이 일어났고, 그것을 계기로 하여 '여성을 지키는 모임'(같은 해 12월 15일)이 결성 되기에 이르렀다. 또한 〈아사히신문〉(1947. 3. 7)은 "후생성厚生省이 약 120만 엔을 들여 6대 도시와 후쿠오카에 16개소의 갱생시설을 설 치했음에도 불구하고, '어둠의 여자'의 60%는 '의지가 박약'하며, 50%는 '성병이 무엇인지도 모른다'고 전하고 있는데, 이러한 보도에 서도 알 수 있는 바와 같이, '어둠의 여자'에 대한 시선은 부정적인 것 이 많았던 것도 사실이다.

이러한 상황들과 앞서 언급한 잡지 〈가이조〉의 좌담회 내용을 비교 해 보면, '팡팡의 세계'를 지나치게 긍정적으로 묘사하고 있음을 알 수 있다. 다시 말하면, 좌담회의 남성 참가자들은 신체를 매개로 하여 혼돈스러운 전후 일본사회를 끈질기고 강인하게 살아가는 '팡팡'의 생명력과 생활력을 강조함으로써, 그녀들을 둘러싼 부정적인 요소, 예를 들면 강제적인 신체 접촉이라든지 굴욕적인 성병 검사, 혼혈아 문제 등을 은폐하고 있는 것이다. 잡지 〈일 본 유머日本ユーモア〉 (1948. 11)의 '라디오 만보 도쿄 버라이어 티'에는 어느 한 남성 이 이발소에서 머리를 깎는 흉내를 내자, 벤 치에 앉아 있던 '팡 팡'이 당황하여 가방

점령군과 일본인 여성 사이에서 태어난 혼혈아

을 껴안고 서둘러 도망가는 모습이 묘사되어 있다. 머리를 깎는 것을
가리키는 '가리코미刈り込み'와 매춘부나 부랑자를 검거하여 해당시
설에 수용하는 것을 이르는 단어 '가리코미狩り込み'는 동음이의어인
데, '어둠의 여자'들이 강제적으로 시설에 수용되는 경우가 많았던
전후 일본사회에 있어서, '팡팡'들은 항상 '가리코미'를 의식하지 않
을 수 없었던 것이다. 이러한 상황을 위의 잡지에서는 유머러스하게
표현한 것이라 할 수 있는데, 이것을 두고 기지에 넘치는 묘사라고 할
수도 있겠지만, 당시의 여성들이 처한 상황을 상상해 보면 그저 간단
하게 웃어넘길 수 없는 부분이 있다.

일제 검거로 연행되어 가는 '어둠의 여자들'

'팡팡' 문제에 관한 좌담회를 개최하고, 그 기록을 실었던 잡지 〈가
이조〉는 당시 구독하고 있는 잡지 제5위, 읽고 싶은 잡지 제3위를 기
록하고 있었다.[40] 이것은 〈가이조〉가 상당수의 독자를 확보하고 있었
으며, 동시에 독자들의 지지도 받고 있었음을 말해준다. 따라서 〈가이

조)가 '팡팡'을 초대하여 좌담회를 시도한 것은 매우 큰 의미를 지니는 것이라 할 수 있었다. 나아가 '팡팡의 세계'를 민주적이고 자유스러우며, 건강한 것으로 묘사한 내용 역시 독자들에게 강렬한 인상을 심어 주었을 것으로 보인다. 그러나 이러한 내용은 '팡팡'의 세계를 사실적이고 객관적으로 묘사하여 전달하고 있다기보다는, 그때까지 억압적이고 지배적인 것으로 인식되어온 전후 일본과 미국의 젠더적 관계를 부정하고, 의도적으로 건강하고 이상적인 전후 일미관계를 전경화하려 한 것에 지나지 않는다는 비판도 피할 수 없을 것이다. 또한 '팡팡'과 '온리'들의 영위를 고대로부터 내려오는 일상의 일부분으로 해석하고, 젠더적인 전후 일미관계를 일본 역사의 연장선상에서 이야기하는 것, 바꾸어 말하면 역사화하는 작업은 지배적, 폭력적인 일미관계를 은폐하는 일이 될 수밖에 없다.

즉, 이상과 같은 조화로운 일미관계는 실체로 존재하는 것이 아니라, 건강한 일미관계의 상징으로서 일본인 여성의 '정조'를 작위적으로 개재시킴으로써 생산된 픽션인 만큼, 이들 여성이 경험한 성적 마찰, 성적 억압이 고발되고 폭로될 때, 조화롭고 건강한 일미관계는 급속하게 와해되고 만다. 예를 들면, "각 방의 입구에는 순번을 기다리는 병사가 줄을 이어 서 있었다. 바지의 앞 단추를 열고 있는 자는 그래도 나은 편이다. 그중에는 바지를 반쯤 벗고 '빨리 빨리'라며 소동을 피우는 이도 있었다."[41] "(RAA의) 개점과 함께 지프가 고마치엔小町園을 에워쌌고 병사들은 일종의 이상한 소리를 지르며 '돌격'해 왔다. 그들은 교하마京浜 국도에 끝없이 줄을 섰고, 각각 100엔짜리 지

---

40) 후쿠시마 주로福島鑄郎, 『신판 전후잡지 발굴新版戰後雜誌發掘』(洋泉社, 1985. 8) p.594
41) 니시다 미노루西田稔, 『기지의 여자基地の女』(河出書房, 1953. 6) p.44

폐를 쥐어 들고는 혈안이 되어 있었다. 그중에서도 '흑인 병사' 들은 검붉은 혀를 널름거리며 신발을 신은 채로 들어와 상대 여자를 돌연히 허리춤에 안고서는 '배당받은 방' 으로 들어가는 무서운 모습을 보였다. 여자들은 두려움에 떨면서 울기도 하고 기둥을 부여잡고 꼼짝도 하지 않는 모습이었다." [42] 등의 서사는 미국 병사들이 절대적인 힘으로 일본인 여성들의 성을 영유하고 있었음을 고발해 마지않는다. 또한 1953년에 발행되어 화제가 된 『일본의 정조—외국인 병사에게 능욕당한 여성들의 수기』(1953)[43]나 『모두가 보는 앞에서—점령하 일본여성 수난의 기록』(1955) 등을 살펴보면, 성을 매개로 하여 조화로운 일미관계를 강조해 왔던 담론들이 허구에 지나지 않았음을 알 수 있다.

그런데 더욱 중요한 것은 『일본의 정조—외국인 병사에게 능욕당한 여성들의 수기』나 『모두가 보는 앞에서—점령하 일본여성 수난의 기록』 역시 많은 허구성을 내포하고 있다는 점이다.

『일본의 정조』를 비롯한 폭로본에서 '사실' 로 서사되는 일본인 여성들의 성적 유린은 결국 국민적 경험으로 확대되고, 또한 그것은 젠더적인 일미관계를 형성하여 '국가주의적 시점' 에서 점령시대를 재

---

42) 고바야시 다이지로小林大治郎 · 무라세 아키라村瀬明 공저, 『국가매춘명령國家賣春命令』(雄山閣, 1992. 11) p.20

43) 1953년에 발행된 『일본의 정조日本の貞操』는 같은 해 11월15일에 18쇄까지 증쇄되었고, 역시 같은 해 12월에는 『속 · 일본의 정조續 · 日本の貞操』가 발행되었다. 이러한 정황을 볼 때, 『일본의 정조』는 당시 많은 화제를 낳은 작품이었음을 알 수 있다. 『일본의 정조』와 함께 이 책에서 고찰하고 있는 작품집 『모두가 보는 앞에서』 역시 1955년 초판에 이어 같은 해에 속편이 출간되었다. 1950년대의 전후 일본사회에 있어서 폭력적인 일미관계가 하나의 국민적 담론으로 자리매김하는 데에는, 이러한 서적들의 역할이 주요하게 작용했다고 볼 수 있다.

편하는 기능을 가진다는 것에 대해서는 이미 언급한 바 있다. 그런데 폭로본 중에서도 최고의 베스트셀러라고 할 수 있는『일본의 정조』의 경우, 그 내용은 '사실' 또는 '실화'가 아니라, 미즈노 히로시라는 편집자에 의해 만들어진 하나의 '픽션'이었다는 것이 최근의 연구에서 밝혀졌다. 마이클 몰라스키Michael S. Molasky는『점령의 기억 기억의 점령』(2006)에서 전후 점령기의 언어공간이 만들어낸 젠더 메타포에 주목하면서『일본의 정조』에 대해서도 상세히 고찰하고 있다. 그는 "모든 수기에는 알기 쉬운 소제목이 붙어 있는데, 어느 것을 보아도 젊은 창부의 문학적인 소양에서 나왔다고는 도저히 생각할 수 없다", "묘사되어 있는 GI의 범죄는 모두 어둡고 끔찍하며 또한 빈발하고 있다. 화자인 여성들에게 닥친 일련의 비극은 믿기 어려우며 살아 있는 기록으로 받아들이기 어렵다."[44]라고 지적한 다음, 이 책을 펴낸 출판사인 소쥬샤創樹社에 근무했던 편집자와 인터뷰한 결과,『일본의 정조』내용은 미즈노 히로시라는 사람에 의하여 창작되었다는 사실을 밝혀내었다고 말하고 있다.[45] 마이클 몰라스키의 지적이 사실이라고 한다면, 실증적 서사라는 점을 무기로 독자에게 호소하였던『일본의 정조』의 내용은 모두 거짓이며 날조된 것에 지나지 않는다. 그렇다면, 점령군의 폭력적인 행위와 외설적인 성관계 묘사, 그리고 격하게 흥분된 감상적 내러티브의 목적은 분명해진다. 그것은 말할 필요도 없이, 점령하의 일본이 직면한 성적 폭력을 표상함으로써 지배적이고 억압적인 일미관계를 그려내고, 나아가

---

44) 마이클 몰라스키Michael S. Molasky, 『점령의 기억 기억의 점령占領の記憶 記憶の占領』(青土社, 2006. 3) p. 231~232

45) 위의 책 p.238

점령자인 미국을 지탄하고 규탄하기 위해서였던 것이다. 그리고 이러한 픽션이 사실로 유통됨으로써 폭력적 일미관계는 하나의 국민적인 담론으로 발전되었다. 『일본의 정조』가 17쇄까지 중쇄된 것도 이러한 맥락에서 해석할 수 있다. 다시 말하면 미즈노 히로시의 목적은 충분히 이루어졌다고 볼 수 있는 것이다. 편집자인 미즈노 히로시는 『일본의 정조』의 '후기'에서 "나는 통역이었다."라고 자신의 입장을 밝히고, 발간 동기에 대하여 "우리들과 같이 진주군과 접촉하는 사람들에게는 상식에 지나지 않는 것이, 세간에는 전혀 알려지지 않고 있기 때문"이라고 이야기하고 있다. 또한 그는 수기의 선별이나 내용의 교정, 편집 등은 자신이 직접 담당하였음도 함께 밝히고 있다.

마이클 몰라스키의 지적을 참고하여 '후기'를 읽어 보면, 미즈노 히로시가 실제로 통역이라는 직업을 가지고 있었는지 어떤지도 의심스럽지만, 여하튼 그가 자신을 '통역'이라고 밝힌 것은 중요한 의미를 가진다고 볼 수 있다. 통역은 언어를 매개로 일본과 미국 사이를 왕복하는 작업인 만큼, 일본의 사정뿐 아니라 미국에 대한 정보를 입수하기 쉬운 위치에 있으며, 그것은 대단히 특권적인 성격을 가진다고 할 수 있다. 다시 말하면 그가 자신을 '통역'이라고 소개한 것은, 『일본의 정조』의 내용을 더욱 신빙성 있는 '사실'로 존립시키는 데 도움을 주었다고 지적할 수 있다. 그리고 독자가 감상한 『일본의 정조』는 미즈노 히로시에 의해 창조된 '일본의 정조'라는 점에서, 독자는 광의의 '통역'을 개재한 허구적 점령 기억을 공유한 것에 지나지 않게 된다.

작가에 의해 '일본의 정조'가 '통역'되는 것은, 후지와라 신지의

『모두가 보는 앞에서―점령하 일본여성 수난의 기록』도 마찬가지이다. 후지와라 신지는 '후기'에서 다음과 같이 말한다.

연재하는 동안 많은 독자로부터 여러 편지를 받았습니다만, 그중에서 가장 많았던 문의는 내용이 사실인가 아닌가 하는 점이었습니다. 사실이기도 하고, 또 보편화하기 위하여 조작한 것도 있어, 그 점에 대해 대답하기는 곤란합니다만, 단지, 기지 주변에 사는 독자들의 편지는 작품의 내용이 점령군의 실제 잔학행위에 훨씬 못 미친다는, 불만이 강한 것들이 대부분이었습니다.[46]

작가 후지와라 신지는 소위 '사실'을 '보편화'하기 위하여 기억이나 이야기를 조작할 수밖에 없었음을 스스로 고백하고 있다. 경험자의 이야기를 종합하고 보편화하는 작업을 작가가 대행하였다는 점에 주의하면, 이 책의 부제목이 '점령하 일본여성 수난의 기록'이라는 점과 출판일이 8월 15일이라는 점 등은, 패전을 '점령' 또는 '수난'의 시작으로 '번역'하여 기억하고자 하는 작가의 내셔널한 의도에서 비롯한 것임을 알 수 있다. 특히 타이틀이 '모두가 보는 앞에서'인 것은, 지배자 남성들이 확고한 자신들의 연대를 만들고자, 전시 강간이 종종 '관객'이 있는 곳에서 행하여지고, 의식화된다는 점과도 깊은 관계가 있다고 할 수 있다.[47] 그리고 점령군에 의한 일본인 여성의 성적

___

46) 후지와라 신지藤原審爾, 『모두가 보는 앞에서―점령하 일본여성 수난의 기록みんなが見ている前で―占領下日本女性受難の記録』(鱒書房, 1955. 8) p.216

47) 우에노 치즈코上野千鶴子, 『내셔널리즘과 젠더ナショナリズムとジェンダー』(青土社, 1998. 3) p.114

학대가 '모두가 보는 앞에서' 이루어졌을 때, 그것은 일본인 여성에 국한된 것이 아니라 일본 국민 전체의 성적 유린으로 확대된다. 작품의 부제목 '점령하 일본여성 수난의 기록' 은 그러한 문법을 더욱 알기 쉬운 형태로 표현한 것이며, 작가에 의한 사실의 '보편화' 와 '조작' 은 '점령하 일본여성 수난의 기록' 을 보다 설득력 있는 것으로 존립시키기 위한 '배려' 였음을 알 수 있다.

이상에서 살펴본 바와 같이, 일본이 여성의 '정조' 를 어떻게 구성하느냐에 따라 전후 일본과 미국과의 관계는 각각 다른 풍경으로 전경화되었다. 역으로 말하면, '어떠한 일미관계를 희구하는가' 라는 서사 욕구에 따라 일본인 여성의 '정조' 는 상반된 성격을 드러내었다고 할 수 있다. 이것은 젠더적 일미관계가 실체적으로 존재하는 것이 아니라, '정조' 라는 이데올로기에 의해 허구적으로 구성된 것임을 의미한다.

「갈채」· 「검은 강 무거운 노」· 「유리구두」

1958년 9월호 〈문학계文學界〉에 발표된 오에 겐자부로의 「갈채喝采」는 외국인을 상대로 하는 창부 야스코康子와 대학생 나쓰오夏男, 프랑스인 류시앙リュシアン의 '삼자의 상관三者の相關' [48]을 그린 작품이다.

---

48) "나는 이 창작집에 담은 작품을 통하여 하나의 주제를 전개하고자 하였습니다. 강자로서의 외국인과 많든 적든 굴욕적인 입장에 있는 일본인, 그리고 그 사이의 중간자中間者(외국인 상대의 창부나 통역 등), 이 삼자의 상관을 그리는 것이 모든 작품에서 반복적으로 전개된 주제였습니다." (오에 겐자부로, 『보기 전에 뛰어라見るまえに跳べ』, 新潮社, 1958. 10 p.251)

「갈채」의 나쓰오는 대학에서 프랑스어를 전공으로 하고 있으며, F 대사관 직원 류시앙과 동성애 관계를 가지며 동거하고 있다. 이 두 사람의 집에 야스코라는 창부(외국인 바이어가 일본에 체재할 때 주부 역할을 해 주는 창부)가 여름 방학 동안에만 식사 준비 등을 해주기 위하여 입주한다. 야스코가 온 첫날 밤, 그녀는 류시앙을 침대로 유혹하지만, 류시앙은 그것을 거절하고 나쓰오를 침대로 불러들인다. 그러나 야스코라는 존재 때문인지 나쓰오는 평소와 같은 행위를 할 수 없었다.

어느 날 나쓰오와 야스코는 우연히 육체관계를 가지게 되는데, 나쓰오는 3년 만에 이성과의 섹스에 성공하게 된다. 이로써 나쓰오는 자신이 '남자' 가 되어 '건전한 일상생활' 을 되찾게 되었다고 생각한다. 그리고 나쓰오는 '남자' 가 된 자신에게 '갈채' 를 보낸다.

나쓰오는 곧 바로 류시앙에게 야스코와의 육체관계를 고백하고 결별할 것을 전한다. 그러자 류시앙은 야스코는 동성애를 나누는 남자들과 한 조를 이루어 지내는 부류의 창부이며, '불능인 사람과 관계를 가지더라도 종지부를 찍게 하는 솜씨를 가진 사람' 이라는 사실을 나쓰오에게 알려준다. 나쓰오는 사실을 확인하기 위해 거리에서 만난 창부와 섹스를 시도해 보지만, 자신이 여전히 불능이라는 사실만 확인하게 된다. 결국 나쓰오는 다시 류시앙의 방으로 돌아가 따뜻하게 맞이해주는 류시앙의 품에 얼굴을 묻는다.

여기서 오에의 작품 「갈채」에 주목하는 이유는, 다름 아닌 야스코의 존재 때문이다. 앞에서 살펴본 바와 같이, 전후 일본과 미국의 관계는 '팡팡' 이나 '온리' 라는 여성들을 매개로 구축과 해체를 반복하였다. 나아가 그녀들은 실체적으로 서술되는 젠더적 일미관계가 얼마나 허구적인 것인가에 대해서도 환기시켜 주었다. 이러한 점은 「갈채」의 야스코도 마찬가지이다. 나쓰오가 자신에게는 '남성성' 이 존재하지 않는다고 생각하고 프랑스인인 류시앙과 동성연애를 하게 되는 과정은 전후 일본이 미 점령으로 인하여 '남성성' 을 상실하였다고 인식하는 것과 같은 문맥을 가진다고 할 수 있다. 우연히 야스코와의 성관계가 성립한 것을 통하여 나쓰오는 '남성성' 과 '건전한 일상생활', '건강한 욕구' 를 회복하였다고 믿지만, 그것은 야스코에 의해 만들어진 일회성의 '남성성' 에 지나지 않는 것이었다. 다시 말하자면 나쓰오의 '남성성' 은 허구였던 것이다.

"봐, 용기를 내는 것만으로도 좋았잖아. 아가."

별안간 승리의 기쁨이 나쓰오를 감쌌다. 그는 거칠게 야스코의 몸을 끌어안고 행복한 동물인 양 목소리를 내었다. 내가 여자를 남자답게 사랑할 수 있었다고 그는 생각했다. 매일 밤, <u>류시앙의 몸에 깔려, 쾌락을 위하여 여자처럼 흐느껴 울던 내가, 지금 남자로서 이 사람을 사랑한 것이다.</u> (중략)

"나는" 이라고 그는 눈물을 보인 채로 미소 지었다. "나는 여자와 잘 수 없는 인간이라고 굳게 믿고 있었어. 꽤 오랫동안, 그렇게 믿고 있었어."

"할 수 있어, 우리 아가도." 라고 야스코는 가느다란 목소리로 속삭였다. "아가도 정말 훌륭하게 할 수 있었잖아. 너는 남자야."

"<u>나는 남자다.</u>" 라고 나쓰오는 자기 자신 속에 희미하게 남아 있는 두려움과 망설임의 싹을 잘라 버리기 위하여 되풀이했다. "<u>남자다운 일을 할 수 있는 사람이다.</u>"

"알게 되어 다행이지? 축하해." 야스코가 말했다.

"박수갈채다."라고 말하며 나쓰오는 야스코의 땀에 젖은 가슴에 한쪽 뺨을 묻으며 행복하게 말했다.[49]

"얼굴을 씻고 와서 먹으렴."

"그다지 먹고 싶지 않아."

"먹지 않으면 몸에 해로워." 라고 야스코는 말했다.

아아, 이것이 시민의 건전한 일상생활이라는 것이다, 라고 나쓰오는 쑥스러워하며 생각했다. 이것이 건강한 욕구를 가진, 건강한 방법으로 그것을 영위한 자들이 다음 아침에 나누는 대화다.[50]

3년 전까지만 해도 '남성성'을 가지고 있던 나쓰오는 류시앙과 생활을 함께하게 된 이후, 줄곧 거세된 신체로 존재해야만 했다. 그는 야스코와의 성관계 성취로 인하여 승리의 기쁨을 느끼고, '남자다운 일을 할 수 있는 사람'으로 다시 태어난 자신에게 박수갈채를 보낸다. 다시 말하면, 야스코는 나쓰오의 '남성성'을 회복시키고, '시민의 건전한 일상생활'로 이끄는 사람이었던 것이다.

야스코는 나쓰오의 '남성성' 뿐 아니라, '일본인' 이라는 출신을 환기시키기도 하였다.

나쓰오의 클래스에는 정치에 관심이 많은 대학생들이 많았다. 그들은 성명문을 가지고 각국의 대사관을 찾아가 항의하는 등, 자신들의 생각을 적극적으로 전달하고자 노력하였다. 그러나 나쓰오가 그들과 교류하는 일은 결코 없었다. 그런 나쓰오에게 야스코는 "친구는 소중

---

49) 『오에 겐자부로 전작품2 大江健三郎全作品二』(新潮社, 1966. 8) p.67~68
50) 위의 책 p.68

한 거야", "프랑스인 같은 사람과는 친구가 될 수 없어", "아가, 학교 친구들을 소중하게 생각하지 않으면 후회할 거야."라고 말하며 나쓰오를 열심히 설교한다.

야스코의 영향 때문인지, 류시앙에게 헤어질 것을 선언할 때에도 나쓰오는 "나는 프랑스 남자인 당신에게 사랑받고 있다는 굴욕을 더 이상 참지 않으려고 한다", "당신은 우리 친구들에 대해 더러운 황색 피부를 가진 일본인이라고 항상 생각하고 있다. 그런데 나만 왜 특별한 것인가?"라고 말하는데, 이러한 발언을 통해서 알 수 있는 것은 나쓰오가 이미 '우리 친구', '황색 피부를 가진 일본인' 속에 회귀하였다는 사실이다. 이러한 나쓰오에 대하여 류시앙은 "나쓰오, 나는 너를 사랑하고 있어."라고 대응하지만, '황색 피부를 가진 일본인' 으로서의 '나쓰오' 와 단지 '사私' 적인 입장에 서 있을 뿐인 류시앙과의 관계는 좀처럼 회복되지 못한다. 그들 사이의 균열은 심화될 뿐이었던 것이다. 이처럼 야스코는 나쓰오를 '일본인' 으로 복귀시키고, 이를 통하여 류시앙과의 종속적인 관계를 청산할 수 있도록 도와주는 역할을 한다.

그러나 나쓰오가 획득한 '남성성' 이나 '일본인' 이라는 속성은 그다지 오랫동안 보장되지 않았다. '불능인 사람과 관계를 가지더라도 종지부를 찍게 하는 솜씨' 를 가진 야스코 덕분에 나쓰오의 '남성성' 이 회복되기는 하였지만, 그러한 탓에 나쓰오는 야스코와 관계를 가지지 않는 한 '남성성' 도 '건강한 생활' 도 보장받을 수 없었다. 다시 말하자면 나쓰오가 되찾은 '남성성' 과 '일본인' 이라는 속성은 그 자리에서 생성되고 소멸되는 일과성적인 것이었다. 나쓰오는 자신의 '남성성' 을 확인하기 위하여 거리에서 만난 창부와 섹스를 시도하지만, 그것을 통하여 자신의 '남성성'은 영원히 지속되지 않으며, 오히려 야스코 없이는 자신의 '남성성'도 성립될 수 없다는 사실만을 깨닫게 된다. 결국 나쓰오는 '굴욕'을 참고 견디는 것, 즉 류시앙과의 관계에 있어서 '여성성'을 연출할 것을 선택하게 된다. 물론 이때의 나쓰오의 '여성성' 연출은 전후 일본의 '여성성' 연출을 의미하는 것이기도 하다.

이상에서 살펴본 바와 같이 「갈채」의 야스코는 나쓰오로 하여금 '남성성'을 가진 '건강'한 '일본인'으로 복귀시키는 반면, 동시에 그러한 속성이 '잠정적'인 것에 지나지 않으며 허구인 것을 알려주는 인물이었던 것이다. 엄격히 말하자면 야스코는 '팡팡'이나 '온리'라고 불리는 여성 집단에 속하지 않지만, 이들 여성처럼 전후 일본과 미국의 관계를 젠더적으로 구축시키고 해체시키는 동력이 되었던 점에 있어서는 공통분모를 가진다고 할 수 있다. 즉, 야스코는 이분법적인 점령상에 대한 경계와 점령 담론이 가지고 있는 서사 욕구를 환기시키기 위해 설정된 인물로서, 오에가 '삼자의 상관'에 주목하여 미 점령을 회고하고 있는 이유도 여기에 있다고 볼 수 있다.

「갈채」보다 2개월 앞서 발표된 오에의 「어두운 강 무거운 노暗い川 おもい櫂」(〈신초〉 1958. 7) 역시 같은 문맥에서 해석할 수 있을 것이다.

주인공 '그'의 옆방에는 '흑인병'의 정부情婦가 살고 있다. 혼자 집을 보고 있던 '그'는 우연히 '흑인병'과 '여자'와 어울리게 되고, 그것이 계기가 되어 저녁 식사에 초대받는다. 얼마 후, 옆방에서 '여자'의 울음소리와 욕설을 하는 소리가 들리고, '흑인병'도 방에서 나가 버린다. '흑인병'이 없는 가운데 '그'와 '여자'는 함께 저녁 식사를 하게 된다. 함께 '흑인병'을 험담하기도 하고, 춤을 추면서 친해진 두 사람은 결국은 성관계를 가지게 되고 결혼까지 약속한다.

다음 날, 숙취로 인한 두통과 매스꺼움에 고통스러워하는 가운데, '그'는 '흑인병'이 옆방에 온 것을 알아차리고, 아버지의 엽총을 들고 '여자'의 방으로 향한다. 결혼을 약속한 사람으로서 '여자'를 보호해야 한다고 생각했기 때문이다. 그러나 '여자'는 아주 귀찮아하면서, 경멸하는 눈초리로 면전에서 문을 닫아 버린다. '그'는 굴욕감에 휩싸였지만, 이미 죽을 만큼 '여자'를 사랑하고 있었다.

「어두운 강 무거운 노」에 등장하는 '흑인병'의 정부는 특정 미군과 거래하는 소위 '온리'의 전형적인 모습을 보이고 있다. 앞에서도 지적한 바와 같이, 이들의 신체는 미 점령하의 일본을 대변하는 경우가 빈번하였고, 그녀들을 매개로 하여 지배적인 젠더적 일미관계를 그려내고자 하는 서사 욕망은 억압적인 미 점령상을 생산하였다. 그러나 그녀들은 자신들이 '공적' 요소와는 상관없이 어디까지나 '사적'인 신체로 존재한다는 것을 끊임없이 발화하고 있었다. 이러한 점은 「어두운 강 무거운 노」의 '여자'도 마찬가지다.

"평소, 여자와 그의 가족은 서로 말을 하지 않았고, 그의 어머니는 외국인의 정부인 중년의 그녀를 경멸하고 있었다."라는 설명에서도 알 수 있듯이, '여자'에 대한 차별적인 태도는 노골적인 형태로 존재하였다. 이것은 앞에서도 지적한 바와 같이 일본인 여성의 '정조'는 당연히 일본인 남성에게 귀속되어야 하는 것으로 간주하고, 일본인 여성과 외국인 남성과의 육체관계를 부적절한 것으로 단정하는 것에서 비롯된 것이다. 그러나 '그'는 '흑인병'과 '여자'의 사진을 찍을 때, 건강한 '흑인병'과 눈 주위에 주름이 있기는 하지만 여전히 아름다운 '여자'를 발견하고 놀라고 만다. 미국인 '흑인병'과 일본인 '여자’는 너무나도 잘 어울렸던 것이다. 즉, 두 사람의 모습은 일본인 여성의 성이 반드시 일본인 남성에게만 귀속되어야 한다는 ‘그’의 인식을 완전히 불식시켰다. 소설 속의 ‘흑인병’과 ‘여자’는 미 점령군과 일본인 여성이라는 젠더적 일미관계가 아닌, ‘남자’와 ‘여자’라는 ‘사적’인 신체로 관계하고 있었던 것이다.

‘여자’와 ‘흑인병’이 싸운 다음 날 ‘흑인병’이 ‘여자’의 방을 찾아온다. 침대가 삐걱거리는 소리, 벽의 진동 등이 상징하는 두 사람의 관계 회복은 ‘그’에게 질투심을 불러일으키고, 굴욕감을 느끼게 한다. 엽총을 들고 나온 ‘그’를 ‘여자’는 얼굴을 찌푸리며 경멸하듯 쳐다보고 돌려보낸다. 이는 ‘흑인병’으로부터 ‘여자’를 보호해야 한다고 생각한 ‘일본인’으로서의 ‘그’의 책임과 의무를 전면적으로 부정하는 것이었다. 다시 말하면, ‘여자’는 ‘그’가 상정하고 있는 일본인 공동체를 거부하고 부정하고 있었던 것이다.

오에의 초기 작품집 『보기 전에 뛰어라』에 수록되어 있는 작품들의 주요 모티브는 미 점령, 또는 일미 안보조약이라는 정치적 틀 안에서 일본의 청년은 그저 보기만 할 뿐 절대로 뛸 수 없는 존재라는 것을 강조하는 데 있었고, 나아가 그들의 무기력함과 굴욕, 비애 등을 표출하는 데 있었다. 위에서 살펴본 두 작품 역시 마찬가지라 할 수 있다. 일본인 청년의 패배는 미국이라는 강자와 대면하는 가운데 비롯되는 것이었고, 그러한 의미에서 오에는 지배적인 전후 일미관계를 제시하였다고 볼 수 있다. 그러나 중요한 것은 오에가 이항대립적인 전후 일미관계가 아닌 ‘삼자의 상관’이라는 구도로 일미관계를 그리고 있었다는 점이다. 그는 외국인을 상대로 하는 창부나 통역 등의 ‘중간자’를 ‘강자로서의 외국인(미국)’과 ‘많든 적든 굴욕적인 입장에 있는 일본인’ 사이에 개재시켜 점령시대를 기억하고자 하였다. 앞에서도 서술한 바와 같이, ‘중간자’의 한 부분인 ‘팡팡’이나 ‘온리’들은 일미관계에 대한 해석이 서사 욕구에 따라 내용을 달리하는 가변적인 것일 뿐 아니라, 그러한 의미에서 허구에 가깝다는 것을 지적하였다. 그리고 전후 일미관계는 ‘중간자’인 그녀들을 매개로 하여 구축과 해체를 반복하는 운동 속에서 작위적으로 형성되는 것임을 시사하였다. 오에는 이러한 ‘중간자’의 성격을 파악하고 있었고, 나아가 점령상이 생산되는 과정과 그것이 가지는 허구성에 주목하고 싶었기에 ‘중간자’를 설정하여 전후 일본을 그려냈던 것이다.

「갈채」에 있어서 나쓰오가 경험한 ‘뛰는’ 행위, 즉 ‘남성성’의 회복 및 ‘일본인’으로의 복귀는 다름 아닌 ‘중간자’ 야스코에 의해 성취된 것이었다. 동시에 그녀는 나쓰오가 회복한 ‘남성성’과 ‘일본인’이라는 속성이 보편적인 것이 아니라, 오히려 일과성에 그치는 것이며, ‘건전한 일상생활’도 ‘우리들 일본인’도 간단하게 구축될 수 없음을 시사하기도 하였다. 즉, 야스코는 억압적인 일미관계와 건전한 일미관계를 왕복하면서 그때 그때, 일회성의 일미관계를 존립시키고 또 그것이 얼마나 허구에 지나지 않는가를 노정시키는 인물이었던 것이다. 점령 담론을 실체적인 것으로 인식하고 희구하는 한, 나쓰오도 독자도 야스코가 제시하는 풍경에 번롱되지 않을 수 없을 것이다. 또 「어두운 강 무거운 노」의 ‘그’와 ‘그의 가족’이 일본인 여성의 ‘정조’가 일본인 남성에게 귀속되어야 한다고 단정하고, 일본인 여성의 ‘정조’와 국가의 정체성을 동일시하는 한, ‘그’는 영원히 질투를 느껴야만 하고, 굴욕감에 시달리게 될 수밖에 없다.

마지막으로, 미국인의 집에 입주하여 가사 일을 돕는 에쓰코와

'나' 의 이야기를 그린 야스오카 쇼타로安岡章太郎의 「유리구두」(〈미타분가쿠三田文學〉 1951. 10) 에 대해 살펴보자.

이 작품은 미 군의관의 집에서 가정부로 일하고 있는 에쓰코와 엽총점의 점원으로 일하고 있는 '나' 를 중심으로 전개된다. 새총 탄환을 배달하기 위하여 '나' 가 미 군의관의 집을 방문한 것을 계기로 두 사람은 가까워진다. 군의관 가족이 집을 비운 사이, '나' 와 에쓰코는 매일같이 군의관의 집에서 즐거운 한때를 보낸다. '나' 는 커피나 크래커, 젤로 파이 등, 풍부한 '미국' 물자를 공유하고, 또 에쓰코와도 오랫동안 시간을 보낼 수 있었다. 그러나 군의관의 갑작스런 귀가로 인하여, 두 사람의 관계는 단절되어 버린다. 소설의 제목 「유리구두」 는 신데렐라의 '유리구두' 와 같이, 미 군의관 가족의 부재중에 이루어진 두 사람의 관계를 함축적으로 나타낸 것이라고 할 수 있다.

이 작품 가운데 특히 주목하고 싶은 인물은 에쓰코이다. 그녀는 담배나 커피, 크래커, 바보처럼 큰 젤로 파이 등, '미국' 을 느끼게 하는 많은 것들을 '나' 에게 제공하였다. 미 군의관 가정의 가사를 도와주고, 그들의 집에 입주하여 살고 있는 에쓰코의 종속적인 신분은 두 사람에게 아무런 상관이 없었다. 오히려 '나' 는 에쓰코가 먼 옛날부터 미 군의관의 집에서 자란 소녀 같다고 착각하고, 에쓰코가 내주는 음식이나 마실 것을 자연스럽게 향유한다. 심지어 미 군의관의 집이 '우리 두 사람' 의 것이라고 믿어버린다.

'나' 에게 있어서는 에쓰코는 너무나도 매력적이다. 에쓰코의 갈색으로 바랜 부드러운 머릿결과 액체와 같이 맑은 피부는 과자의 설탕이나 우유의 단맛과 어우러져 나를 매료시킨다. 에쓰코는 평소에 '동화연극オトギ芝居' 을 하는 것을 좋아하였는데, '나' 는 그녀의 연극 속

의 한 등장인물로 거듭날 때, 비로소 즐겁고 또 그녀를 소유한 듯한 느낌을 얻는다. 그러나 그러한 '나'의 감정은 허구이며 환상에 지나지 않는다는 것이 에쓰코에 의해 곧 명확해진다.

나는 확신하였다. 이 여자와는 더 이상 떨어질 수 없다. 그녀와 나는 서로 융화되어 완전히 하나가 되어야 할 때가 왔다. (중략) 그래서 에쓰코의 치마 주위를 더듬고 있던 나의 손이 갑자기 뿌리쳐졌을 때는 정말로 당황하였다. 그리고 무언가 잘못된 것이 아닌가 하고 생각하였다.

"안 돼요, 이러면."

이렇게 말하며 그녀는 또 나의 손을 뿌리쳤다. 그 순간 내가 느낀 것은 수치였다. 잠시 동안, 나는 얼굴이 붉어진 채로 히죽히죽 웃었다. 그러나 그것은 곧 분노로 바뀌었다. '……이런 바보 같은 일이.' 나는 그녀의 손을 되 밀치며, "그럼 왜 오라고 한 거야." 하고 소리쳤다.[51]

에쓰코는 미 군의관의 집이 상징하는 '미국'을 '나'가 잘 품을 수 있도록 도와주는 역할을 한다. 동시에 에쓰코 자신도 '나'의 마음속에 자리 잡는다. 그러나 에쓰코는 그녀가 이식시킨 '미국'도, 그리고 자신의 존재도 결국은 거짓이며 허구라는 것을 동시에 이야기한다. '바보처럼 큰 젤로 파이'를 향유하고 있던 그들이 언제부터인가 '크래커 부스러기 가루만 모아 우유를 부어 먹게 된' 것은 '바보처럼 큰

---

51) 『야스오카 쇼타로집 I 安岡章太郎集 I』(岩波書店, 1986. 6) p.22

젤로 파이', 즉 '미국'의 물질이 어디까지나 허구에 지나지 않음을 시사하는 것이다. 또한 에쓰코가 '나'의 손을 뿌리치는 것도 두 사람의 관계가 '동화연극'이라는 허구적인 공간 속에서만 성립될 수 있음을 의미하는 것이었다. 다시 말하면 '바보처럼 큰 젤로 파이'와 '그녀를 소유한 듯한 느낌'은 에쓰코의 작용에서 비롯된 것이었지만, 그 모든 것은 에쓰코에 의해 소멸될 수 있는 성질을 가지고 있었던 것이다.

아직까지도 「유리구두」는 미 군의관 그레이고 중령을 미국의 상징으로 간주하고, 에쓰코와 '나'를 전후 일본의 기호로 해독하는 경우가 많다. 뿐만 아니라 피점령자인 '나'의 '굴욕', 다시 말하면 전후 일본의 '굴욕'을 그린 작품이라는 해석이 지배적이다. 가쓰마타 히로시勝又浩는 '작가안내—야스오카 쇼타로' [52]에서 엽총점에서 가게를 지키는 '나'도, 미 군의관 가족이 여행 간 사이에 그들의 집을 지키는 가정부 에쓰코도 '기다림'을 강요당한 인물들로서, 모두 '행동을 억제당한 자'들이라고 지적하였다. 기다림을 강요당한 인물들, 행동을 억제당한 자들이 바로 미 점령하의 일본인을 의미한다는 것은 새삼 말할 필요도 없을 것이다. 즉 가쓰마타 히로시는 미국이 오기 전까지 기다릴 수밖에 없고, 어떠한 행위도 할 수 없는 전후 일본의 비유로서 에쓰코와 '나'가 존재한다고 보고 있는 것이다. 이러한 해석은 야스오카 쇼타로 문학의 모티브를 〈약자〉〈수치〉〈불안〉〈자학〉 등의 구조'에 있다고 보는 종래의 논고[53]를 답습한 것이라고 할 수 있다. 특히

---

52) 『유리구두·나쁜 친구들ガラスの靴·惡い仲間』(講談社文芸文庫, 1989. 8) p.342~343
53) 이시하라 치아키石原千秋, 「야스오카 쇼타로 연구사 전망安岡章太郎研究史展望」(『일본문학 연구자료총서 야스오카 쇼타로·요시유키 준노스케日本文學研究資料叢書 安岡章太郎·吉岡 淳之介』, 有精堂, 1983. 11, p.297)

「유리구두」에 있어서 그레이고 중령과 '나'가 대면하는 장면은 GHQ 총사령관 맥아더와 피점령국 국민의 대면으로 해석되는 것이 일반적이다.[54] 체격이 큰 그레이고 중사를 올려다보며 느낀 '나'의 중압감은 결국 피점령자라는 입장을 새삼스럽게 인식하게 되는 계기가 되고, 이후 '나'의 모든 의식은 '굴욕감'에 수렴되고 마는 것이다.

나는 걸음을 옮기면서 큰 소리로 말했다.
"굿모닝."
중령은 대답하지 않았다. 눈썹이 짙고 위엄이 있는 얼굴을 의아스러운 듯 찌푸리며 힐끗 나를 쳐다보았다. 그것만으로도 내가 패배한 것이었다.[55]

……나는 하라주쿠原宿의 언덕을 뛰어 내려온 후, 말할 수 없는 굴욕감과 자기혐오 속에, 잠시 동안 에쓰코와의 일을 잊어버린 채 하루를 보냈다.[56]

그러나 이 작품에서 중요한 것은 에쓰코와 '나' 사이에 존재하는 거리일 것이다. 에쓰코와 '나'는 미 군의관의 집에서 오랜 시간을 보내며 친해졌고, 또한 에쓰코가 제공한 미국의 물질문명을 향유하며 미 군의관의 집이 자신들의 보금자리인 듯한 착각을 일으키기도 한

---

54) 「피점령자의 굴욕─야스오카 쇼타로 『house · guard』·『유리 구두』에 관하여被占領者の屈辱─安岡章太郎『ハウス・ガード』·『ガラスの靴』をめぐって」(국제일본문화연구센터기요國際日本文化研究センター紀要, 〈일본연구日本研究〉 제20집, 2000. 2, p.352)
55) 『야스오카 쇼타로집 I 安岡章太郎集 I』(岩波書店, 1986. 6) p.19
56) 위의 책 p.20

다. 그러나 에쓰코와의 관계를 비롯하여 그들이 소유한 미국은 오랫동안 지속되지 않았다. 예를 들면, '바보같이 큰 젤로 파이' 로 대표되는 미국이 '크래커 부스러기 가루' 로 바뀌는 장면은 '강자로서의 외국인' 이라는 형용이 얼마든지 전복될 수 있는 가능성을 시사하는 것이었다. 또한 에쓰코는 '나' 와의 사랑이 그녀가 준비한 '허구' 속에서만 이루어질 수 있는 것임을 분명히 하고 있었다. 나아가, 그녀는 그레이고 중령으로부터 '나' 가 느낀 중압감과 굴욕감에서 자유로웠다. '나' 와는 상관없이 에쓰코는 이전처럼 그레이고 중령의 집에서 머물며, 미국의 일부를 소유하게 될 뿐인 것이다. 이러한 에쓰코의 모습은 '나' 가 가지는 입장과 많은 차이가 있음을 시사할 뿐 아니라, '나' 가 기대하는 틀을 지속적으로 거부하고 있음을 알 수 있다. 이러한 의미에서 에쓰코와 '나' 를 모두 전후 일본의 메타포로 규정하는 것은 성급한 것이며, 오히려 에쓰코는 '나' 와 '미국' 을 대치시키는 한편, 동시에 해체시키는 '중간자' 였다고 할 수 있을 것이다.

전후 일본의 '여성성' 은 구미의 일본 담론과 전후 일본이 스스로 규정한 자화상이 서로 교차하는 가운데 생산되었다. 그 가운데 생성된 지배적인 젠더적 일미관계는 패전 직후에 등장한 RAA라든지, 외국인을 상대로 하는 일본인 창부, 소위 '팡팡' 과 '온리' 등의 등장에 의해 더욱 실정성實定性을 확보하게 된다. 이러한 측면은 미즈노 히로시가 펴낸 『일본의 정조』, 후지와라 신지의 『모두가 보는 앞에서』 등, 소위 '폭로본' 이라고 불리는 서적에 의해 더욱 직접적이고 과장되게 표출되기도 하였다.

특히, '팡팡' 이나 '온리' 와 같은 여성들은 전후 일본의 표상으로 서사되는 경우가 많았다. 즉, 지배자 미국에 의한 일본인 여성의 신체 점령은 미국에 의해 훼손된 전후 일본의 상징으로 간주되었던 것이다. 그러나 이들 여성은 자신들의 신체가 전후 일본의 메타포로 표상되고 있는 점에 의문을 제기하고, 오히려 자신들이 '일본'이라는 국가로부터 얼마나 자유로운 존재인가를 강조하고 있었다. 즉, 자신들의 신체를 매개로 한 젠더적 일미관계 서사는 지배적인 점령상을 전경화하기 위한 전후 일본의 작위적인 의도에서 비롯된 것임을 고발해 마지않았던 것이다. 그러한 의미에서 그녀들은 실체적으로 서사되는 젠더적 일미관계의 허구성을 폭로하고, 이러한 관계가 해체 가능한 것임을 시사하였다고 할 수 있다.

물론 일본인 여성들이 직면할 수밖에 없었던 미 점령군의 성적 폭력도 경시해서는 안 될 것이다. 점령이라는 상황 속에서 일본인 여성들에게 일어난 무수한 사건과 사고들은 은폐될 수밖에 없었고, 그러한 폭력의 한가운데 있었던 이들이 바로 '팡팡'이나 '온리' 같은 여성들이었다. 그럼에도 불구하고 그녀들이 영위하는 생활을 통하여 건강하고 이상적인 일미관계를 도출하려는 서사 욕망이 존재하였다는 것은 중요한 사실이다. 전후 일본은 그들과 점령군과의 관계를 곧 전후 일본과 미국과의 관계로 간주하고, 그들의 삶을 주체적이고 민주적으로 서사함으로써 건강한 전후 일미관계 구축을 기도하였던 것이다. 다시 말하면 이상적인 전후 일미관계를 희구하는 서사 욕망은 '팡팡'이나 '온리'들의 영위를 긍정적인 것으로 전경화함으로써 발로되었다고 할 수 있다. 그러나 앞에서 누차 강조하였듯이 그렇게 전경화된 풍경이 전후 일본의 서사 욕구에 의해 도출된 '허구'라는 점에 대해서는 역시 유의하지 않으면 안 될 것이다.

이상에서 오에 겐자부로의 「갈채」와 「어두운 강 무거운 노」, 야스오카 쇼타로의 「유리 구두」에 대해 논한 것도 바로 그러한 이유에서였다. '팡팡'이나 '온리' 같은 여성이 실체적으로 서사되는 일미관계가 얼마나 허구적인가를 고발하고 있는 것과 같이, 이들 작품에 등장하는 야스코나 '여자', 에쓰코 역시 젠더적 일미관계를 해체하고 있었다.

특히 오에 겐자부로가 상정한 '중간자'는 전후 일미관계 및 점령 담론이 가지는 서사 욕구와 그에 따른 허구성을 노정시키는 중요한 개념이었다. 다시 말하면, 전후 일본의 서사 욕구에 따라 중간자들은 때로는 '좋은 점령'을, 때로는 '나쁜 점령'을 서사하는 동력이 되었는데, 이러한 모순적인 점령상이 동시에 존재할 수 있었던 것은 그러한 점령상이 '실체'가 아닌 서사 욕구에 따른 '허구'였기 때문이다. 즉, 그것은 전후 일본이 어떠한 일미관계를 원하느냐에 따라 탄생한 허상에 지나지 않는 것이었다. 바로 그러한 의미에서 중간자는 실체적이고 이항대립적으로 서사되기 쉬운 점령상을 상대화하는 기능을 가지고 있었다. 앞에서 살펴본 『포옹가족』의 슌스케가 '강자로서의 외국인(미국인 조지)'과 '많든 적든 굴욕적인 입장에 있는 일본인(슌스케와 도키코)' 사이에 통역으로 게재하여, 이항대립적 점령 인식의 허구성을 고발한 것처럼, 신체를 구사하는 여성들 역시 마찬가지였다. 그녀들은 자신들의 신체가, 혹은 정조가 때로는 억압적인 일미관계를, 때로는 건강한 일미관계를 생산하고 있다는 사실을 폭로하고, 자신들을 둘러싼 담론이 전후 일본의 서사 욕구에 의해 성격을 달리하는 허구라는 사실을 고발하고 있었다. '좋은 점령' 또는 '나쁜 점령'이라는 이분법적 점령상의 생산을 경계하고, 나아가 실체적으로

서사되는 점령 담론의 허구성을 표출시키기 위하여 '중간자'는 존재
하고 있었던 것이다.

'재일조선인' 이라는 중간자

재일조선인의 정체성은 한반도의 정치적 동향과 연동되는 형태로 서사되었고, 또한 일본공산당과의 관련이 강조되는 가운데 부정적으로 묘사되었다.

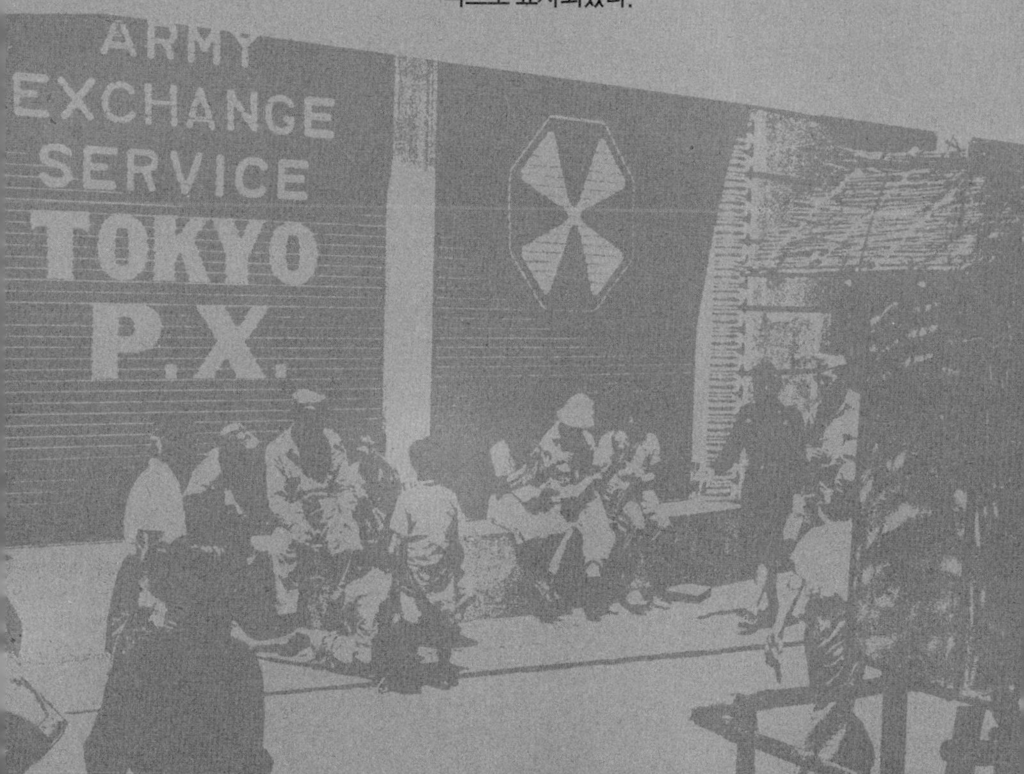

'재일조선인' 이라는 중간자

'황국신민' 에서 '조선인' 으로

아래의 글은 〈경성일보京城日報〉(1945. 9. 21)의 전재戰災 상담란에 실린 글이다.

나는 14년간 오사카大阪에서 생활하던 조선인으로 전재戰災를 피해 3개월 전에 경성으로 피난왔습니다만, 친척도 없고 ○○도 익숙하지 않은 토지 때문에 오늘과 같은 상황에 이르렀습니다. 가족 5명은 갈아입을 옷도 없으며, 현재와 같이 생활○○은 ○○에 넘쳐 있어도 돈이 없어 가족은 굶어 죽을 날을 기다리는 것 외에 달리 방법이 없습니다. ○○는 점점 겨울로 다가오고 실로 마음이 불안할 뿐입니다. 당신들은 일본인만 보호할 목적이겠지요. 그러나 우리들은 국민학교부터 오늘날까지 내지內地에서 자라 조선어도 제대로 하지 못하기 때문에, 평화스러운 일본에 다시 갈 심산입니다. 어떻게 해서든지 이번에 일본인, 조선인의 구별 없이 이러한 사정으로 곤란에 처해 있는 사람들을 원조하고 돕는 것이 ○○○○임과 동시에 야마토大和 민족만의 협의심이지 않을까요.(○○은 식별 불가능한 글자 — 인용자)

재일조선인들이 1945년 8월 15일을 '해방'과 '광복', '독립'으로 맞이하고 향유했을 거라고 상상하는 사람들에게, 위의 글은 거리감을 느끼게 할지도 모른다. 특히, 재일조선인들이 '해방 경성'이 아닌 '패전 일본'에 마음을 의지하고 있는 부분은 적지 않은 위화감을 불러일으킬 수 있다. 그러나 당시 8월 15일을 '일본인'의 한 사람으로서 '패전'으로 인식한 재일조선인들도 적지 않았다. 시인 김시종金時鐘은 "조선인이 '해방'을 맞이하던 해에 나는 17살이었는데, (중략) 일본이 졌다는 것을 믿을 수 없어 거의 일주일 동안 제대로 밥이 목에 넘어가지 않을 정도로 풀이 죽어 있었습니다. 지금이라도 당장 신풍神風이 불어서 이 '패전'은 단숨에 뒤집힐 것이다, 라고 스스로 말하며 믿고 있었습니다."라고 당시의 감상을 이야기하고 있다.[1] 또 문학 연구가인 이승옥李丞玉도 "1945년 8월, 나는 구제중학舊制中學 4학년이었고 다른 사람에게 뒤떨어지지 않는 '황국소년'이었다. 종전終戰은 조국 해방을 기뻐할 수 있는 큰 전환점이어야 했지만, 나는 '일본인'으로서 울고 있던 한 사람이기도 하였다. 그 정도로 나는 일본 속에 완전히 깊이 잠겨 있었다. 그 이후 거의 10년간 창씨개명에 의한 '미야모토宮本'라는 성을 고수하면서 '일본인'으로 지냈다. 말투나 생활 속에서 조선인으로 보이는 일은 없었다. 어려서 부모님을 여읜 나는 일본인

---

1) 김시종金時鐘, 『「재일」의 틈새에서「在日」のはざまで』(立風書房, 1986. 5) p.33

들 속에서 자랐던 탓에, 조선적인 냄새가 거의 없었다고 해도 좋을 정도였다. 얄궂게도 그 악명 높은 '외국인등록법'이 나의 조선인 인식을 희미하게나마 지탱하고 있었다."라고 고백하고 있다.[2]

이처럼 '황국신민'에서 '조선인'으로의 전환은 그렇게 간단히 이루어질 수 있는 일이 아니었으며, 재일조선인 가운데는 오히려 '황국신민'으로의 귀속을 열망하는 이도 있었음을 알 수 있다.

그렇다면, 미 점령군과 전후 일본은 패전 후의 재일조선인을 어떻게 인식하였을까. 점령군이 상륙한 뒤 약 2개월 후인 1945년 11월 1일에 발표된 '일본점령 및 관리를 위한 항복 후의 초기 기본적 지령'을 살펴보면, '재일조선인'은 다음과 같이 규정되어 있다.

중국인, 대만인 및 조선인을 군사상의 안전이 허락하는 한 해방민족으로 취급한다. 그들은 이 지령에서 말하는 '일본인'에 포함되지 않지만, 일본신민이었기 때문에 필요한 경우에는 귀관에 따라 적국인으로 취급할 수 있다. 그들이 만약 희망한다면 귀관이 정한 규칙에 따라 송환할 수 있다.[3]

위의 내용에서 알 수 있듯이, 패전 직후의 재일조선인에 대한 미 점령군의 정의는 아주 애매하고 복잡한 것이었다. 재일조선인들은 '해방민족'임에는 틀림없었지만, 과거에는 적국의 '신민'이었기 때문에 경우에 따라서는 '적국인'으로 대우할 수 있는 매우 모호한 존재였던

---

2) 김일면金一勉, 『조선인이 무엇 때문에 「일본 이름」을 사용하는가朝鮮人がなぜ「日本名」を名のるのか』(三一書房, 1978. 5) p.77

3) 쓰지 기요아키辻清明 편, 『자료·전후20년사資料·戰後二十年史』(日本評論社, 1966. 8) p.22

것이다.

한편, 재일조선인에 대한 전후 일본의 인식은 관계 당국의 다음과 같은 방침에서 읽을 수 있다. 시데하라幣原 내각 성립 5일째인 1945년 10월 14일, 〈아사히신문〉이 전하는 당국의 지침은 다음과 같다.

> 내지재주內地在住 조선인, 대만인은 국적을 이쪽에 두고 있고, 귀국한다고 하더라도 그리 빨리는 완료하지 못하며, 또 내지 영주를 희망하는 자도 다수 있기 때문에, 그 선거권은 종래대로 인정해도 지장이 없다.

즉, 일본 정부는 해방민족인 재일조선인 · 대만인에게도 이 시기에 있어서는 참정권을 인정하고자 하였고, 10월 20일 임시 각의에 호리키리堀切 내무대신이 제출한 내무성 안案 및 동월 23일 내각 회의에서 승인된 '중의원의원선거제도 개정요강'에 있어서도 그 방침은 변하지 않았다. 덧붙여 말하자면 참정권 부여 방침이 전환된 것은 개정 법률안의 입안이 진전하기 시작한 11월 초순이다.[4]

외국인도 아니지만, 그렇다고 일본인은 더더욱 아닌 재일조선인의 입장은 간단하게 정리될 수 없었다. 비 일본인이면서 한없이 일본인에 가까운 존재로 재일조선인을 인식하는 경향은 적어도 패전 후 5년이 지난 1950년까지 계속되고 있었다. 1950년 1월 8일자 〈아사히신문〉은 정부가 '외국인 사업 활동 법령'을 실시함에 있어서 "외국인 대상에서 조선인을 제외하고 조선인의 사업 활동은 일본인과 같

---

4) 마쓰다 도시히코松田利彦, 『전전기의 재일조선인과 참정권戰前期の在日朝鮮人と參政權』(明石書店, 1995. 4) 의 「재일조선인의 참정권 박탈在日朝鮮人の參政權の剝奪」 참조.

이 취급한다."라고 한 것을 전하며, 조선인을 '방인邦人' 으로 표기하였다.

1947년 5월 2일에는 '외국인등록령' 이 공포되어 즉각 실행된다. 이때 재일조선인은 외국인으로 분류되어 외국인등록의 국적 란에 '조선' 이라고 기입해야만 했다. 즉, 이러한 법적 제도에 있어서 재일조선인은 외국인으로 처우되었지만, 다른 한편으로는 해방민족으로 인식되지 못하고 '방인' 으로 간주되고 있었던 것이다. 이러한 문맥을 살펴보면 재일조선인의 귀속문제는 제도와 인식이 유리된 복잡한 양상을 띠고 있었음을 알 수 있다.

간략하게나마 패전 후의 재일조선인 귀속에 관한 담론을 살펴본 이유는, 이러한 담론이 전후 일본과 미국과의 관계를 논할 때 시사하는 부분이 많다고 사료되기 때문이다. 다시 말하면, 재일조선인 귀속에 관한 담론의 폭은 일미관계에 관한 담론의 폭과 서로 공명하는 관계에 있었다고 할 수 있다.

결론적으로 말하자면, 전후 일본은 재일조선인을 '외국인', '불법 악질적인 제3국인[5]' 으로 간주하고, 일본으로부터 재일조선인을 분절시키고 부정함으로써 자신들의 정체성을 확립하고자 하였다. 특히 이러한 과정을 이행함에 있어서 북한계 재일조선인의 이미지를 '악의 원흉' 으로 조형한 것은 패전일본의 정체성 형성을 용이하게 하였다.

그 일단은 1950년 6월에 일어난 한국전쟁 당시에도 잘 나타난다. 각

---

5) 패전 후, GHQ가 조선인·대만인·중국인을 '비일본인非日本人' 이라고 칭했던 것과는 달리, 일본 정부는 조선인·대만인·중국인을 '제3국인第三國人' 이라고 불렀다. 이는 그들을 해방민족으로 취급하기 꺼렸던 일본인의 의식을 반영한 것이었다. 특히 각 미디어에서 암시장, 폭력, 질서 교란 등과 같은 범죄와 함께 이 용어를 사용하는 경우가 많았기 때문에 부정적인 이미지를 동반하였다.

미디어는 조선민주주의인민공화국(이하 북한으로 약칭)을 일본의 평화와 안전을 위협하는 존재로 묘사하였고, 그것은 결국 북한을 '악의 원흉'으로 전경화하는 결과를 낳았다. 이러한 담론은 전후 일본이 미국과 함께 민주주의를 신봉하는 나라로 거듭났다는 사실을 강조하는 데 무엇보다도 좋은 자료가 되었다. 이후, 전후 일본은 미국의 가장 든든한 우호국으로 동아시아 질서 속에 자리 잡는다.

그러나 한편에서는 전후 일본 내셔널리즘의 원형을 아시아, 그중에서도 중국이나 '조선'에서 찾고자 하는 움직임도 있었다. 특히 1950년대의 전후 일본이 '건강한 내셔널리즘'을 구현하기 위한 수단으로 '국민문학國民文學'의 원형을 모색하는 가운데, 일본 문학협회가 '국민문학'의 전형을 재일조선인 문학자 김달수金達壽의 『현해탄玄海灘』에서 찾고 있었던 것은 주목할 만하다. 일본문학협회가 김달수 문학에 주목한 것은, 미 점령하의 일본 상황과 과거 식민지 조선의 역사가 서로 닮아 있다고 인식한 것에서 비롯된 것으로, 궁극적으로 '조선'의 독립을 거울로 삼고자 하였기 때문이다. 전후 일본이 스스로를 '피점령자'로 인식하고 점령자인 미국을 극복의 대상으로 바라보는 움직임은, 재일조선인을 '불법악질적인 제3국인'으로 간주하고 나아가 미국과의 연대를 부각시킴으로써 전후 일본의 정체성을 규명하고자 했던 방향성과는 상반된 성질을 가지는 것이라 할 수 있다.

즉, '조선' 및 재일조선인을 분절할 것이냐, 그렇지 않으면 포섭할 것이냐 하는 문제는 일미관계, 나아가서는 일본과 미국, 그리고 '조선'이라는 삼자 관계와도 밀접한 관련을 가진다고 지적할 수 있다. 조선의 위치를 어디에 둘 것이냐 하는 문제는 당연히 의식적으로 이루어진 것으로, 말하자면 이것은 조선을 매개로 하여 어떠한 일미관계를 구상하고 싶은가 하는 문제와 직결된다. 앞서 살펴본 바와 같이, 전후 일본의 점령상은 어떠한 일미관계를 회구하느냐는 서사 욕망에 따라, 언어와 신체를 매개로 하여 구축과 해체 운동을 반복하는 것이었다. 이와 같은 맥락에서 보면, 재일조선인이라는 요소 역시 전후 일본의 점령상을 구축하고 해체시키는 '중간자' 라고 볼 수 있는 것이다. 중간자의 일환으로 '민족' 을 언어와 신체와 함께 다루는 것도 이와 같은 이유에서다.

방법으로서의 '반공'

1951년 3월 21일, 도쿄東京 아사쿠사淺草 국제 시장에서 미군 병사와 재일조선인이 난투를 벌여, 미군 병사 한 명이 사망하고 재일조선인 4, 5명이 유치되는 사건이 일어났다. 사건 발생 다음 날, 각 신문은 일제히 이 사건을 보도하였다.

예를 들면 〈마이니치신문每日新聞〉(1951. 3. 22)은 "아직 정식 보고를 받지 않았기 때문에 자세한 것은 모르지만, 점령군에 대한 폭행 사건이 일어난 것은 매우 유감스러운 일이다. 엄중히 조사하여 관계자를 철저하게 적발하고자 한다. 정부는 이미 작년 말, 관방장관 담화를 통하여 불법 악질적인 제3국인은 법에 비추어 단호하게 처벌함과 동시에 본국으로 강제 송환할 방침을 정하여 현재 수속이 진행 중이다." 라는 당시 법무총재의 담화를 게재하였다. 〈마이니치신문〉은 같은 날 석간에서도 "사건의 직접적인 원인은 작은 것이 계기가 되었던 모양이지만, 이 일대는 북한계 색이 농후하고, 게다가 20일은 대동회관 사건 일주년에 해당하는 날이었기 때문에 반미적인 의도에서 이러한 사태가 야기된 것이라고 생각한다."라고 분석한 도쿄지검 검사의 담화를 함께 전하였다.

이 사건에 대한 보도는 〈요미우리신문讀賣新聞〉(1951. 3. 23), 〈시사신보時事新報〉(1951. 3. 24)에서도 확인할 수 있다. 이들 신문이 전하는 핵심은 미군살상사건에 대한 전말을 보도하는 데 있는 것이 아니라, 재일조선인이 가지고 있는 반미적 성향을 부각시키며, 그들을 강제적으로 송환해야 한다고 강조하는 데 있었다. "예전부터 이 부근 조선 사람들 사이에는 반미 기운이 농후하였으며, (중략) 국내 치안확보라는 차원에서 불령不逞조선인의 본국 송환 입법조치는 시급하게 강구되어야 한다."(요미우리 신문), "각지의 조선인 집단거주지가 이리하여 자칫 크고 작은 범죄자들의 소굴이 되어 선량한 사람들을 위협하고, 또 공산당 지하조직으로 이용되어 폭력혁명의 시한 폭탄적 역할을 하게 된다면 일본 국내에 적국을 품는 것과 같다. (중략) 일본이 이러한 적국적인 존재를 용서할 여지는 없다. 실행만 가능하다면 불령조선인을 남기지 않고 송환하고 싶다."(시사신보) 등의 기술에서 알 수 있듯이, 재일조선인의 정치 노선은 반미적 성향, 공산주의적 성격을 가지는 것으로 서사되었고, 그것은 전후 일본의 정치적 입장과는 명확히 대비되는 것으로 규정되었다. 그리고 전후 일본은 재일조선인의 이러한 성향을 전후 일본의 평화와 안전을 위협하는 요소로 간주하고, 결국 '송환'이라는 방법을 통하여 일본으로부터 재일조선인을 분절하고자 하였다. 재일조선인 사회가 일본의 억압적인 힘에 의해 형성되고, 또 강제적으로 동화의 과정을 거쳐야만 했던 과거와 비교해 보면, 패전 후의 재일조선인의 취급은 그것과는 완전히 다른 방향성을 지닌 것이었다고 할 수 있다.

그런데 여기서 한 가지 주의해야 하는 것은, 재일조선인들과 미군들의 마찰로 인하여 사건이 발생하였음에도 불구하고, 일본이 미국을 대신하여 재일조선인 응징에 나서고 있다는 점이다. 이 사건을 전하는 미디어는 모두 '불법 악질적인 제3국인은 법에 비추어 단호하게 처벌함과 동시에 본국으로 강제 송환' 해야 함을 강조하고 있는데, 이와 같은 의견들이 일관되었던 것은 무슨 이유에서일까. 위 신문보도의 특징은 '폭력 혁명의 시한 폭탄적 역할을 수행하고', '반미 기운'을 고무시키는 재일조선인과 그들로부터 피해를 받고 있는 전후 일본 및 미국을, 각각 '반미' 와 '반공' 이라는 틀 속에 집어넣어, 이항대립적인 정치 이데올로기 구조로 사건을 해석하고 있는 점이다. 이러한 문법은 위의 질문에 대한 하나의 대답이 될 수 있을 것으로 보인다. 재일조선인과 미군의 난투사건이 일어나기 1년 전인 1950년, 한반도에서는 각각 다른 이데올로기를 가지고 첨예하게 대립하고 있던 남북이 전면 전쟁을 하게 된다. 이 전쟁에서 일본은 미국의 출격 기지, 첨병 기지, 보급 기지라는 지정학적인 역할을 담당하였고, 정치적 노선에 있어서도 미국과 발걸음을 같이하였다. 따라서 재일조선인의 반미적 기운은 미국뿐 아니라 전후 일본에 대한 저항으로도 충분히 해석될 수 있었다.

실제로 한국전쟁 중에 발간된 재일조선인계 신문 〈조국 방위 뉴스 祖國防衛 = ュ ー ス〉(1951. 2. 5)는, 한국전쟁 당시 조선에 최초로 상륙한 사단은 일본에 있던 미 점령군의 일부였다며, 전쟁 중에 손상된 탱크나 비행기, 대포 등의 무기는 다시 일본 군수공장으로 보내져 수리되었을 뿐 아니라, 미쓰비시, 닛산, 도요타 등의 기업은 많은 물자와 노

동력을 제공하였다고 보도하고 있다. 그리고 한국전쟁이 장기화되자 미국은 미군의 육탄이 되어줄 군대를 일본에서 구하기 위해 일본의 재군비를 서두르게 되었다고 지적하고, 전후 일본과 미국 모두를 강하게 비판하였다.[6]

그런데 재일조선인에게 '불법악질적인 '제3국인' 또는 '적국적인 존재' 라는 수식어가 붙게 되는 것은 이 시기보다 한참 더 거슬러 올라간다.

와타나베 가즈타미渡邊一民가 『〈타자〉로서의 조선』(2003)에서 지적하고 있는 바와 같이, 패전 후의 일본정부 및 일본사회는 구 식민지 민족의 인권을 무시하고, 전전에 행했던 인권차별을 노골적으로 드러내었다. 예를 들면 1946년 8월 17일, 진보당 중의원 시이구마 사부로椎熊三郎는 "종전의 순간까지 동포로서 이날의 질서하에서 함께 생활하고 있던 자가 한순간에 변모하여 마치 전승국민과 같이 행동하고, 게다가 철도 등에 마음대로 '전용차' 라는 벽보를 붙이며, 다른 일본인 승객을 경시하고 압박하는 등, 가만히 보고 있을 수 없는 흉폭, 악질, 잔학 행위를 하고 있다는 사실은, 정말 경악을 금치 못하게 합니다. 제군, 조선인과 대만인의 가만히 보고만 있을 수 없는 최근의 행동은 패전의 고통을 감내한 우리들에게 정말로 전신의 피가 역류하는 감정을 가지게 합니다."라고 국회에서 발언하였고, 이러한 시대의 분위기를 반영해서인지 경시청은 1946년 11월에 '반 조선인 캠페인' 을 실시한다.[7]

---

6) 박경식朴慶植, 『재일조선인관계자료집성 전후편(8)在日朝鮮人關係資料集成 戰後編(八)』(不二出版, 2001. 2) p.291

7) 와타나베 가즈타미渡邊一民, 『〈타자〉로서의 조선—문학적 고찰〈他者〉としての朝鮮—文學的考察』(岩波書店, 2003. 6)의 「〈타자〉인식의 재출발Ⅳ〈他者〉認識の再出發Ⅳ」참조.

해산 명령을 받은 조선인연맹중앙회관을 경계하는 경시청 예비대(1949. 9. 8)

재일조선인 관련 사건을 하나 더 살펴보자.

1949년 9월 8일, 조선연맹(이하 조련)의 해산으로 인하여 도쿄도東京都 내에서는 조련계 재산 압수가 실시된다. 1950년 3월 20일에는 다이토구台東區 기타마쓰야마초北松山町에 있던 다이토회관台東會館이 압수되는데, 이때 회관 압수를 거부하던 조선인과 경찰 사이에 충돌이 발생하였다. 이 사건은 고베神戶와 오사카大阪 시내에 비상사태가 선포되었을 정도로 재일조선인과 일본 정부의 대립이 첨예했던 '고베교육투쟁'(1948. 4. 25)에 이은 큰 사건으로, 각 미디어는 대대적으로 이를 보도하였다.

〈시사신보〉(1950. 3. 22)의 경우, "종전 후 우리나라의 세간을 불안하게 한 원인 가운데 불령조선인의 불법행위는 빼 놓을 수 없는 커다란 요소이다."라고 지적한 다음, "불령조선인의 집단적 폭동 등에 의하여 질서 교란의 목적이 달성될 수 없음은 명백해졌다. 따라서 재일조선인 스스로 바른 여론에 기초를 둔 자율 자제를 통하여 불량분자의 악습을 사전에 방지할 것을 간절히 원하는 바이다."라고 강하게 비판하였다. 또 이 신문은 재일조선인을 설명함에 있어 '불법행위', '집단적 폭동', '질서 교란', '불량분자' 등과 같은 단어를 여과 없이 사용함으로써 비판의 강도를 더욱 높이기도 하였다.

그런데 이때 사용된 '불량분자'는 반드시 재일조선인 전반을 의미하지는 않았다. 본문 가운데는 "일본에서 항상 난폭한 행동을 하는 것은 공산당이 지배하는 북한과 관련이 있는 과거 조련계 조선인인 경우가 많으므로, 문제는 그리 간단하지 않다."라는 지적도 보이는데, 이처럼 '불량분자', '불령조선인'은 북한계 재일조선인을 가리키고 있는 경우가 대부분이었다.

재일조선인에 의한 불상사를 북한계 재일조선인의 소행으로 간주하는 서사는 다른 신문에서도 쉽게 확인할 수 있다. 소제목만 열거해 보더라도, '(소요사건) 배후에는 북조선계'(〈아사히신문〉 1951. 2. 8)[8] '아쓰키厚木에서 북조선 조선인 소동을 일으키다'(〈마이니치신문〉 1951. 11. 26)[9] '오사카에서 구 조련계 소동을 일으키다 특수공장 수 곳에서 폭행'(〈마이니치신문〉 1951. 12. 17)[10] '일본에 잠적하고 있는

---

8) 고베神戸, 오쓰大津, 나고야名古屋, 오사카大阪, 교토京都 등, 작년 이후 간사이關西, 주쿄中京를 중심으로 빈발한 소요사건을 중요시한 중의원 법무위원회는 현지 조사단을 파견하여 조사를 실시한 바, 7일 그 보고서가 정리되었으므로, 8일에는 위원회에 제출하고 다가오는 본회의에 보고하기로 하였다. 조사 보고서 결론의 요지는 다음과 같다. (중략) ◇배후 관계: 고베, 교토, 오쓰, 나고야 사건은 북한계 폭력 파괴분자(조선해방구원회朝鮮解放救援會 등)와 공산당원과 그 지배하에 있는 각 조합, 단체의 합작 행동이었다. 오사카 사건은 공산당원의 단독행동으로 학원學園투쟁, 반세反稅투쟁, 레드 퍼지 투쟁, 취로就勞투쟁 등을 정치적, 권력적 투쟁에 결합, 발전시킨 것으로서, 이것은 공산당 활동방침과 일치하는 것이다. ◇국제적 관련성: 조선 전황戰況의 추이와 간사이, 주쿄 지방의 소란의 추이는 호응관계에 있으며, UN군의 협력 방해를 기도한 것으로 보인다.

9) 재일한국민거류민단在日韓國民居留民團 가나가와현神奈川縣 고자군高座郡 야마토마치大和町 지부(책임자 신봉술辛鳳述 씨) 단원 약 50명은 동 지부 결성대회를 25일 오전 10시부터 후카미深見2686 야마토大和 양재학원에서 개최하였는데, 이때 구 조총련계 조선인 약 200명이 동 회장에 들이닥쳐, 유리 창문, 벽 등을 엉망으로 부수고 폭력을 행사하였다. 소란은 오후 5시 반 경까지 이어졌다.

10) 지난 달 11일, 오사카시大阪市 히가시나리東成 경찰서에 유치되어 있던 중 사망한 오사카시 이쿠노구生野區 오토모초大友町 1-79 안중호(安重鎬, 29)씨 추도대회가 안씨의 자택에서 이

적색 조선인 3만인의 테러단 일본공산당과 김일성이 지령'(〈요미우리
신문〉 1952. 3. 30)[11] '(외국인) 등록을 거부하는 북조선계 실력투쟁을
경계'(〈요미우리신문〉1952. 10. 8)[12], '(외국인) 등록거부에 정부는 강

루어졌는데, 여기에 모인 구 조련계 조선인 약 500명의 첨예분자가 히가시 오사카東大阪 여
러 곳의 공장을 습격하여 기계를 파괴하고 관계자에게 폭행을 가하였다. 고무공장원 현상
국(玄相國, 36)은 상해기물훼손용의로, 공장원 종건영(宗健永, 43)은 공무집행방해용의로 각
각 검거되었다. 히로세廣瀨 오사카 경시청 조사부장은 '배후세력이 있는 집단 범죄로 보고
엄중 수사하겠다' 라는 취지를 명확히 밝혔다.

11) 인원과 집단: 재일조선인으로 등록되어 있는 사람은 62만 3천여 명이지만, 미등록자 및 밀
항자를 포함하면 약 80만 명 정도로 추산된다. 그중 약 80%가 북한계 단체에 소속되어 있
다고 한다. 좌익 북한계는 구 조련의 대역단체인 민주전선통일위원회(民主戰線統一委員會,
민선民線으로 약칭)와 조국방위위원회(祖國防衛委員會, 조방祖防으로 약칭)로 나누어져 있고,
그 외에 외곽단체로서 해방구원회(解放救援會, 해구解救로 약칭), 부녀동지회(부동婦同으로 약
칭), 학생동지회(學生同志會, 학동學同으로 약칭) 등의 몇몇 단체가 있다. 일본공산당은 조방,
민선과 함께 각 지역(都道府縣)에 위원회라고 불리는 하부 조직을 구성하였는데, 특히 조방
은 테러단으로서 '조방대祖防隊', '청년행동대靑年行動隊', '결사대決死隊', '친위대親衛隊'
를 가지고 있다.
일본공산당과의 관련: 조련이 해산당했을 때, 일본공산당이 비협조적이었기 때문에 양자
사이에 대립이 발생하기도 하였지만, 북한 정부 주석 김일성이 '재일조선인은 금후 일본공
산당 지도하에서 행동해야만 한다' 라는 밀령을 내렸기 때문에 잘 마무리되었다. 그 후 공
동 투쟁을 원칙으로 하고 있음은 각지의 일본공산당계 폭력사건에 조선인이 개입되어 있는
것에서도 잘 알 수 있고, '우리들이 개입하지 않는다면 일본혁명 무장 봉기는 성공할 수 없
다. 일본공산당 노동자들만으로 불가능하다' 라고 자부하고 있다고 한다. 1월 23일 나고야
名古屋의 중부 일본조방대장회의日本祖防隊長會議에서는 '조방대는 일본공산당의 신 강령을
대중들에게 침투시키고, 일본공산당의 슬로건 하에서 행동하며, 재일조선인 60만 명은 일
본민주혁명의 선봉이 되자' 라고 결의하고, 또 작년 11월 나가노長野에서 열린 조방위원회
祖防委員會 석상에서는 '김일성은 재일조선인을 적진지에 하강시킨 낙하산부대라고 격려
했다' 고 한다.

12) 재일외국인등록이 지난 달 29일부터 오는 29일까지 약 1개월간에 걸쳐 실시되는데, 이 등
록의 중심은 57만 명에 달하는 재류 조선인들이다. 그중 80%를 차지하고 있다고 전해지는
북한계는 지난 달 중순부터 민선民線, 조방위祖防委, 민주애국청년동맹民主愛國青年同盟 등
을 중심으로 회의를 거듭한 결과, 지난 달 26일 이후 등록 통지서를 반환하고 진정서를 대
거 제출함으로써 업무를 마비시키고, 협박, 민단계의 등록방해 등, 거부 투쟁을 전국적으
로 일제히 펼치고 있다. 지난 6월 25일 신주쿠역新宿驛 광장 화염병 사건 이후 잠잠하던 북
한계는 등록 마감일이 다가옴에 따라 재차 단체 행동을 일으킬 조짐이 있다고 당국은 염려
하고 있다. 그들의 투쟁이 성공함에 따라 두 번에 걸쳐 이루어진 등록 작업은 사실상 알맹

경, 높아만 가는 북조선계의 대중동원에 대한 대책'(〈요미우리신문〉 1952. 10. 20)[13] 등, 북한계 재일조선인이 소란사건의 원흉으로 그려지는 기사가 거의 연일 각 지면을 장식하고 있었다고 해도 과언이 아닐 정도로 산포되어 있었다.

이러한 문법은 전후 일본과 한국이 우호적인 관계를 구축하고, 나아가 반공·반북을 표방하는 나라로 서로 연대하고 있다는 것을 전면에 보도함으로써 더욱 명확해져 갔다.

예를 들면 〈시사신보〉(1950. 12. 6)는 "이미 한국에서는 전후의 반일 감정이 작년 정도부터 크게 완화되어 일본과 한국의 경제 제휴가 제창되는 상황에까지 이르렀고, 또한 6월의 동란 발발에 의하여 한일공동방공韓日共同防共의 필요성이 실증된 이래, 대일 감정은 완전히 일변하였다."라고 전하고 있다. 이 신문은 또한 조선인 소요사건에 대해 한국 거류민단 중앙총본부가 발표한 성명서도 게재하고 있다. 민단 성명서의 골자는 "외국에 거주하는 사람은 불만이 있는 경우에도 항상 그 나라의 법률에 따라 합법적으로 행동하지 않으면 안 된다. 고베

───────────────

이가 없는 껍데기 수준으로, 금후 이루어지는 등록 작업에서는 독립국으로서의 체면을 걸고 정확한 것을 만들지 않으면 안 되는 만큼, 당국에서도 거부하는 자는 단호하게 처벌할 수 있도록 만전을 기하고 있으며, 마감일이 다가옴에 따라 조선인들의 움직임에 대해서도 주목하고 있다.

13) 재일외국인 등록 마감은 28일까지로, 앞으로 약 1주일 정도 남아 있지만, 재류 조선인의 등록률은 현저하게 낮고, 국경본부國警本部 조사에 따르면 19일 현재 57만 명 중 등록을 마친 자는 겨우 5만 명에 지나지 않는다고 한다. 또한 북한계는 등록제도에 대해 처음에는 조건부 투쟁 태세를 취하고 있었지만, 최근에는 대중 동원에 의한 실력 투쟁을 전국적으로 펼칠 태세를 갖추고 있기 때문에 정부도 이에 대한 대책을 협의 중에 있다. 앞서 이루어진 두 번의 등록에서 신청기간을 3개월 내지는 6개월 연장한 것이 오히려 등록률을 낮추게 된 원인이었던 점을 고려해 보면, 앞으로는 연기라든지 그 외의 다른 타협을 절대로 허락하지 않는 강력한 대책을 세워야 한다. 그 때문에 국경본부는 20일 급거, 전국 관계자들을 불러 중대 지시사항을 전달할 계획이다. 거부 투쟁의 중심 세력인 민선, 조방위 등의 북한계 단체 간부에 대해 어떠한 조치를 취할지 앞으로가 주목된다.

소요사건 등 최근의 조선인에 의한 폭력행동은 모두 일본공산당의 조종을 받고 있는 구 조련계의 소동으로, 한국 거류민단과는 전혀 관계 없다. 우리들은 앞으로 전력을 총동원하여 공산 폭력과 싸우지 않으면 안 된다."라는 것이었다. 이러한 보도 내용은 북한계 재일조선인이 전후 일본사회의 불안과 폭력을 조장하는 요소임을 강조함과 동시에, 한국과 일본이 반공·반북 진영을 이루어 북한 공산계의 폭력을 방어하지 않으면 안 된다는 이데올로기 대립구조도 함께 제시한 것으로 해석할 수 있다.

예를 한 가지 더 들어보자. 1952년 1월 18일, 당시 한국의 이승만 대통령은 한일 양국 주변의 공해상에 새로운 수역 경계선을 설정한다고 선언하여, 일본사회에 큰 충격을 주었다. '이승만 라인', '이 라인'이라고 불리는 이 경계선은 패전 직후 연합군이 설정한 영해선보다 일본 쪽에 더 가깝게 경계를 설정하여 한국 쪽 영해를 일방적으로 넓힌 것이었다. 한일어업협정이 체결되어 '이 라인'이 철폐된 것은 1961년

이승만 라인으로 인해 한국
순시항에 나포된 일본어민
(1953)

12월의 일이다. 그동안, 1953년 2월 4일에는 조업하고 있던 일본어민이 한국어선으로부터 총격을 받아 사망하는 '다이이치 다이호마루 사건第一大邦丸事件' 이 발생하는 등, '이 라인' 에 관한 한일 마찰은 심각한 것이었다고 할 수 있다. 그러나 이렇게 전후 일본과 한국이 첨예하게 대립하는 가운데서도 양국의 관계는 비약적으로 우호적으로 그려지기도 하였다.

1953년 1월 6일, 이승만 대통령은 클라크 유엔군 사령관의 초대로 방일한다. 이 대통령의 방문이 비공식적인 것이었음에도 불구하고, 이승만 대통령과 요시다吉田 수상이 회담을 가진 것에 대하여 〈아사히신문〉은 "인접국 관계가 중요하다는 것을 한일 수뇌부가 인식하였기 때문이다."라고 평가하고, "과거의 한일 회담이 진전되지 못했던 것은, 재한일본국민 재산청구권 문제라든지, 재일조선인 처우 문제라든지, 조선 수역의 산업권 문제라든지, 어느 하나를 보더라도 쌍방이 만족할 수 없는 곤란한 문제가 있었기 때문이다. 개개의 문제에 대해서 한일 쌍방이 각각 주장하고 싶은 것이 있는 것은 당연한 이야기이다. 그러나 이들 현안 모두가 한꺼번에 해결되기만을 기다린다면, 한일 국교개시는 쉽지 않을 것이다. 우리들은 한일 양국이 대승적 견지에 서서 양국이 각각 독립 후의 국교개시에 관한 기본조약을 체결하고, 상호적으로 외교관을 파견한 다음, 현안 하나하나를 풀어가는 것이 한일친선의 지름길이 아닌가 하고 생각한다."[14]라며, 현 상황을 과거의 여러 문제와 구분 짓고, 실리적인 차원에서 협력의 길을 모색해야 함을 강조하였다. 이러한 기사를 보도한 뒤, 이어서 '한국의 대

---

14) 〈아사히신문朝日新聞〉 1953. 1. 8

일감정 호전'(1953. 1. 10)이라는 소제목 하에, "한국정부와 가까운 소식통이 9일 밝힌 바에 의하면, 한일회담이 3월 초 경성에서 재개될 것이라고 한다. 만약 이 회담이 순조롭게 진행된다면, 이에 이어 반공협정을 검토하기 위한 한국·일본·미국 삼국회담을 열 의향도 있는 것 같다. 이 대통령이 한국으로 돌아간 후, 한국정계의 반일감정은 호전되었고, 낙관적인 공기가 짙어짐과 동시에, 이 대통령이 일본 어업 대표를 부산으로 초대하여 교섭한 조치는 실로 환영할 만한 일이다. 또 한국의 신문관계자도 작년 여름 이후 이어지던 반일운동은 가까운 시일 내에 정지될 것으로 보고 있다."라고 전하고 있다. 또한 같은 해 1월 20일의 〈아사히신문〉은 서간을 통한 이승만 대통령 인터뷰 일부를 소개하며, 한일 양국의 화합과 협력의 중요성을 강조하려 하였다. "나는 7년간 일본에 의해 투옥된 경험을 가지고 있고, 도쿄에 도착했을 때에도 이러한 감정을 숨기려 하지 않았지만, 한국과 일본은 과거를 잊고, 장래를 준비해야 한다는 생각에 서서히 이르게 되었다. 한일 양 국민은 현재 공통의 적을 가지고 있다. 그것은 공산주의다. 한국과 일본은 서로 상대를 필요로 하고 있다."라고 소개된 이승만 대통령의 발언 내용은 공산주의라는 '공통의 적'을 설정함으로써 한일 양국의 연대와 협력을 강조한 것이라고 할 수 있는데, 이러한 발언이 한국전쟁이 진행되던 당시에 이루어졌던 점을 감안하면 그 무게 또한 짐작할 수 있다.

그러나 이 시기의 한국 정세를 참고하면 쉽게 확인할 수 있는 바이지만, 반미·반일 기운은 결코 북한계 재일조선인에 국한된 문제는 아니었다. 예를 들면 1948년 2월 7일, 한국에서는 단독 선거에 반대한 200만 명 이상의 노동자, 농민, 학생들이 전국적으로 파업에 돌입하여, 9일에는 수만 명에 달하는 검거자와 사상자를 낳았다. 또 제주도에서는 도민들이 단독선거에 반대하는 투쟁을 전개하는 가운데, 도민의 약 사분의 일에 해당하는 8만 명이 학살당하는 소위 '제주 4.3사건'이 발생하기도 했다. 그러나 일본 신문 미디어에서 이러한 사건을 전하는 기사를 확인하는 일은 좀처럼 쉽지 않은 일이며, 보도되었다 하더라도 그 비율은 북한계 재일조선인의 소요사건 기사보다 비교할 수 없을 정도로 낮은 정도에 그치고 있다.

또한, 민단도 이데올로기를 초월하여 조련과 함께 정치적인 입장을 견지하거나 운동에 참가하고 있었다. 민단은 토치기현栃木縣의 재일조선인 이순득李順得 살인 사건에 관하여 조련과 함께 공동으로 대응하였고(1948. 3. 12), 고베교육투쟁에서도 '한신지구阪神地區 교육사건 대책위원회'를 결성하여 조련과 함께 조선인학교폐쇄령 반대운동을 전개하였다(1948. 4. 24). 또한 〈산업경제신문産業經濟新聞〉(1952. 10. 21)에 따르면 외국인 등록에 관해서는 조련뿐 아니라 민단도 반대운동에 참가하고 있었다고 한다. 이와 같이 반미 기운이나 소요사건은 북한계 재일조선인만의 전매특허는 아니었던 것이다.

그럼에도 불구하고 북한계 재일조선인이 곧 악의 원흉이라는 등식이 도출될 수 있었던 것은 한국이나 민단이 보여 준 반미, 반일적 움직임을 의도적으로 은폐했기 때문이었다. 전후 일본은 불순분자로서의 북한상을 강조하고, 이에 대처하기 위해 미국, 한국과 함께 공산주의 방위망을 구축해야 한다고 주장함으로써 전후 일본의 정체성을 확보하고자 했던 것이다.

전후 일본의 정체성은 북한계 재일조선인을 비롯한 공산주의를 배격하고 부정하는 것에서 출발하였기에, 언론은 북한계 재일조선인과 일본공산당이 연계하여 전후 일본사회의 불안을 야기하고 있다고 적극적으로 보도할 필요가 있었다.

예를 들면 〈일본경제신문日本經濟新聞〉(1950. 11. 27)은 '구 조련계 첨예분자를 중심으로 한 조선인 지하조직 존재'에 대해 보도하는 가운데, 특히 일본공산당과의 관련을 강조하였다. 이 신문의 보도에 따르면 일본공산당은 8월 말 이래, '재일조선인 청년공작원'이라고 불리는 지하조직에 대하여 한두 차례 비밀지령을 내렸고, 또한 공작대원의 대량생산과 훈련을 실시하였다고 한다. 이 공작대의 목적은 열차 방해, 근간 산업의 파괴, 일본에 있는 연합군 요지의 교란, 요인 암살 등에 있었다. 또한 이 보도에 따르면, 북한계 재일조선인 집단은 일본공산당의 지도하에서 사회의 혼란을 야기하고 정치적 교란을 일으키는 파괴적인 행동을 일삼았다고 한다.

또 1950년 11월 27일, 재일조선인들이 고베 니시진西神 조선인 소학교에 모여, '조국통일궐기대회'를 개최한 후, 나가타長田 구청을 향하여 행진을 시도하였을 때, 경찰대와 충돌하여 재일조선인 192명이 검

간부 24명이 추방명령을 받은 일본공산당 본부 (1950. 6. 6)

거된 사건에 대해서도 〈요미우리신문〉(1950. 11. 28)은 "틀림없이 일본공산당의 지도하에 이루어졌고, 사건의 배후에는 일공의 유력 멤버가 포함되어 있다."라고 보도하였다. 〈아사히신문〉(1950. 11. 29) 역시 "오사카, 교토에서 일어난 재일조선인의 움직임뿐 아니라, 간사이關西 지방의 반권력 투쟁도 일공 및 구 조련의 지령에 따른 것으로 보인다. 경찰당국은 이를 조선 동란에 이은 국제적인 색채를 가진 사건으로 보고 있다."라고 분석하였다.

특히, 위의 사건은 한국전쟁이 발발한 후에 발생한 것이었던 만큼, 한반도의 동향과 관련된 것으로 해석되었다. 사건 발생 일주일 후, 〈아사히신문〉(1950. 12. 3)은, "이들 사건은 조선의 긴박한 전국戰局과 관련을 가지는 것으로, 지하조직의 편성을 거의 끝냈다고 전해지는 일본공산당이 슬슬 본격적인 반미투쟁, 권력투쟁에 나선 것이며, 또한 그것은 선전 투쟁의 영역을 넘어, 실력에 의한 폭력혁명 실현 단계에 돌입한 것을 말한다."라고 분석하고, 두 공산세력이 일본의 안전을 위협하고 있을 뿐 아니라, 이러한 동향이 '두 세계의 대립'과 무관하지 않다고 지적하였다. 〈요미우리신문〉(1950. 12. 4)도 "우리들은 이 조선인 소요사건이 현재 조선에서 진행되고 있는 전쟁과 아무런 관련 없이 행해진 것이라고 생각하지는 않는다. (중략) 유엔군의 기지인 일본을 더욱 불안정하게 만들어 기지로서의 기능을 마비시키고자 하는 것은 공산주의자에게 주어진 당면 책무이다. 그리고 유엔군이 불리한 오늘날이 그 기회이기도 할 것이다. 공산주의자는 기회의 이용을 모를 정도로 무능하지는 않다."라고 분석하고 있다. 즉, 여러 신문들은 재일조선인에 의한 사건들을 단순하게 일본재주 조선인이 일으킨 소요사건으로 보는 것이 아니라, 당시 한국전쟁에 나타난 이데올로기 갈등과 냉전 관계를 그대로 반영한 것으로 해석하고 있었던 것이다.

'두 세계의 대립'을 상징하는 한국전쟁은 일본의 강화문제講和問題에도 많은 영향을 미쳤다. 당시, 한국전쟁 발발의 원인과 해석에 대해서는 이데올로기적 입장에 따라 분분하였지만, 그러한 문제를 차치하더라도, 가장 인접한 국가에서 일어난 전쟁은 전후 일본의 안전보장에 대한 많은 논의를 낳았다. 그 가운데서도 〈아사히신문〉의 입장 변화는 당시의 분위기를 잘 반영한 것이라 할 수 있다. 〈아사히신문〉은 원래 미국과의 강화 교섭에 있어서 국제적으로 중립적 입장을 고수하는 것이 비무장을 표명한 일본국 헌법의 논리적 귀결이라고 주장하였지만, 1951년 4월경에 이르러서는 '당면의 국제정세가 계속되는 가운데, 일본의 군사적 진공상태를 어떠한 형태로든 보충하지 않는다면 만약의 사태에 대해 누구도 국민의 안정을 보장할 수 없다. 그러한 의미에서 미군의 잠정적인 주둔은 지금의 일본에 있어서 필요하다'라며 입장을 전환한다. 한국전쟁을 통하여 표출된 이데올로기의 대립은 전후 일본에 있어서 공산주의에 대한 적개심과 미국에 대한 맹목적인 믿음을 낳았고, 〈아사히신문〉의 이러한 변화는 그것을 무엇보다도 잘 나타낸 것이라고 할 수 있다.

이러한 정세 속에서, 재일조선인의 정치적 행동은 내정간섭의 일환으로 해석되어 강한 비판을 받기도 하였다. 〈요미우리신문〉(1952. 6. 27)은 사설 '좌파계 조선인에게 경고한다'에서 "보통 외국인이 타국에 재류할 때, 재류국의 주권하에서 그 정치, 법률, 사회제도를 존중해야 함은 당연한 일이다. (중략) 다중결집, 협박적 태도에 의한 이의 주장은, 이른바 쓸데없는 참견이며, 명백한 내정간섭이다. 게다가 폭력으로 경찰관계 관청에 정면으로 도전하고, 치안을 어지럽히는 것은

당치도 않은 일이다.”라고 논하며, ‘외국인’ 인 재일조선인이 일본국
정에 대해 논하고 이의를 제기하는 것은 ‘내정간섭’ 임을 언명하고 있
다. 또한 〈요미우리신문〉은 재일조선인 작가인 장혁주張赫宙의 글
‘조선동포에게 고한다’ 도 소개하고 있다. 장혁주는 “제군들의 최근의
폭력행위는 일공의 지령에 의한 것이라고 하는데, 그것은 좋고 나쁨
을 떠나 아무런 효과가 없다. ‘일본인민을 위하여, 일본을 해방시킨
다’ 라는 제군들의 목적은 완전히 역효과를 가지는 것으로, 일본 인민
들은 ‘조선인은 공포스럽다’, ‘조선인이 또 소동을 일으킨다’, ‘타인
의 나라에서 소동을 일으키는 것은 당치도 않다’ 라고 말하고 있다. 그
말이 맞다. 제군들은 일본인에게 있어 ‘외국인’ 이다. ‘일공’ 내부에
서는 ‘일선일체日鮮一體’ 일지 모르겠지만, 일반 일본인은 ‘외국인’ 이
라고 생각하고 있다. 당연한 일이다. 외국인에게 정치 간섭을 받고 싶
지 않은 것이 일본인의 솔직한 심정이다.” (1953. 7. 15) 라고 말하며, 일
공과 관련한 재일조선인의 정치적 행동을 강도 높게 비판하였다. 장
혁주는 1952년에 이미 일본인으로 귀화했음에도 불구하고, 재일조선
인들을 향해 ‘조선동포’ 라고 부르며, 파괴적인 정치 행동을 자제할
것을 요구하였다. 이러한 장혁주의 목소리는 재일조선인 내부의 비판
이라는 점에서 의미가 크다고 할 수 있을 것이다. 어쩌면 〈요미우리신
문〉은 재일조선인에 대한 비판을 더욱 효과적으로 제시하기 위하여,
내부 비판의 일환으로 장혁주의 글을 실은 것인지도 모른다.

　이와 같이, 전후 일본은 재일조선인의 행동을 폭력적이고 파괴적인
것으로 묘사하며, ‘강제 송환’ 이라는 방법을 통하여 그들을 단절시킬
것을 요구하였다. 나아가 일본공산당과의 연계를 강조하면서 전후 일
본의 안전과 평화를 위협하는 존재로서 재일조선인을 강력히 비판하

기도 하였다. 특히, 북한계 재일조선인을 '불량분자', '폭력집단', '범죄집단' 으로 간주하여 부정적인 이미지를 전경화한 것은 전후 일본의 정치적 입장을 부각시키는 데 있어서 유효하게 작용하였다. 다시 말하면, 이러한 담론은 전후 일본이 미국과 함께 민주주의를 구가하는 나라로 거듭났다는 사실을 강조하는 데 있어서 무엇보다도 좋은 자료가 되었던 것이다. 물론, 그것은 2차 세계대전 이후의 동서대립을 그대로 옮겨 놓은 이데올로기 지도의 재현이기도 하였다.

북한 또는 북한계 재일조선인을 단절시킴으로써 일본의 정체성을 재확인하고자 하는 움직임은 지금도 반복되고 있다고 할 수 있다. 개번 매코맥Gavan McCormack은 『종속국가 일본—미국의 품에서 욕망하는 지역패권』(창비, 2008)에서 북한에 대한 적개심을 지렛대로 활용하여 미국이 주도하는 세계질서 속에 안주하고자 하는 오늘날의 일본을 강하게 비판한 바 있다.[15] 실제로 일본의 출판업계는 북한에 대한 책과 논문들을 꾸준히 펴내고 있으며 압도적인 다수가 적대적인 내용이다. 그 가운데 2003년 7월에 출간된 한 만화책은 김정일을 폭력적이고 잔인하며 저열한 인물로 그리고 있는데, 이 책은 출판된 지 몇 달 만에 50만 부

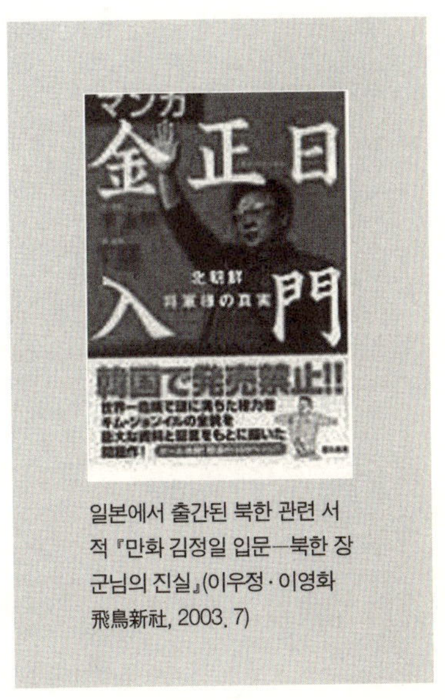

일본에서 출간된 북한 관련 서적 『만화 김정일 입문—북한 장군님의 진실』(이우정·이영화 飛鳥新社, 2003. 7)

---

15) 개번 매코맥Gavan McCormack, 『종속국가 일본—미국의 품에서 욕망하는 지역패권』(이기호·황정아 옮김, 창비, 2008. 9) p.169

가 팔렸다고 한다.[16]

전후 일본은 그들이 같이 껴안고 출발할 수밖에 없었던 재일조선인, 특히 북한계 재일조선인들의 존재를 '반공'이라는 방법으로 의도적으로 분리시키고 단절시킴으로써, 작위적으로 스스로의 정체성을 확보해 갔다고 할 수 있다. 그리고 미디어가 유통시키고 인지시킨 이러한 담론은 북한계 재일조선인의 본질로 정립되어, 확대, 재생산되기에 이른다.

문학 텍스트로의 연쇄
―마쓰모토 세이초 『북의 시인』에 관한 담론을 중심으로

마쓰모토 세이초의 『북의 시인』(〈주오코론〉 1962. 1~1963. 3)은 '악의 원흉'으로서의 북한 담론이 얼마나 뿌리 깊은가를 잘 보여주는 예라고 할 수 있을 것이다.

마쓰모토 세이초의 이 작품은 해방 이후의 한반도를 배경으로, 공산주의 예술연맹운동의 지도자이자 시인이기도 한 임화林和가 미국의 스파이 활동에 휘말려, 결국은 북한의 군사 법정에서 사형 선고를 받게 되는 과정을 그린 것이다. 한국을 통치하던 미국은 북한 정권을 파괴하기 위하여, 전향 기록이 있는 임화에게 접근하여, 때로는 전향 사실을 폭로하겠다고 협박하고, 때로는 결핵치료약을 제공하면서 스파이 활동을 강요한다. 미국의 획책에 휘말린 임화는 북한에 있으면서도 미국 측에 정보를 제공하기에 이른다. 그러던 가운데 임화는 북

---

16) 위의 책 p.171

한의 군사법정에 피고로 서게 되고, 사형을 선고받는다. 한마디로 말하자면 『북의 시인』은 미국의 모략에 희생된 시인 임화의 인생을 비극적으로 그린 작품이라고 요약할 수 있다.

이 소설에는 임화를 비롯하여 박헌영朴憲永, 이승엽李承燁 등, 각각의 인물들이 실명으로 등장하고 있고, 한국 근현대사 및 한국 근대문학 사조 등과도 중복되는 부분이 많다. 또 작품의 말미에는 '1953년 8월 3일~6일, 4일에 걸쳐 조선민주주의인민공화국 최고재판소 특별군사법정에서 이루어진 박헌영=이승엽 그룹에 대한 재판기록(일부)' 이 게재되어 있고, 작품의 전개도 재판 기록과 유사한 부분이 많다. 따라서 이 소설은 역사적 '사실'과 문학적 허구를 가로지르는 성격을 가지고 있다고 말할 수 있다. 한편, 작가는 재판기록의 출전에 대하여 다음과 같이 출처를 밝히고 있다.

이 판결문의 초록은 현대조선연구회가 옮기고 펴낸 『파헤쳐진 음모暴かれた陰謀』에 의한 것이다. 이 책에 따르면 '일본어 번역판 공판기록 텍스트는 조선민주주의 인민공화국 정부기관지 〈민주조선〉 1953년 8월 5일호(기소장), 동 잡지 1953년 8월 7일·8일호(공판정에 있어서의 피고들의 범행진술), 및 조선노동당 중앙위원회 기관지 〈노동신문〉 1953년 8월 8일호(판결문) 등을 참고로 한 것이다'라고 되어 있다. 추출과 생략은 저자의 판단에 따른 것이다.─저자[17]

판결문을 통하여 확인할 수 있는 중심 사건 및 전체적인 전개는 작

---

17) 『마쓰모토 세이초전집17松本清張全集全集 一七』(文芸春秋, 1974. 1) p.190

품의 내용과 매우 흡사하기 때문에, 마쓰모토 세이초가 『파헤쳐진 음모』의 판결기록을 작품의 토대로 삼았다는 것은 쉽게 짐작할 수 있다.

그러나 작품이 발표될 당시, 세이초가 참고한 재판 기록은 날조된 것에 지나지 않는다는 의혹이 제기되기도 하였다. 예를 들면, "김일성 일파 일부를 제외한 대다수의 조선인은 소위 말하는 스파이 사건을 믿지 않는다. 김일성 일파는 이 사건을 진실인 것처럼 믿게 하기 위하여 거짓 판결 기록을 조선어뿐 아니라 영어, 중어, 노어 그리고 일어로 번역하여 각국에 뿌렸다."[18]라는 진실 날조설은 그 대표적인 것이라 할 수 있을 것이다.

사건과 판결문에 대한 강한 의구심은 작품 『북의 시인』에 대한 평가로도 이어졌다. 그리고 판결기록을 충실하게 재구성한 세이초의 작품이 오해의 소지를 다분히 내포하고 있는 만큼, 실제 사건과는 별개로 다루어야 한다는 지적도 제기되었다. 예를 들면, 기쿠치 마사노리菊池昌典는 "『북의 시인』은 물론 픽션이며, 작중 임화와 실존인물 임화와는 별개이다."[19]라는 점을 강조하였고, 오무라 마스오大村益夫도 "이것은 어디까지나 픽션이다. (중략) 『북의 시인』이 픽션인 이상, 실존한 임화와 소설의 임화는 구별되지 않으면 안 된다. 이 작품이 사실을 왜곡한 것이라는 한국 측의 비난은 그러한 의미에서 적절하지 못하다."[20]라고 논하였다. 또 가와무라 미나토川村湊는 한 발 더 나아가 "마쓰모토 세이초는 소설 소재 및 재료를 틀림없이 북한 측근(이었던?) 인물로부터 제공받았을 것이다."[21]라는 관측을 내놓은 바 있다.

---

18) 임영수林英樹, 「「북의 시인」의 진상「北の詩人」の眞相」(〈자유自由〉, 1967. 12) p.182
19) 『북의 시인北の詩人』(中央公論社, 1974. 2) p.341
20) 『북의 시인北の詩人』(角川書店, 1983. 6) p.346

즉, 이들 평론가들은 세이초의 『북의 시인』을 감상함에 있어서 작품의 내용과 '사실'을 구별할 것을 강조하고, 작품을 어디까지나 픽션으로 감상해야 함에 주의를 환기시키고 있다.

여기서 세이초의 『북의 시인』에 대한 한국의 반응에 대해 살펴보자.

1957년 북한에서 한국으로 망명한 이철주李喆周는 한국의 종합잡지 〈사상계思想界〉에 '북한의 작가·예술인'(1963. 7~1965. 4)이라는 연재물을 게재하였다. 이후 그는 연재를 토대로 단행본 『북의 예술인』(계몽사, 1967)을 발간하였다. 그 가운데 이철주는 글을 쓰게 된 동기에 대하여 다음과 같이 밝히고 있다.

공산주의는 이론만 가지고 말하지 말자! 실제생활을 인식하지 못한다면 차라리 말을 하지 말라고 권하는 것이다.

특히 동기가 된 것은 일본 추리문학계의 제 일인자인 마쓰모토 세이초의 『북의 시인』이란 실명소설을 읽은 뒤로부터 임화를 포함한 동시대 북한의 많은 작가 예술인들의 공동운명을 공산정치 흐름에 따라 부침浮沈한 옛 동료들의 생활 단면을 소개하는 것이 필요하겠다고 느낀 때문이다.[22]

북한의 작가 예술인들은 다른 모든 사람들이 그러하듯 불행의 한계를 벗어나서 몸부림치다가 이슬처럼 소리 없이 사라지니 슬픈 일이 아닐 수 없다.

---

21) 가와무라 미나토川村湊, 『만주붕괴—「대동아문학」과 작가들滿州崩壞—「大東亞文學」と作家たち』(文芸春秋, 1997. 8) p.178

22) 이철주, 『북의 예술인』(계몽사, 1967. 1) p.5

이러한 사실 중의 하나가 단적으로 설명은 잘못되었지만, 일본에서 발행되고 있는 〈주오코론〉에 연재된 『북의 시인』(1963)이다.

『북의 시인』에서 일본 추리문학계의 제 일인자인 작가 松本淸張은 이 작품에서 일제시 한국에서 좌익문학을 지도한 바 있는 임화를 실명實名 주인공으로 설정하고 있다.

작가가 이색적인 소재에 의해 독자에게 호소하고자 하는 진의도眞意圖는, 월북한 임화가 북한 공산당에 의해 사형이라는 슬픈 운명으로 일생을 마치게 된 그 원인이 곧 그가 미국의 고용간첩雇傭間諜이란 오명을 벗지 못한 데 있었다는 것이다.

임화가 월북하여 사형장의 이슬로 사라지던 날까지 같은 하늘 아래에서 생활을 같이한 나로서는 松本淸張의 『북의 시인』을 부정하지 않을 수 없었다. (중략) 그렇지 않아도 『북의 시인』은 현재 우리 사회에서 물의를 일으키고 있어, 나는 여기서도 월북 후 임화의 슬픈 죽음에 대해 있었던 사실을 이 세상 사람들에게 전해야 되겠다고 자극을 받았지만, 이것은 결코 『북의 시인』에 대한 반발에서 온 것은 아니다. 또 그럴 필요도 느끼지 않는다.

오히려 나는 어떤 일방적 공판기록, 예컨대 북괴가 조작한 박헌영, 이승엽, 임화 등 일당에 대한 공판기록에 의해 추리나 허구 위에서 어떤 특정인물을 주관에 사로잡히지 않고 적나라하게 적어 보려는 것이다.[23]

인용문에서 알 수 있듯이, 이철주는 임화를 비롯한 북한의 작가나

---

23) 위의 책 p.13

예술가들에 대한 왜곡과 오류를 정정하기 위하여 글을 쓰게 되었다고 말하고 있다. 특히 마쓰모토 세이초의 소설 『북의 시인』은 그에게 많은 자극을 준 듯하다. 그는 임화의 최후를 목격했을 뿐 아니라, 마쓰모토 세이초가 작품의 토대로 삼고 있는 공판기록의 전모도 알고 있다면서, 소설과 사건 사이에 존재하는 간극을 밝혀 '진실'을 규명하고자 하였다.

이철주는 『북의 예술인』을 통하여 북한에 체재하고 있던 문인들의 생활 및 활동에 대하여 자세하게 소개하고 있으며, 박헌영, 이승엽, 임화 등이 형장에 이르게 된 경위에 대해서도 비교적 상세하게 서술하고 있다. 이철주의 설명을 간단히 소개하자면 다음과 같다. 한국전쟁이 휴전담화(1952)로 향하고 있을 무렵, 북한출신의 당원들을 포함한 정치적 여론은 남로당 출신의 박헌영(1900~1955)을 지지하는 쪽으로 기울기 시작한다. 박헌영은 공산주의 운동가로서 1945년 8월 15일 이후에도 공산주의를 관철하며 한국의 공산당을 통괄하였다. 1946년 9월에는 서울을 중심으로 재건된 조선공산당을 주도하였고, 이후에는 격렬한 반미투쟁을 지도한다. 그러나 당국의 체포를 피하기 위해 1946년 가을 무렵, 월북하여 그곳에서 남조선노동당(조선노동당) 지하조직을 지도하였다. 또 1948년, 조선민주주의인민공화국이 설립될 때에는 부수상 겸 외무대신이 되기도 한다. 김일성 일파는 확고한 지지기반을 가지고 있는 박헌영이 언젠가는 정권을 잡을 것이라고 생각하고, '당의 조직적 사상적 강화는 우리당의 승리의 기반'이라는 기치를 내걸고, 소위 '사상 검토회'를 통하여 박헌영 일파의 사상을 비판하였으며, 결국에는 숙청하였다.

이상과 같은 흐름에 대해 소개한 후, 이철주는 "이러한 흉계와 준비가 있었던 까닭에 그로부터 4개월 후인 1953년 8월, 박헌영, 이승엽, 임화, 이건국 등을 사형대 위에 올려 놓을 수 있는 연극을 꾸며 놓을 수 있었던 것이다. 이러한 북한 공산당의 알력 각축과 내막을 알 까닭이 없는 일본 작가 松本清張은 오로지 김일성 일파가 날조한 공판기록에만 의존해서 추리를 했던 까닭에 『북의 시인』이라는 현실 왜곡의 실명實名 소설을 써내 놓고도 양심의 가책을 받지 않았으며, 또 임화를 미국의 고용간첩으로 묘사하는 실수를 범했던 것이었다. 만약 松本清張이 좀 더 북한 공산당의 내막과 전후 실정, 그리고 공산당의 생리를 이해할 수 있었던들 그는 그러한 작품에는 손을 대지 않았을 것이다."[24]라며, 사건 및 재판기록을 날조한 북한 측과 왜곡한 자료를 토대로 작품을 전개한 세이초 모두를 강도 높게 비판하였다.

세이초의 『북의 시인』은 한국에서 『북의 시인 임화』(김병걸 역, 미래사, 1987)라는 제목으로 번역되기도 하였다. 이 역서에도 역시 "이 소설은 비록 역사적인 배경하에서 실존인물들에 의해 이야기가 전개되지만, 어디까지나 추리소설의 기법이 사용된 픽션이므로 사실과 다른 점이 있을 수 있음을 밝혀둔다."라는 부기가 붙어 있다. 또한, "당시 정판사 위조지폐 사건[25]을 담당했던 조재천 검사와 장택상 수도경찰

---

24) 위의 책 p.140

25) 1945년 재건된 조선공산당은 서울시 소공동의 정판사精版社가 위치한 건물에서 기관지 〈해방일보〉를 발행하기 시작한다. 정판사는 일제 강점기 조선은행의 지폐를 인쇄하던 곳이었다. 당시 〈해방일보〉의 사장은 권오직, 편집인 겸 주간은 조일명이었다.
  1946년 5월 15일, 수도경찰청 청장인 장택상은 조선공산당 인사들이 정판사에서 약 1천 2백만원 상당의 위조지폐를 찍어 유포한 사실이 드러났으며, 관련자들을 체포했다고 공식 발표하였다. 조선공산당의 활동 자금 마련과 남한 경제 교란을 위하여 이런 일을 저질렀다는 것이 경찰의 주장이었고, 조선공산당은 조작 사건이라며 혐의를 부인하였다. 이로써 〈해방일보〉는 무기정간 조치를 당하였으며, 조선공산당은 당사 압수 수색을 받은 뒤 입주해 있던 건물에서 쫓겨났다. 조선공산당은 이 사건이 날조되었다고 주장하며 미군정에 강

청장이 이 소설의 내용 중 정판사 위조지폐 사건이 실제의 사실과는 달리 기술된 부분이 있다는 반박문을 국내 잡지에 게재했었다고 한다. 그 반박문이 게재된 잡지를 찾으려고 노력했으나 찾지 못하여 구체적인 내용에 대해서는 생략하겠다."라는 기술도 보인다.[26] 이처럼, 한국에서도 소설 『북의 시인』에 관해 그 내용이 '사실'에 근거를 둔 것인가 아닌가 하는 논의가 끊이지 않았음을 알 수 있다.

그런데 『북의 시인』에 관한 논의가 항상 '사실' 여부를 판가름하는 데 집중되고 있는 것은 무엇 때문일까. 심지어는 북한 측근의 인물로부터 사료를 제공받은 것은 아닌가 하는 풍문이 나돌기도 하였는데, 이러한 것들은 작품의 해석 및 평가와 어떠한 관련을 가지는 것일까.

하나의 사건을 해석함에 있어서 복수의 시점이나 서사가 존재하는 것은 당연한 일인지도 모른다. 그리고 '역사' 서술은 객관적인 '사실'만을 전달하는 투명한 문체를 가질 수 없으며, 역사가 과거의 서사인 이상, 역사가의 저술과 역사를 소재로 한 이야기·소설의 경계는

경한 반미 공세로 맞섰고, 양측의 갈등은 더욱 고조되었다.

26) 이 소설은 일본에서 추리소설작가로 널리 알려진 마쓰모토 세이초에 의해 쓰인 것으로, 저자는 정확한 자료에 근거해 이 소설을 썼다고 했으나 이 책에 '식민지 시대 林和의 삶과 문학'을 쓰신 신승엽 씨가 내용을 검토한 결과, 임화의 출생지 등 개인적인 부분과 문학사 부분의 내용이 사실과 다름을 발견, 아래의 註를 붙이게 되었다. 원래 이 소설에도 한국에 대해 잘 모르는 일본인 독자를 위해 저자가 주를 달아놓았으나, 몇 개를 제외하고는 우리에게 상식적인 것이어서 빼어버렸다. 특별히 저자가 붙인 註 중 필요한 것은 原註임을 명시하여 실었다.

또 한 가지 밝혀둘 것은 당시 정판사 위조지폐 사건을 담당했던 조재천 검사와 장택상 수도경찰청장이 이 소설의 내용 중 정판사 위조지폐 사건이 실제의 사실과는 달리 기술된 부분이 있다는 반박문을 국내 잡지에 게재했었다고 한다. 그 반박문이 게재된 잡지를 찾으려고 노력했으나 찾지 못하여 구체적인 내용에 대해서는 생략하겠다.

아울러 이 소설은 비록 역사적인 배경하에서 실존인물들에 의해 이야기가 전개되지만, 어디까지나 추리소설의 기법이 사용된 픽션이므로 사실과 다른 점이 있을 수 있음을 밝혀둔다. (『北의 詩人 林和』 마쓰모토 세이초 저, 김병걸 옮김, 미래사, 1987. 9, p.289)

본래 아주 모호한 것이다.[27] 그럼에도 불구하고, 『북의 시인』에 관한 해석이 '사실' 여부를 묻는 것에 치우치고, 부정적인 평가로 일관되는 것은 무엇 때문일까. 그것은 기존에 구축된 '불량분자', '폭력집단', '범죄집단' 으로서의 북한의 이미지가 너무나도 뿌리 깊게 남아 있기 때문이며, 동시에 미국의 폭력성을 지적해서는 곤란하다는 자기 검증적 시선이 세이초의 작품을 부정적으로 규정지어버리고 말았기 때문은 아닐까. 이에 대해서는 후술하겠지만, 작가 세이초의 목적은 임화의 스파이 활동 여부를 밝히는 것에 있지 않았다. 또한 북한의 재판기록의 날조 여부를 밝히는 것도 아니었다. 오히려 그의 시선은 억압적이고 지배적인 미국의 폭력을 철저하게 고발하는 데 있었다. 그럼에도 불구하고 북한에 대한 정치적 비판이 작품 『북의 시인』의 감상을 한정시켜버린 점은 부정할 수 없을 것이다. 다시 말하면 북한계 재일조선인을 수식하는 '불량분자', '폭력집단' 등과 같은 표현과 그에 준하는 담론이 이 소설의 전제가 되어 있었기 때문에, 작품에 대한 감상과 이해 역시 부정적으로 일관되었던 것이다. 즉, 전후 일본의 담론 편성에 의하여 악의 원흉, 소요사건의 주범으로 인식된 북한 및 북한계 재일조선인의 이미지는 전후 일본의 정체성을 부각시키기 위하여 작위적, 인공적으로 만들어진 것임에도 불구하고, 언제부터인가 북한의 본질적인 성격으로 표상되어 광범위하게 유통되고 만 것이다.

세이초의 『북의 시인』에 대한 일본과 한국의 알레르기 반응은 악의 원흉으로서의 북한담론이 얼마나 뿌리 깊게 침투되어 있는가를 보여

---

27) 효도 히로미兵藤裕己, 「역사서술의 근대와 픽션歷史敍述の近代とフィクション」(『이와나미강좌 문학 9 픽션인가 역사인가岩波講座文學九 フィクションか歷史か』岩波書店, 2002. 9, p.1)

주는 좋은 증좌이며, 전후 일본이나 한국이 첨예한 이데올로기 대립의 장이기도 하다는 것을 시사한다.

한편, 세이초가 『북의 시인』을 연재할 당시, 북한 관계자로부터 자료를 제공받았다고 추측되는 점은 몇 가지 있다. 이미 가와무라 미나토도 언급한 사실이지만, 세이초가 〈주오코론〉에 『북의 시인』을 연재할 당시, 그는 '임화'를 '림화ㅣ厶フフ'라고 표기하였다. 한국어에서는 'R' 음이 어두에 오는 일은 없으나 북한에서는 'R' 음이 어두에 와서 그대로 발음된다. 마쓰모토 세이초 전집에는 한자에 '임화ㅣ厶フフ'라는 표기가 붙어 있지만, 〈주오코론〉 연재 당시에는 '림화ㅣ厶フフ'라고 표기되어 있었던 점으로 미루어 보아, 자료나 문헌의 루트가 북한 쪽에 있었을 것으로 추측된다. 또, 소설의 밑바탕이 되고 있는 『파헤쳐진 음모』는 북한에서 출판된 것으로, 그것을 포함한 다른 자료의 입수에도 북한 관계자가 관련되었을 가능성은 높다고 할 수 있다.

그런데 소위 '미국스파이 사건'이 언론에 알려지기 시작한 1953년 8월 당시, 사건의 날조 가능성이나 조작 가능성은 이미 제기되고 있었다. 박헌영 등이 숙청되고 난 후 6일이 지난 8월 12일자의 〈마이니치 신문〉은 "이번에 박헌영 부수상 이하가 제명된 원인이 과연 발표대로 반국가적 스파이활동 때문일까, 이에 대해서는 의문에 둘러싸여 있다", "이러한 큰 음모가 그 삼엄한 전쟁 하에서 과연 이루어질 수 있었는지 의문스럽고, 이것은 김일성 수상을 중심으로 한 북조선의 친소적 주류파가 반대파를 억압하기 위하여, 실제 있었던 조그마한 스파이 사건에 얽어 만들어 낸 허구가 아닌가 하는 관측도 있다."고 전하고 있다. 『북의 시인』을 연재 중이던 세이초가 이러한 당시의 담론 공간을 전혀 의식하지 않았다고 생각하기는 어렵다.

그렇다면 사건 발생 직후 그에 대한 다양한 해석이 산재하는 가운데, 세이초는 왜 날조 가능성이 있는 『파헤쳐진 음모』를 토대로 『북의 시인』을 쓴 것일까?

먼저, 1950년대 후반의 세이초의 작품군을 살펴보자.

세이초는 1958년 「검은 바탕의 그림」(〈신초〉 1958. 3~4)을 시작으로, 다음 해에는 『일본의 검은 안개』의 집필 계기가 된 「소설 제국은행 사건」(〈분게이슌쥬〉 1959. 5~7)을, 1961년에는 GHQ의 검거 문제를 다룬 「금환식」(〈쇼세쓰 주오코론小說中央公論〉 1961. 1)과, 일미 정부와 기업이 살인사건에 연루된 것을 그린 「새파랗게 질린 예복」(〈선데이 마이니치サンデ-每日〉 1966. 1~1967. 3) 등을 발표하였다. 이들 작품은 모두 전후 일본과 미국과의 관계를 그린 것으로, 세이초가 전후 일본을 묘사하고자 할 때, 미국이라는 존재에 대해 얼마나 의식적이었는가를 잘 알 수 있게 하는 대목이다. 바꾸어 말하면, 이 시기에 있어서 세이초가 주목한 모티브 중 하나는 점령하의 일미관계였다고 할 수 있을 것이다.

그중에서도 가장 주목할 만한 것은 『일본의 검은 안개』이다. 『일본의 검은 안개』는 1960년 1월부터 12월까지 〈분게이슌쥬〉에 연재된 다큐멘터리 소설이다. 미 점령하에 일어난 불가해한 사건을 제재로 한 작품 「시모야마 국철총재 모살론」이나 「이대 의혹사건」, 「제국은행 사건의 수수께끼」 등에 있어서, 세이초는 미국의 억압적인 폭력을 고발해 마지않는다. 다시 말하면, 세이초는 이러한 작품들을 통하여 미국이 일본의 공산세력을 잔혹하고 폭력적으로 억압하고 있으며, 미국의 이데올로기를 정당화하기 위하여 자신들의 잘못은 모두 은폐하려 했던 모략을 고발하고자 하였다. 『일본의 검은 안개』가 연재되

던 1960년의 일본은 안보조약의 가부를 둘러싸고 일본 국내의 여론
이 첨예하게 대립하던 시기였고, 그러한 가운데 하가치 사건,[28] 도쿄
대학 간바 미치코樺美智子 사망 사건[29] 등과 같이 전후 일본과 미국의

일본의 경찰체제 검토를 위
해 방일한 하가치는 데모대
에 의해 포위되었고, 결국
헬리콥터로 탈출하였다.

도쿄대학에서 열린 간바 미치코 추모제 (1960. 6. 18)

---

28) 1960년 6월 10일, 미 아이젠하워 대통령의 신문계 비서 하가치가 대통령의 방일 일정을 조
정하기 위해 일본을 방문하였다. 대통령의 방일중지를 요청하는 데모대 약 15만 명은 하네
다 공항에 운집하여 하가치를 태운 승용차를 포위하는 등의 시위를 벌였다. 결국 하가치는
헬리콥터로 탈출하였다.

마찰을 상징하는 사고가 끊이지 않던 시절이었다. 따라서 미국의 폭력성을 고발해 마지않는 세이초의 『일본의 검은 안개』는 사회적으로 큰 반향을 일으키기에 충분하였다. 이와 같이, 세이초의 1950년대 후반 작품군을 검토해 보면, 억압적으로 공산세력을 거세하려는 미국의 잔혹함을 강하게 비판하는 데 작가의 시선이 집중되어 있음을 알 수 있고, 『북의 시인』도 그 연장선상에 있었음을 알 수 있다.

『북의 시인』에는 미국 정보기관이 임화에게 접근하여 공산당 관련 정보를 제공하도록 종용하는 모습이라든지, 그러한 미국의 압력에 갈등하는 임화의 나약한 모습이 주된 축을 이루고 있다. 소설 속에서 임화가 결정적으로 미국의 정보기관과 결탁하는 것은 식민지 시대의 전향기록을 전해 받고부터다. 그는 부끄러운 과거의 증거를 은폐함으로써 자유롭게 살 수 있을 것이라고 생각했다. 즉, 전향기록이 말소되면 암울한 과거에서 해방될 수 있다고 믿었던 것이다. 그러나 미국의 정보기관은 임화에게 위조된 전향계약서를 주었고, 그 문서를 사진으로 남겨 두었기 때문에 임화의 전향기록은 여전히 남게 되었다. 즉, 임화는 정보기관에 새로운 전향증거를 제공한 것에 지나지 않았던 것이다.

또 세이초는 『북의 시인』에서 정판사 위폐사건도 미국의 모략 중

---

29) 간바 미치코(樺美智子, 1937. 11. 8~1960. 6. 15)는, 1960년 당시 도쿄대학 문학부 재학생으로서 안보투쟁에서 사망한 최초의 학생이다. 공산주의자동맹의 일원이기도 했던 그녀는 1960년 6월 15일의 데모에서 전학련全學連이 국회 진입을 시도하던 중, 경찰관과 충돌하는 과정에서 사망하였다. 간바 미치코의 사망에 대해, 경찰 측은 대열의 전도에 의한 압사라고 주장하였고, 이에 대해 학생 측은 기동대의 폭력에 의해 사망한 것이라고 주장하였다. 결과적으로 학생 측의 사망자를 낳았다는 점에서 경찰은 비판을 피할 수 없었다. 사건 당일 간바 미치코의 죽음은 실황으로 중계되었는데, 그녀의 죽음은 많은 사람들에게 충격을 안겨주었다.

하나로 추리하고 있다.

정판사 위폐사건은 자금난에 빠진 조선공산당이 당 활동자금을 조달하고, 경제를 어지럽히고자 위조지폐를 대량 인쇄하였다고 일반적으로 이해되고 있다. 그러나 세이초는 미국이 조선공산당 세력을 근절하기 위하여 그들 스스로 유언비어를 유포하고, 위조지폐사건을 날조한 것으로 해석하고 있다. 이 사건으로 인하여 조선공산당의 기관지인 〈해방일보〉는 폐간되기에 이르는데, 여기서도 세이초는 미국의 폭력성을 비판해 마지않는다. 그 외에도 억압적인 권력자로서의 미국을 강조하는 부분을 작품의 도처에서 확인할 수 있다. 이는 세이초의 역사관을 나타내는 것으로, 그는 미소의 대립이 격심해지는 가운데, 미국이 공산당의 와해를 기도하기 위하여 폭력적인 수단을 서슴지 않았음을 비판하고자 하였던 것이다.

한편, 『북의 시인』에 있어서 임화의 최후는 다음과 같이 기술되어 있다.

재판장의 심문도 검사의 유고도, 멀리서부터 들려오는 듯했다. 어두운 도취 가운데 그에게 운명이라는 테마가 망연하게 펼쳐졌다. 그는 변함없이 시인이었다. 시를—그는 그 황홀함 속에서 만들고 있었다.[30]

임화의 임종을 '시인'으로 그리고 있는 세이초에게 임화가 미국의 스파이였는지 아닌지, 사건이 날조된 것인지 아닌지 묻는 것은 무용

---

30) 『마쓰모토 세이초전집17 松本淸張全集 一七』(文芸春秋, 1974. 1) p.173

한 일인지도 모른다. 즉, 그는 한반도를 사이에 두고 미소가 첨예하게 대립하는 가운데, 한 사람의 시인이었던 임화가 양 진영의 이데올로기에 의해 희생되어 가는 드라마를 그리고 싶었던 것이다.

그렇다면 세이초는 『일본의 검은 안개』를 연상시키는 '모략적인 미국'을 왜 다시금 『북의 시인』에서 반복하였을까.

세이초는 『일본의 검은 안개』의 한 부분인 '모략 한국전쟁'에서 "지금까지 써온 일련의 사건이 지닌 최종 '목적'은 한국전쟁과 같은 극점을 위한 것으로, 거기에 초점을 둔 복선이었다."[31]라며, 점령하에서 이해할 수 없는 사건이 연발한 것은 한국전쟁이라는 커다란 목적을 달성하기 위해 미국이 마련한 발판이었다고 이야기하고 있다. 또 "한국전쟁은 일본에 여러 가지 영향을 미쳤다. 전쟁 발발 이후, 일본은 미국의 군사행위를 용이하게 하기 위하여 이용되었고, B 29는 본토와 오키나와沖縄의 미국 공군기지에서 조선전선으로 출격하였다. 또, 전선으로 동원된 미군은 일본에서 장비裝備 및 보급을 대대적으로 실행하였다. 북조선군이나 중국군이 소련을 안전지대로 삼은 것처럼, 미군에게 있어서 일본은 안전한 '성역'이었다."[32]라고 설명하고, 지정학적으로 한반도와 미국, 그리고 일본이 긴장관계에 있는 사실에 대해서도 주목하고 있다. 그리고 "그 다음으로 극동 어딘가에서 '제2의 조선'이 발견된다면 멸망의 위기가 제일 먼저 일본에 닥칠 것은 틀림없는 사실이다."[33]라고 말하는 등, 미국의 정치적 모략에서 전후 일본이 자유로울 수 없음을 지적하고 있다. 이와 같은 세이초의 위기의

---

31) 『마쓰모토 세이초전집30 松本清張全集 三O』(文芸春秋, 1972. 11) p.385
32) 위의 책 p.407
33) 위의 책 p.417

식은 일미안보체제로 인하여 미국의 극동군사기지가 될 수밖에 없었던 당시 일본의 시대적 분위기를 여실히 반영한 것이었다.

일본의 민주화와 비군사화를 목적으로 했던 당초의 점령정책은 중국혁명과 한국전쟁의 발발로 인하여 그 방향이 완전히 전환되었고, 동서의 대립이 한반도를 비롯한 일본에서 전개되는 가운데 미국은 일본공산당과 노동운동을 탄압하는 '레드 퍼지'를 실행함으로써 공산세력을 강압적으로 거세하려고 하였다. 세이초는 이러한 미국의 폭력성을 놓치지 않았다. 『일본의 검은 안개』에서 확인할 수 있었던 세이초의 사안史眼은 『북의 시인』에까지 이르고 있었던 것이다. 세이초가 구축한 전후사 문맥 속에서 『북의 시인』을 재독해 본다면, "『북의 시인』의 내용은 완전히 진실과 다른 것 같다", "날조 재판기록의 각색"이라는 논의는 과녁을 벗어난 설전처럼 들린다. 재일조선인, 특히 북한계 조선인에 대한 부정적인 시선이 난무하고, 그러한 담론 편성을 통하여 전후 일본이 정체성을 확보해 가는 가운데, 세이초의 사고는

레드 퍼지에 대한 비판은 학생들의 가장행렬에도 반영되었다.

17만 명의 데모대가 국회를 포위하고 있다.(1960. 5. 26) 이를 두고 각 신문은 '쓰나미와 같이'(마이니치), '공전의 데모'(아사히)라고 묘사하였다.

미 대사관 앞에서 열린 데모(1960. 6. 4)

전후 일본이 만든 이데올로기 지도에서 오히려 자유로웠다고 할 수 있을 것이다.

전후 일본의 재일조선인 분절

　패전을 기점으로 하여 재일조선인은 '대일본제국신민'에서 '해방 민족'으로 전환되었음에도 불구하고, 전후 일본뿐 아니라 GHQ, 그리고 당사자였던 재일조선인들조차 그러한 사실에 대해 쉽게 자각하지 못하고 있었다. 이러한 가운데, 재일조선인의 정체성은 한반도의 정치적 동향과 연동되는 형태로 서사되었고, 또한 일본공산당과의 관련이 강조되는 가운데 부정적으로 묘사되었다. 특히 북한계 재일조선인의 정치적 행동은 전후 일본의 정치노선과는 명백히 대립되는 것으로 묘사되었고, 그것만으로도 북한계 재일조선인은 전후 일본과 접합점을 가질 수 없는 타자일 수밖에 없었다. 말하자면 새로운 출발점에 선 전후 일본에 있어서 재일조선인은 가장 큰 불안재료였고, 이러한 불안재료를 분절하는 작업은 '건전한' 전후 일본 건설을 의미하는 것이기도 하였다.

　강상중姜尙中이 『내셔널리즘』에서 언급한 것처럼, 난바라 시게루南原繁는 일본에 재류하고 있던 타 민족과의 단절을 통하여 '순수일본'을 구축하려 한 대표적인 전후 지식인이다. 난바라 시게루는 '천장절天長節─기념축전 연설'(1946. 4. 29)에서 다음과 같이 말하고 있다.

　일본국가 권위의 최고의 표현이자 일본국민통합의 상징인 천황제는 영구히 지속될 것이며, 또 유지되지 않으면 안 된다. 이것은 우리나라 오랜 역사가 민족 통일을 근원에 두고 지켜온 것이며, 군주주의와 인민주권의 대립을 넘어 군민일체君民一體 일본민족 공동체 그 자체의 불변본질이다. 외지이종족外地異種族이 떨어져 나가 순수일본으로 돌아온 지금, 혹시라도 이것을 잃는다면 일본민족의 역사적 개성과 정신의 독립은 소멸하게 될 것이다.[34]

이러한 난바라의 발언을 두고, 강상중은 난바라가 과거의 식민지 신민을 '외지이종족外地異種族'으로 규정하고 사고 밖으로 추방함으로써, 배타적인 단일 민족적 내셔널 아이덴티티를 획득하려 하였다고 지적하였다.[35] 난바라가 '외지이종족'과의 결별을 선언하고, '순수일본'의 출발을 선언한 것은, 전후 일본이 재일조선인을 분절함으로써 건강한 일본으로 거듭나고자 한 것과 문맥을 같이한다고 볼 수 있다.

한반도를 비롯한 동아시아에서 미소가 첨예하게 대립하는 가운데, 전후 일본은 스스로의 정체성을 '불량분자'인 '북한계' 재일조선인을 끊임없이 부정하면서 확보해가려 했다. 물론, 소요 사건의 주범이라는 스테레오 타입의 북한계 재일조선인 이미지가 조형될 수 있었던 것은, 민단이나 한국 측이 보인 반미·반일적 움직임을 의도적으로 삭제하고 은폐했기 때문이며, 전후 일본과 한국이 '반공'이라는 코드를 가지고 우호적인 관계를 지속시키고 있다는 이데올로기 구도를 전경화했기 때문이다. 즉, '순수일본'으로 회귀하고, 새로운 이데

---

34) 『난바라 시게루 저작집 제7권南原繁著作集 第七券』(岩波書店, 1978. 2) p.58
35) 강상중姜尚中, 『내셔널리즘ナショナリズム』(岩波書店, 2001. 10) p.113

올로기를 구가하는 전후 일본을 조형하기 위한 디딤돌은 재일조선인, 특히 북한계 재일조선인을 부정하고, 그들을 전후 일본으로부터 분절시키는 작업을 통하여 마련되었다고 할 수 있는 것이다. 그리고 이러한 작위적인 이데올로기 지도는 문학 텍스트에도 반영되어, 작품의 해석 및 평가까지 좌우하게 되었다는 것에 대해서는 이미 지적한 대로다.

이상, 전후 일본이 '외지이종족'을 분절하고, 그중에서도 북한계 재일조선인을 '악의 원흉'으로 표상함으로써 스스로의 정체성을 확보해가는 과정에 대해 살펴보았다.

그런데 이러한 움직임과 함께 고려하지 않으면 안 되는 것은, 전후 일본이 회복하고자 하는 내셔널리즘의 원형을 아시아, 특히 중국이나, '조선'에서 구하고 있었던 사실이다.

전후 일본의 내셔널리즘에 관한 근년의 연구로는 오구마 에이지小熊英二의 『〈민주〉와 〈애국〉—전후 일본의 내셔널리즘과 공공성』(新曜社, 2002)을 들 수 있다. 그는 인도와 이집트 등, 식민지 독립운동의 승리가 이어지는 1940년대 후반, 인도에서 열린 태평양문제조사회의 국제회의에서 '민족자결'과 '독립', '서양의 지배에 대한 동양의 저항' 등이 논의된 것을 계기로 하여, 일본의 논단에서도 서양근대에 대한 재고, 아시아에 대한 재평가가 이루어지게 되었다고 논하고 있다. 예를 들면, 이시모다 다다시石母多正가 '민주주의, 사회주의, 공산주의, 이러한 말들은 더 이상 유럽만의 것이 아니다. 유럽과는 다른 법칙이 지배한다고 오랫동안 믿어왔던 아시아의 민중이, 내부에서 자신들만의 노력으로 그러한 것들을 창조하는 시대가 도래했다는 것을 중국혁명은 증명하였다' 라고 발언한 것을 비롯하여, 다케우치 요시미竹內好, 마루야마 마사오丸山眞男 등이 아시아의 민족주의에 대하여 적극적으로 평가하였던 것은 바로 이러한 문맥 속에서 이루어졌다.

아시아에 대한 재평가는 일본의 근대를 자성적으로 성찰하는 형태로 이루어졌다. 중국을 비롯한 아시아 여러 나라가 식민지 독립운동을 거쳐 스스로 정체성을 획득한 것과는 달리, 일본의 정체성은 지극히 수동적이고 왜곡된 형태로 이루어졌다는 의견은 그 대표적인 것이라 할 수 있다. 그리고 과거의 일본이 서양근대를 모델로 하여 서구지향 일변도에 있었던 점은 무엇보다도 중요하게 반성해야 할 점이었다.

아시아를 재평가하고, 서양을 대신하여 아시아를 모델로 삼아 전후 일본의 정체성을 모색하고자 한 이러한 담론들은 지금까지 확인해 왔던 담론들과는 상반된 움직임을 갖는 것이라 할 수 있다. 즉, '외지이종족' 과의 단절과 분절을 통하여 '순수일본' 으로 회귀하고자 하는 욕망과 전후 일본의 내셔널리즘의 모델로 아시아를 포섭하고자 하는 담론은 서로 모순되는 것이다. 물론, 양자가 모두 전후 일본의 내셔널 아이덴티티 구축을 목표로 하고 있었다는 점에서는 공통점을 가진다고 할 수 있을 것이다. 그러나 '외지이종족' 을 분절할 것이냐, 포섭할 것이냐에 따라 상반된 일미관계가 구축되고 해체된다는 점을 고려해 볼 때, 미 점령하의 일본을 논함에 있어서 '민족(특히 본서에서는 재일조선인을 가리킴)' 은 '중간자' 적 성격을 다분히 가짐을 새삼 알 수 있다. 이하에서는 전후 일본이 중국이나 조선을 끌어안는 형태로 일미관계를 형성해 가는 과정에 대해 살펴보고자 한다. 이러한 시도에 있어서 먼저 다케우치 요시미의 발언에 주목해 보자.

다케우치 요시미의 아시아주의

다케우치 요시미竹內好는 논문 「중국의 근대와 일본의 근대」에서 동양과 서양의 역사적 발전의 차이에 대해 다음과 같이 논하고 있다.

> 동양의 근대는 유럽의 견제에 대한 결과이다. (중략)
>
> 유럽이 유럽이기 위해서, 그것은 동양을 침입하지 않으면 안 되었다. 그것은 유럽의 자기해방에 동반하는 필연적인 운명이었다. 이질적인 것에 부딪힘으로써 역으로 자기가 확립되었다. (중략) 유럽의 동양에 대한 침입은, 동양에 있어서 저항을 낳았고, 그 저항은 당연히, 유럽 자체에 대한 반사였는데, 그것조차도 모든 것을 궁극적으로 대상화하여 도출할 수 있다는 철저한 합리주의의 신념을 움직이지는 못했다. 저항은 계산된 것이었고, 저항함으로써 동양이 점점 유럽화되어 가는 운명에 처하는 것은 예견되었다.(중략)
>
> 유럽이 어떻게 받아들였는지 간에, 동양에 있어서의 저항은 지속되었다. 저항을 통하여 동양은 자기를 근대화하였다. 저항의 역사는 근대화의 역사이고, 저항을 거치지 않는 근대화의 길은 없었다. 유럽은 동양의 저항을 통하여, 동양을 세계사에 포괄하는 과정을 통하여 자신의 승리를 받아들였다. 그것은 문화, 혹은 민족, 혹은 생산력의 우위라고 관념되었다. 동양은 같은 과정을 통하여 자신의 패배를 받아들였다. 패배는 저항의 결과이다. 저항에 의하지 않는 패배는 없다. 따라서 저항의 지속은 패배감의 지속이었다.[36]

---

36) 『다케우치 요시미전집 제4권 竹內好全集 第四券』(筑摩書房, 1980. 11) p.120, p.131, p.134

　다케우치는 아시아의 자기인식은 유럽의 침입과 그로부터 패배한 결과에 의해 이루어지는 것이라며, 아시아는 유럽의 침입에 의하여 비로소 자기의 문화, 민족의 정체성을 획득한다고 하였다. 서양의 침략 이전에 동양은 스스로에 대한 자각을 가지지 못하였고, 서양의 침략에 의해 사후적으로 정체성을 확정지어 갔다는 의미에서, 다케우치는 "동양이 가능해지는 것은, 유럽에 의해서이다."라고 단언하였다. 그리고 서양의 침입은 동양의 패배를 낳았고, 그 패배가 지속되는 한, 동양의 저항도 지속되었다. 다케우치가 동양의 저항을 논할 때, 그가 상정한 동양은 물론 '중국' 이었다. 그리고 그는 패배와 저항을 반복한 중국은 '회심문화回心文化' 를 가지고, 패배와 저항의 역사를 가지지 않은 일본은 '전향문화轉向文化' 를 지니게 되는데, 이러한 결정적인 차이는 양국에 상반된 성격의 근대를 가져오게 하였다고 해석하였다.

　다케우치에 의하면 일본문화는 우수하다. 세계 최고를 향해 열심히 공부하여 우등생이 된 일본은 열등생인 동양의 여러 나라를 이끌어주는 것이 자신들에게 주어진 사명이라 생각하였고, 또 뒤처진 일본 '인민' 에게도 독단적인 우등생 심리를 반영해 왔다. 그러나 일본문화가 우수한 것은 유럽문화를 수용했기 때문이다. 그리고 계속해서 우등생으로 남기 위해서는 새로운 문화에 스스로 적응하고 끊임없이 변화하지 않으면 안 되었다. 즉, 공산주의보다 전체주의가 새로운 것이라면, 공산주의를 버리고 전체주의로 이동하는 것이 양심적인 행동이었다. 민주주의가 도래하면 민주주의에 따르는 것이 우등생에게 걸맞는 진보적인 태도였던 것이다. 다케우치는, 이러한 일본의 우등생 문화에 '전향문화' 라는 이름을 붙이고, 이러한 문화에는 '자기 자신이

려고 하는 욕구가 결여' 되어 있다고 지적한다. 또한 '전향은 저항이 없는 곳에서 일어나는 현상' 이기 때문에 일본의 그것은 중국의 '회심문화' 와는 전혀 다른 성질을 가진다고 말한다.

그렇다면, 다케우치가 말하는 중국의 '회심문화' 라는 것은 무엇일까.

전향이 저항의 결여, 즉 '자기 자신이려고 하는 욕구의 결여' 에서 일어나는 것과는 달리, 회심은 '나는 나이되 내가 아니다', 즉 '나' 이외인 것을 거부하면서도, '나' 인 것도 거부하며 부정하는 것이다. 다케우치는 이렇게 말한다. "만약 내가 단지 나로 존재한다면, 그것은 나인 것조차 아닌 것이다. 내가 나이기 위해서는, 나는 나 이외의 것이 되지 않으면 안 되는 시기를 반드시 거친다. 그것은 오래된 것이 새로워지는 시기이기도 하고, 반反기독교 신자가 기독교 신자가 되는 시기이기도 하다. 그것이 개인에게 나타나면 회심이라 할 수 있고, 역사에 나타난다면 혁명이 된다." 또한, 이 회심을 다케우치가 말하는 비유로 바꾸어 말한다면, 노예가 노예인 것을 거부하고, 동시에 노예의 주인이 되는 것도 거부하는 행위이다. 만약, 노예가 노예의 주인이 됨으로써 해방되는 것이라고 생각한다면, 그것은 그러한 상황에 만족하는 종속적인 '우수', '우등' 을 획득하는 것에 지나지 않는다. 즉, 노예가 노예의 주인이 됨으로써 해방의 환상을 꿈꾸는 것, 그것 자체가 '노예' 적이며, 나아가 그러한 것에 무자각적이기 때문에 해방의 환상은 이중의 '노예' 성을 품게 된다. 이러한 의미에서 다케우치가 "노예가 노예인 것을 거부하고, 해방의 환상을 거부하는 것. 자신은 노예이다, 라는 자각을 가지고 노예가 될 것."을 주장한 것은, 전후 일본의 근대화를 비판하는 데 있어 매우 중요한 의미를 가지는 것이라고 할 수 있다.

이와 같이 다케우치 요시미는 유럽으로부터 '주의'를 수입하여 '우수문화'를 유지시켜 온 일본의 근대와 끊임없이 '나'·'자기'를 부정해 온 중국의 근대를 비교함으로써, 전후 일본이 지향할 바를 중국의 근대에서 찾고자 하였다. 그리고 「중국의 근대와 일본의 근대」 이후, 다케우치의 논고에는 중국문학이나 중국공산당에 경도된 문장이 넘쳐난다.[37]

한편, 전전의 다케우치는 1941년 12월, 잡지 〈중국문학〉에 게재하기 위한 원고 「대동아전쟁과 우리들의 결의(선언)」을 집필한 바 있고, 또, 1943년 12월에는 소집영장을 받아, 다음 해 5월에 호남성湖南省 화용현華容縣 북경항北景港 대대본부에 근무하는 등, 전쟁을 생생하게 경험한 지식인 중 한 사람이기도 하다. 특히, 「대동아전쟁과 우리들의 결의(선언)」에 있어서는 "우리 일본은 동아건설이라는 미명하에 약한 자를 괴롭히는 것은 아닌가 하고 오늘날까지 의문시해 왔습니다. (중략) 우리들의 의혹은 모두 없어졌습니다. 아름다운 말은 사람을 속일 수 있어도 행동을 속일 수 없습니다. 동아에 새로운 질서를 확립하고, 민족을 해방한다는 참된 의의는 심신에 철저한 오늘날

---

37) 다케우치 요시미가 언급한 중국 근대문학, 중국 공산당에 대해 간단하게 소개하면 다음과 같다.
  "중국 근대문학이 국민적 통일을 일관적으로 소망하고 있는 것은 '아시아의 전형적인 내셔널리즘'의 특색으로, 당연한 것이라 할 수 있다. 중국인이 가지고 있는 내셔널리즘의 심정은 문학에 실로 여실히 나타난다. 결국 귀결점은 국가적 독립과 국민적 통일에 대한 염원이다. 그 염원의 깊이와 문학의 가치는 일치한다."(「내셔널리즘과 사회혁명」)
  "중공이 얼마나 고도의 윤리에 의거하고 있는지, 그리고 그 윤리가 일관하여 흐르는 민족 고유의 전통에 얼마나 뿌리 깊게 자리하고 있는지, 그 근본의 관점에 서지 않는 한, 일본은 중국문제에 대한 이해를 구할 수 없을 것이다. 중공은 마르크스주의를 차용하고 있지만, 그 수용방법은 개성적이고, 또한 그들의 윤리는 고유의 것이다."(「일본인의 중국관」)

우리들의 결의입니다. 누구도 꺾을 수 없는 결의입니다.”[38]라고도 진술한 바 있다. 전시 중 '대동아전쟁'을 지지하는 발언도 서슴지 않았던 다케우치가 전후에 와서 중국의 혁명에 공감을 표하고, 중국의 내셔널리즘에 자아를 투영시킨 것은 무엇 때문이었을까. 다케우치의 사고의 전환이 상황에 따라 쉽게 이루어진 것이라면, 그것은 그가 비판해 마지않았던 일본의 '전향문화'의 전형적인 예라는 쓴소리를 피할 수 없을 것이다.

이러한 물음에 대한 답을 모색하기 위해 다케우치의 글 「근대주의와 민족의 문제(〈문학文學〉 1951. 9)에 대해 살펴보고자 한다.

다케우치가 「근대주의와 민족의 문제」에서 가장 비중 있게 다룬 부분은, 전후의 일본 지식인들이 '민족', '민족주의' 문제를 회피하고 평가를 보류한 채 전후를 맞아들인 점이었다. 즉, 그는 전후의 일본 지식인들이 '민족을 사고의 통로에 포함시키지 않는, 또는 배제하는' '근대주의'적 태도로 일관하고 있는 것에 초조함을 느끼고 이를 규탄한다. 다케우치는 다음과 같이 주장한다.

마르크스주의자를 포함하여 근대주의자들은 피 묻은 민족주의를 회피해 왔다. 자신을 피해자라고 규정하고, 내셔널리즘의 울트라화를 자기책임이 아닌 일이라고 했다. '일본로망파日本ロマン派'를 무시하는 것이 정당한 일이라고 치부되었다. 그러나 일본로망파를 무너뜨린 것은, 그들이 아니라 외부의 힘이었다. 외부의 힘에 의해 쓰러진 것을 자신이 무너뜨렸다고 자신의 힘을 과신해서는 안 될 것

이다. 그렇게 함으로써 악몽이 잊혀지는지 모르지만, 피는 씻겨나가
도 다시 깨끗해지지 않는다.[39]

이러한 다케우치의 발언은 앞에서 언급한 「중국의 근대와 일본의
근대」와 다분히 중복되는 부분이 있다. 다케우치는 「근대주의와 민족
의 문제」 가운데서 '근대주의' 란 '민족을 사고의 통로에 포함시키지
않는, 또는 배제하는' 것이라고 정의하였는데, 위의 인용에서도 알 수
있듯이, '근대주의' 란 궁극적으로는 '피 묻은 민족주의', 다시 말하
면 '대동아전쟁' 의 역사를 회피하고 은폐하는 것을 의미하는 것이었
다. 피 묻은 민족주의를 회피하는 것, 그것은 일본이 거듭되는 전향을
통하여 지속적으로 우등생으로 존재할 수 있었던 '전향문화' 의 재현
에 지나지 않는 것이며, 그것은 틀림없는 '근대주의' 적 사고였던 것
이다.

다케우치가 "만약 어떻게 해서든지 내셔널리즘이 필요하다면 어떻
게 하면 될까. 울트라 내셔널리즘에 빠지지 않고서는 내셔널리즘을
손에 넣을 수 없다면, 유일한 길은 역으로 울트라 내셔널리즘 속에서
진실된 내셔널리즘을 가려내는 것이다."[40]라고 한 것은, 결국, '피 묻
은 민족주의', '내셔널리즘의 울트라화' 를 '자기의 책임' 으로 받아들
이고, 거기에서 새로운 출발을 모색할 수밖에 없음을 역설적으로 주
장한 것이라고 해석할 수 있다.[41]

---

39) 『다케우치 요시미전집 제7권竹內好全集 第七券』(筑摩書房, 1981. 12) p.31
40) 위의 책 p.19~20
41) 그러한 의미에서 다케우치 요시미의 중국론은 일종의 '일본론' 이었다고 할 수 있다. 이미
　　미조구치 유조溝口雄三가 『방법으로서의 중국方法としての中國』(東京大學出版會, 1989. 6)
　　에서 지적한 바와 같이, 다케우치는 일본의 탈아적 근대주의를 비판하고, 중국으로부터 이

'대동아전쟁'에 지지를 표명했던 다케우치가 전후에 와서 중국혁
명에 공명하고, 중국의 내셔널리즘에 자아를 투영시킨 것을 전향이라
고 보기는 어려울 것이다. 그것은 오히려 '피 묻은 민족주의', '내셔
널리즘의 울트라화'에 저항하고 회심의 과정을 거쳐 '근대'를 가져오
려고 했던 시도였다고 평가할 수 있을 것이다. 그가 '피 묻은 민족주
의', '내셔널리즘의 울트라화'를 자기 책임으로 하는 한, 그것과 중국
의 내셔널리즘에 대한 경도는 모순되지 않는 것이다.

자기 책임 문제에 지속적으로 관심을 가져온 다케우치의 전후 사상
은 문학을 매개로 전후 일본의 자립을 도모하고자 한 '국민문학' 주
장에도 명확하게 나타난다. 앞서 언급한 「근대주의와 민족의 문제」
가운데서 다케우치는 '추상적 자유인'을 상정하는 시라카바파白樺派
문학이나, 민족을 억압하기 위하여 계급을 이용하고 계급을 만능화한
프롤레타리아 문학, 그리고 유럽의 근대문학 또는 현대문학을 모델로
하여 일본의 근대문학의 뒤틀림을 지적하는 전후의 문예비평에는 민
족의 문제가 누락되어 있으며, 자기주장이 결여되어 있다고 말한다.
이러한 일본 근대문학의 성격은 다케우치가 비판한 '전향문화'·'우
수문화'의 구체적인 모습 중 하나이기도 하였다. 그리하여 다케우치
는 '건강한 내셔널리즘'의 구현을 위하여 '국민문학'을 주장하였고,
그의 논문 「근대주의와 민족의 문제」가 발단이 되어 문학 평론가들
사이에서는 '국민문학' 논쟁이 일기도 하였으며, 또한 당시 문단의

상적인 아시아의 미래를 구하고자 하였다. 중국에 대한 그의 동경은 반反 또는 비非 일본의
식의 대극으로, 또는 반 자기의식反自己意識의 투영으로 내면에 형성화된 것이었다. 중국에
대한 동경은 객관적인 중국이 아닌, 주관적으로 그 스스로가 형성한 '중국'을 대상으로 한
것이었다.(미조구치 유조溝口雄三, 『방법으로서의 중국方法としての中國』, 東京大學出版會,
1989. 6, p.5 참조)

큰 테마가 되기도 하였다.

다케우치는 중국을 모델로 하여 전후 일본의 내셔널리즘의 원형을 모색하였고, 또한 루쉰魯迅 문학을 감상하고 이해하는 가운데, 일본의 '국민문학'의 가능성도 타진하였다. 이러한 다케우치의 논조와 연쇄하듯이, 과거 식민지였던 조선의 문학, 재일조선인 문학 속에서 '국민문학'의 모델을 찾는 담론이 부상하였고, 전후 일본이 조선의 역사 및 재일조선인을 포섭하는 담론도 함께 등장하였다. 그 구체적인 예로는 일본문학협회가 1954년도 대회에서 '국민문학의 과제'라는 테마를 가지고, 김달수의 『현해탄』(〈신일본문학新日本文學〉 1952~1953)을 일본의 '국민문학'의 모델로 중점적으로 다루고 있는 것을 들 수 있는데, 다음에서는 이를 중심으로 전후 일본과 조선 및 재일조선인과의 관계에 대해 생각해 보고자 한다.

포섭되는 재일조선인
—김달수의 『현해탄』이 시사하는 것

장편소설 『현해탄』은 일본제국주의라는 거대한 톱니바퀴의 중압에 내몰린 식민지, 조선민족의 비극을 정면에서 다루고 있으며, (중략) 인간변혁을 이루고 조선민족의 혼을 발견해 가는 두 지식인 서경태와 백성오의 스토리를 교차적으로 써 내려가는 구성 속에서, 가혹한 식민지 조선의 실체를 생생하게 그리고 있습니다. 이 때문에 『현해탄』은 현재 미국 제국주의 하에서 허덕이며 '평화와 독립'을 쟁취하는 것이 국민적 과제인 일본인에게 깊은 감동을 주는 것이 아

닐까요. (중략) 여하튼, 근대 이후의 일본문학 가운데서 '민족의 독
립' 이라는 과제를 정면에서 그린 작품은 없었고, 민주주의 문학작
품 중에서도 가장 적극적이고 오늘날적인 테마를 가지고 있기 때문
에, 우리들은 『현해탄』에 대해 이야기하는 것입니다.[42]

히라바야시 하지메平林一가 1954년 일본문학협회 간사이關西대회
에서 김달수의 작품 『현해탄』에 주목한 것은 그것이 '민족의 독립' 이
라는 문제의식을 담고 있을 뿐 아니라, 미 점령하에 있는 전후 일본에
시사하는 점이 많다고 생각했기 때문이었다. 다시 말하면, 히라바야
시는 '미국 제국주의 하에 허덕이는 일본' 을 '식민지 조선' 의 닮은꼴
로 인식하였던 것이다. 당시, 이러한 견해에 공감한 사람들은 적지 않
았던 것 같다. 예를 들면, 아라키 시게루荒木繁는 "『현해탄』을 읽고 대
단히 감동했다. 그 이유는 남의 일이 아니기 때문이다. 조선민족의 일
이기는 하지만, 우리들의 현실과 대단히 공통되는 생생한 현실로 나
는 받아들였다." 라고 감상을 말하고 있고, 또 모리야마 시게오森山重
雄도 "우리들도 현재 이러한 상태(피압박 민족으로서의 일상) 에 있으면
서도 의외로 둔감하게 되어버린 것을, 이 작품을 읽고 강렬하게 느꼈
습니다." 라고 지적하였다. 여기서 중요한 점은 대회 참가자들이 김달
수의 작품 『현해탄』을 매개로 하여, 과거 식민지 조선의 역사에 미 점
령하의 일본을 대입시키고 있다는 점이다. 다시 말하면 '피압박 민족
으로서 조선 사람들이 바라본 비참한 현실' 을 미 점령하에 있는 '우

---

42) 히라바야시 하지메平林一, 「국민문학의 문제—「현해탄」에 관하여國民文學の問題—「玄海灘」
    をめぐって」(일본문학협회日本文學協會 편, 『국민문학의 과제 1950년도 일본문학협회대회
    보고國民文學の課題 1950年度日本文學協會大會報告』1955. 11, p.169)

리들의 현실'로 해석하고, 이를 통하여 전후 일본이 조선의 식민지 경험을 '포섭'하고자 하는 점에 유의해야 하는 것이다.

앞에서 지적한 바와 같이, 제2차 세계대전 전후, 아시아 · 아프리카 여러 나라는 구미의 제국주의에 대항하였고 독립을 맞이하였다. 또한 중국도 공화국을 수립하기에 이른다. 이러한 흐름에 비추어 보았을 때, 미 점령하에 놓인 전후 일본의 사정은 기타 아시아 · 아프리카 제 국가와 그 양상을 달리하는 것이었다. 따라서 이 대회에 참가한 이들이 상정한 전후 일본의 '자립'이란 지배적인 '미 제국주의'로부터의 '독립'을 의미하는 것이었다. 그 때문에 이 대회에서는 전후 일본의 상황을 '일본 국민의 예속 상태', '미국 제국주의 하에 허덕이는', '피압박 민족' 등으로 묘사하였고, 전후 일본의 '독립'에 관한 논의도 타자인 '미국'을 부정하는 작업을 동반하고 있었다.

'지배자'와 '피지배자'라는 이항대립적인 구도는 식민지 조선의 역사를 회고할 때에도 적용되었다. 그러나 이때, 전후 일본이 스스로를 '일본 제국'으로 인식한 것이 아니라, '피식민지'였던 조선에 자기 동일화하고 있었던 사실에는 주의를 기울여야 할 것이다. 즉, '미국 제국주의'에 대한 반감과 저항을 통하여 전후 일본이 획득한 시선은 과거의 제국주의에 대한 반성과 자각으로 이어지지 못하였고, 오히려 피식민지였던 조선과 함께 '피압박 민족의 체취'를 공유하기에 급급하였던 것이다. 조선, 나아가서는 재일조선인이 전후 일본의 닮은꼴로 표상되고, '포섭'되어 갔다고 지적한 것은 바로 이러한 의미에서다.

물론, 히라바야시는 "〈현재의 일본인〉이 과거 조선민족의 침략자였다는 것을 생각하면, 침통한 기분에 이르게 됩니다."라고 부언함으로써, 과거의 일본이 조선의 '침략자' 로 군림하였던 사실을 상기시키고 있었다. 그러나 괄호로 묶여 있는 〈현재의 일본인〉이 의미하는 것은 '피지배자', '피압박자' 로서의 〈현재의 일본인〉을 강조하는 것이며, 그것은 '과거의 일본인' 과 명확히 구별되는 것이었다. 이러한 의미에서 괄호 안에 묶인 〈현재의 일본인〉은 '전전' 과 '전후' 의 단절을 통하여 과거를 은폐하고자 하는 욕망의 표현으로도 해석할 수 있을 것이다. 즉, 『현해탄』에 대한 평가 및 그것을 일본 국민문학의 모델로 정의하는 발상의 근저에는, 과거 식민지 조선에 전후 일본의 현재를 동일화함으로써 일미관계에 있어서 어디까지나 '약자', '피지배자' 의 입장을 고수하려는 욕망이 작용하고 있었다고 볼 수 있다.

한편, 이 대회 참가자들의 대다수는 『현해탄』의 결점으로 '리얼리티의 희박함' 이나 '안이한 줄거리' 등을 들고 있다. 예를 들면, "이승원이라는 인물의 이야기를 통하여 성오가 변혁되어 가는 것은, 무언가 필연성이 결여된 우연이라는 생각이 들고, 리얼리티가 희박하다는 느낌이 듭니다. 우연의 일치로 연숙이 광주학생사건의 혁명 투사인 유경식의 딸이라는 점, 성오와 연숙의 연애나 결혼 과정 등은 안이하게 전개되고 있습니다." (히라바야시 하지메), "(백성오의 변혁을 이승원에게 의존시킨) 작가의 시각은 현실인식의 방법에 있어서 너무나도 관념적이지는 않을까요." (후나토 요시오船登芳雄), "(스토리가 좌절되어 있다는 지적은 공상력의 빈곤함에 의한 것이며) 김달수 씨는 일본에 살며 서경태에 가까운 생활을 하였고, 조선의 현실이 점점 진행되어 가는 가운데, (중략) 그 현실을 뒤에서 쫓아가는 형태로 작품은 그려지고 있습니다." (마루야마 시즈丸山靜) 라는 지적들은 하나같이 관념적인 작품의 내용과 우연적인 사건이 빈발하는 안이한 전개를 비판하고 있다.

이 대회 바깥의 장場에서도 리얼리티의 희박함과 안이한 줄거리는 지적되고 있었다. 데라다 도오루寺田透[43] 다키자키 안노스케瀧崎安之助[44] 모리카와 나오코森川直子[45] 등은 『현해탄』이 가지는 의의에 대해 긍정적으로 평가하면서도, "진보적인 생각을 가고 있던 성오가 왜 더 빨리 조선의 낡은 습관을 부수려고 하지 않았는지 알 수 없다", "백성오가 혁명적인 생각을 가지고 있음에도 불구하고, 그의 집과 관련된 소작인이 봉건적인 수탈에 허덕이는 현실에는 왜 자각하지 못했는가."라는 의문을 던진다. 이러한 지적에 대해 김달수는 다음과 같이 대답한다.

결론부터 먼저 말하자면, 나는 봉건제와의 싸움에 있어서, 가장 뒤쳐져 있습니다. 잘못을 저질렀다고 해도 좋을 것입니다.
가장 큰 원인으로 생각할 수 있는 것은, 내가 일찍이 나의 고국이며 고향인 조선을 떠났다는 것을 하나로 들 수 있지 않을까 생각합

---

43) 데라다 도오루寺田透, 「『현해탄玄海灘』」(〈근대문학近代文學〉, 1954. 6) 참조. 데라다 도오루는 주인공 두 사람의 성격은 너무나도 도식적이기에, 작품은 '교과서' 적인 내용이 되어버리고 말았다고 지적하고 있다.

44) 다키자키 안노스케瀧崎安之助, 「서평 김달수 「현해탄」 書評 金達壽 「玄海灘」」(이론사편집부理論社編集部, 『국민문학 예술운동의 이론國民文學芸術運動の理論』 理論社, 1954. 9) 참조. "조선인의 현실을 추구하고 있으면서도, 조선인의 생활 속으로 들어가 그들과 함께 싸우며 그 속에서 조선인의 현실을 파악하지 않고, (중략) 결과적으로는 비참한 현실 밖에 서서 그들의 상황을 전하는 보고자로 전락하고 말았다." (p.146)

45) '리얼리티의 희박함' 이나 '안이한 줄거리' 와 관련하여 부언하자면, 모리카와 나오코는 "이승원이라는 특고경찰이 왜 백성오를 믿고 있었는지 알 수 없습니다.", "혁명을 위하여, 해방을 위하여 싸우는 사람은 대중을 신뢰함과 동시에 그만큼의 혁명적인 경계심이 필요하다고 생각합니다."라고 감상을 펼쳤다. 김달수는 "『현해탄』이 가지고 있는 가장 큰 약점은 백성오와 이승원과의 관계, 나아가 연숙과의 관계에 있습니다."라고 말하며 독자들이 지적하고 있는 인물 간 긴장관계의 불충분함을 인정하고 있다.

니다. 고국을 떠난 자는 필연적으로 고국을 그리워합니다. 그리워하는 것은 그것을 무조건적으로 그대로 받아들이는 것이기도 한 것 같습니다. (중략) 게다가 나의 고국은 단지 압박당하고 착취당했을 뿐 아니라, 한쪽에서는 외국화, 즉 '황민화' 라는 거센 바람을 맞아야만 했습니다. 모든 조선적인 것, 언어는 물론이고, 사소한 일상의 습관조차도 부정되어 개혁되었습니다. 자신의 손으로 그것을 이행하는 것이라면 괜찮습니다만, 그렇지 않고, 외부로부터 억압받는 형태로 그것이 이루어진 것입니다.

　이렇게 되면, 여기에 대한 나의 반응은 어땠을까요. 우리들은, 당연히, 그 반대의 것이라면 뭐라도 좋다고 생각하였습니다. 조선의 것, 조선적인 것이라면 뭐든 좋다, 그것을 온존시키자, 이렇게 된 것입니다. (중략) 즉, 극단적으로 말하자면 나는 그것이 조선의 것이었기 때문에, 그 봉건제마저도 소중하게 끌어안아버리고 말았던 것입니다.[46)]

히라바야시 하지메나, 마루야마 시즈, 모리카와 나오코 등이 『현해탄』의 결함으로 지적한 리얼리티의 희박, 관념적인 내용, 안이한 줄거리 등은 적절한 평가였다고 할 수 있다. 김달수도 이야기하고 있는 바와 같이, 일찍이 고향 조선을 떠났기 때문에 필연적으로 생겨날 수밖에 없었던 고국에 대한 사랑은 조선의 봉건성마저도 용서해버리는 결과를 낳고 말았다. 또한, 김달수가 일본에서 생활하고 있었기 때문에 조선의 현실과 김달수의 현실 사이에 커다란 간극이 생기고 말았다고

---

46) 『김달수 평론집(상) 나의 문학金達壽評論集(上)わが文學』(筑摩書房, 1976. 2) p.44~45

한 마루야마 시즈의 의견은, 김달수의 자기 검증적인 문장과 매우 가까운 것이라 할 수 있다. 그러나 이러한 지적에 앞서, 김달수가 한반도와 물리적인 거리를 가지지 않을 수밖에 없었던 원인이라든지, 그가 조선적인 것이라면 모두 옹호하게 되어버린 이유 등에 관한 고려가 없었던 것도 사실이다.

김달수의 『현해탄』은 '현재의 일본인'의 상황을 극복하기 위한 하나의 모델로 제시되어 많은 논의를 낳았고, 과거의 조선인과 '현하의 일본인'이 연대할 수 있는 장場을 마련하기도 하였다. 이는 아시아가 갖고 있는 저항의 역사 가운데에서 전후 일본의 내셔널리즘의 원형을 탐색하고자 했던 시도의 일환으로 이해할 수 있을 것이다. 그리고 이러한 담론이 대두된 것은 앞서 이야기한 바와 같이, 1940년대 후반부터 제기된 '서양 근대에 대한 재검토', '아시아의 재평가'의 조류가 기저에 있었기 때문이다. 그러나 조선의 식민지 경험에 전후 일본의 피점령 현실을 대입시켜 생각하는 자기 동일화가 조선의 식민자이자 지배자였던 과거의 자기 책임을 불문에 붙이게 하는 결과를 초래하고 말았다는 점도 부정할 수 없을 것이다.

재일조선인 담론과 일미관계

이상, 재일조선인 작가 김달수의 『현해탄』이 일본 '국민문학'의 모델로 서사되는 것을 예로, 재일조선인 및 조선의 역사가 전후 일본의 닮은꼴로 포섭되어 가는 과정을 살펴보았다. '조선'을 중간항으로 개재시켜 전후 일본의 독립을 강조하던 것은 비단 문학 분야에 국한된 움직임만은 아니었다. 패전 직후부터 다발한 조선인학교 문제는 재일 조선인에 의한 소요사건의 전형적인 예로 거론되는 경향이 짙었지만, 다른 한편에서는 피압박 민족의 저항에 관한 문제로서, 전후 일본의 본보기로 거론되는 경우도 적지 않았다. 예를 들면, 1953년 1월의 일교조日敎組 제2회 교연대회敎硏大會에서는 조선인 학교문제가 다음과 같이 풀이되었다.

재일조선인 교육문제를 그저 외국인의 교육문제로 냉담하게 보아서는 안 될 것입니다. 우리들은 미 제국주의의 식민지 지배하에 놓인 것을 책임과 반성을 가지고 생각해야 합니다. 우리들의 사랑하는 학생들이 팡팡 문화에 둘러싸여 있는 절실한 문제를 생각한다면, 재일조선인 교육의 문제는 결코 조선민족만의 문제가 아닐 것입니다. 우리들이 지향하는 평화와 독립의 문제와 관련 있는 것으로, 피압박 민족의 해방, 식민지화에 대한 저항의 문제로서 깊은 공감하에 다루지 않으면 안 될 것입니다.[47]

인용문에서 알 수 있듯이, 여기에서는 조선인 학교문제가 재일조선인에 의한 소요사건으로 다루어지고 있지 않다. 그것은 '조선민족'의 영역을 초월하여 '현하의 일본', 즉 전후 일본의 문제로 인식되고 있음을 알 수 있다. 다시 말하면, 이러한 담론에는 재일조선인들의 투쟁이 가지는 소요적 성격은 표백되고, '피압박 민족의 해방', '식민지화

---

47) 일본교직원조합日本敎職員組合 편, 『일본의 교육 제2집日本の敎育 第二集』 岩波書店, 1953 (본문은 오구마 에이지小熊英二, 『〈민주〉와 〈애국〉―전후 일본의 내셔널리즘과 공공성〈民主〉と〈愛國〉―戰後日本のナショナリズムと公共性』, 新曜社, 2002. 10, p.368~369에서 재인용)

에 대한 저항'이라는 측면이 한층 강조되어 있다. 이러한 재일조선인에 관한 상황은 '현하의 일본'인 동시에 '현하의 일본'이 지향해야할 모델이기도 하였다. 이처럼 조선의 탈식민지화의 도정은 전후 일본의 본보기가 되었고, 그러한 가운데 과거의 조선인과 '현하의 일본인'은 연대되어 갔다.

조선의 역사에 전후 일본을 투영시켜 『현해탄』을 읽는 것, 그리고 조선인 학교에 관한 재일조선인의 주장을 '현하의 일본'의 것으로 듣고 공감하는 것은 국적을 초월하여 피지배자의 상황을 보다 보편화할 수 있는 가능성을 가진다. 그리고 지배 '하는 측'과 '당하는 측'의 역학을 대변하는 추상도 높은 담론 형성도 가능하게 한다. 그러나 과거의 조선인과 '현하의 일본인'을 피지배자로 연대시켜 강조함으로써, 결과적으로는 일본 스스로의 책임을 불문에 붙이게 되었다는 비판은 피할 수 없다. 그리고 이것이 지배자, 압박자로서의 일본의 모습을 상쇄시켜, 피해자로서의 일본만을 부각시키는 결과를 초래한 것도 사실이다.

이와 같이 생각해 보면, 앞서 다룬 일본문학협회 간사이대회에서 아라키 시게루가 다음과 같이 지적한 부분은 시사하는 부분이 많다.

지금 도쿄에서는 조선인학교에서 조선의 역사를 가르쳐서는 안 된다든지, 조선의 국어를 가르쳐서는 안 된다든지 하는 것 때문에, 학교 폐쇄 문제까지 일어나고 있습니다만, 그러한 문제가 우리 일본인에게 얼마나 절실하게 받아들여지고 있는 것일까요. 정치적으로 상당히 진보적이고 조합운동을 하는 사람들조차도 조선인의 문제라고 하면 뭔가 경멸합니다. 이는 자신이 피압박 민족이라는 현실에 눈 뜨고 있지 않다는 것을 의미합니다. 인터내셔널한 입장에 서 있지 않은 것입니다. 그렇기 때문에 조선의 문제에 공감할 수 없는 것이라고 생각합니다. 피압박 민족으로서의 현실 인식은 인터내셔널리즘의 자각과 필연적으로 결부되어 있는 것입니다.[48]

아라키는 과거의 일본이 조선을 지배하였다는 사실에 대해 망각하고 재일조선인들의 문제에 대해 귀를 기울이지 않는 것은, 미 점령이라는 현실에 대한 안이한 인식으로 이어질 뿐 아니라, 결국은 '인터내셔널리즘'의 생산도 불가능하게 만든다고 지적하고 있다.

마르크스주의 역사학자 이시모다 다다시石母田正 역시 '조선'에 대해 더욱 적극적으로 주목할 것을 강조하였다. 논문 「견빙을 깨는 것堅氷をわるもの」(1948. 3)에서 그는 한국의 3.1 독립만세 사건을 "일본의 가혹한 식민지 지배로부터 해방되기 위하여, 조선민족이 일으킨 조선 사상史上 과거에 없었던 건대한 민중운동이다."라고 높게 평가하고, 이러한 독립운동과 같은 저항의 역사는 '조선민족의 영웅 전설'과 밀접한 관계를 가진다고 분석하였다. 그리고 조선의 아이들은 권선징악, 영웅 전설을 일찍이 접하고, 또한 백성들이 자신의 틀을 부수고 입신출세하여 나쁜 관리들을 추방하는 이야기 등을 접하며 성장하기 때문에, 민족에 대한 자신감을 가질 수 있게 된다고 지적하였다. 민족의 혼을 일깨우는 전설은 아이들에게 조선민족에 대한 자신감을 가지게 하였고, 조선민중을 일으키게 하는 자양이 되었는데, 이러한 전통이

---

48) 일본문학협회日本文學協會 편, 『국민문학의 과제 1954년도 일본문학협회대회 보고 國民文學の課題 一九五四年度日本文學協會大會報告』(1955. 11) p.180

행해지는 장소는 일본인 교사가 서양식 칼을 차고, 훈장을 달고 임하
는 학교가 아니라 민가에서 돋보기를 낀 노인에 의해 이루어진다고
언급하기도 했다.

조선에는 존재하지만, 일본에는 부재한다는 도식. 이것은 다케우치
요시미가 중국에는 있으나 일본에는 없다는 도식으로 양자의 '근대'
의 차이를 이야기하던 것과 상통하는 것이기도 하다. 또한 이시모다
는 "우리들의 과거의 모든 퇴폐는 조선민족의 압박과 뗄레야 뗄 수 없
는 깊은 관련을 가지고 있습니다. 이 문제는 정치적인 해방 뒤에 장기
간에 걸쳐 남겨진 우리들의 과제로서, 그 중대한 의미를 깨닫고 있다
면, 일본의 근대사에 있어서 이 암흑의 측면에 대한 우리들의 무지와
무관심은 중대한 것입니다."라고도 지적하였는데, 이러한 발언은 '피
묻은 민족주의' 와 '내셔널리즘의 울트라화' 에 대해 지속적인 반성을
촉구하던 다케우치 요시미의 논법과도 유사하다. 다시 말하면, 이시
모다, 다케우치에게 있어서 조선이라든지 중국은 자신들이 본받아야
할 대상임과 동시에, 극복하지 않으면 안 되는 존재였던 것이다. 특히
이시모다는 과거의 '조선' 의 역사에 자기를 투영시키는 것, 즉 조선
의 역사를 '현하의 일본' 의 닮은꼴로 포섭하는 것을 거부하고, 오히
려 '일본의 근대사에 있어서 이 암묵의 측면' 을 직시해야 한다고 주
장했다. 그는 「견빙을 깨는 것」 가운데에서 "전쟁에 비판적이었던 사
람, 협력하지 않았던 사람은 많았다. 그것은 전쟁이 생활과 자유를 파
괴했기 때문이다. 그러나 일본인의 생활과 자유에 직접 관계가 없는
듯이 보이는 조선민족에 대한 압박을 자신의 문제로 다룬 사람은 의
외로 적다고 생각한다."라고도 하였다. 조선민족의 문제를 피상적으
로 다루지 않고 자신의 문제로 다루는 것, 이것이야말로 과거의 역사

를 극복하고, '근대주의'를 넘어서는 방법이 되는 것이라고 그는 주장하였던 것이다. 때문에 이시모다는 "지금 당장 필요한 것은 조선민족의 역사를 조선의 소년들이 노인들에게 들었던 전통적 정신에 기초하여 편찬하는 것이다", "우리들이 이 일에 참가하는 것은 우리들의 신체의 진흙을 씻는 것을 의미한다."라고 지적하였다. 한마디로 말하자면, 조선의 역사와 현하의 일본이 서로 닮은꼴로 비유되어 결국 양자가 포섭되어 버리는 과정은 이시모다나 다케우치가 주장한 내용과 가까운 것으로 보이나, 실제로는 완전히 다른 성격을 지닌 것이라고 할 수 있다.

전후 일본과 미국, 그리고 '조선'의 상관관계

전후 일본과 미국 사이에 중간항으로 존재한 조선 및 재일조선인은 크게 말하면 두 가지 광경을 제시하였다. 조선 및 재일조선인은 '외지 이종족'의 일부로, 패전 일본에 있어서는 분절의 대상이었다. 이는 '순수일본'으로 회귀하고자 하는 전후 일본의 욕망을 반영한 것이기도 하였다. '순수일본'으로의 회귀가 미국과의 친밀 정도에 따라 보장되는 것이었던 만큼, 전후 일본은 재일조선인들의 존재를 반공이데올로기와 결부시켜 서사하는 경우가 많았고, 이러한 가운데 특히 북한계 재일조선인은 전후 일본이 하루 빨리 분절시켜야 할 대상으로 전경화되었다. 이러한 이항대립적인 이데올로기 지도를 강조하기 위해, 한반도에서 일어났던 여러 가지 동향이나 재일조선인들의 다양한 움직임은 의도적으로 은폐되고, 단순화되었음은 말할 필요도 없는 사실이다. 또 다른 광경은 미 점령하에 있던 전후 일본의 자립 및 독립에 관한 논의가 식민지 조선의 역사에 투영되는 형태로 이루어졌다는 것이다. 그 상징적인 예로 일본문학협회가 김달수의 『현해탄』을 '국민문학'의 모델로 대대적으로 다루고 있는 것에 대해 살펴보았다. 거기에는 '피압박 민족으로서의 조선 사람들이 맛보아야 했던 비참한 현실'이 '현하의 일본인'의 닮은꼴로 상정되어, 양자가 '피해자', '피압박자'로서 연대되고 있었다.

제3장의 서두에서 이 두 가지의 상반된 풍경이 어떠한 접합점을 가지며, 어떠한 상관을 가지는 것인가에 대해 물음을 가질 필요가 있다고 하였다. 이는 이 두 가지의 흐름이 당시에 존재하고 있었다는 것을 확인하고 싶어서도 아니며, 조선 및 재일조선인의 다양한 존재 형태에 대해 소개하고 싶어서도 아니다. 이 책의 목적이 실체적인 관계로 서사되는 전후 일본과 미국의 관계를 상대화하고, 전후 일본이 기억하고 있는 점령체험은 무엇을 근거로 하여, 또한 어떠한 서사를 통하여 생성되었는지를 고찰하는 데 있는 만큼, 양자의 관계를 성립시키고 또 해체시키는 중간항으로써 조선 및 재일조선인은 유효한 매개체였다고 할 수 있다. 분절의 대상으로 조선을 바라볼 것인지, 그렇지 않으면 포섭의 대상으로 조선을 규정할 것인지에 따라 이분법적인 점령 담론이 생산되었고, 그러한 의미에서 전후 일본과 미국 사이에 개재한 조선 및 재일조선인은 실체적으로 서사되는 점령기억의 허구성을 폭로시키는 '중간자'였다고 할 수 있을 것이다.

조선 및 재일조선인이라는 '중간자'에 의해 형성된 각각의 상반된 점령상이 또 다른 내셔널한 담론을 재생산시키고 있었다는 점에 대해서는 이미 지적한 대로다. 조선 및 재일조선인의 분절을 통하여 배타적인 단일 민족적 내셔널 아이덴티티를 획득하고자 하는 열망, 그리고 그들의 역사를 의도적으로 포섭함으로써 '약자의 내셔널리즘'을 전경화하여 미국 제국주의에 대처하려는 욕구는 과정은 다르지만 지향하는 바는 동일했다고 볼 수 있다. 그러나 조선 및 재일조선인이라는 중간항에 의해 만들어진 두 개의 일미관계가 그 중간항인 조선이나 재일조선인에 의해 다시 상대화될 수 있는 가능성이 전무했던 것은 아니다. 이시모다 다다시나 다케우치 요시미의 논이 교시하는 바는 바로 그러한 점이다.

교차의 장場,
오키나와

일본 본토와 구별되는 오키나와의 피점

령에 있어서 오키나와는 단지 '피해자'

로 일관되지는 않는다.

교차의 장場, 오키나와

또 다른 일본, 오키나와

일반적으로 오키나와沖縄는 일본의 한 현縣으로 인식되는 경우도 많지만, 일본 근현대사에 있어서 오키나와는 일본의 일부이면서 일본이 아닌 특수한 위치에 놓여 있었다고 할 수 있다. 오키나와는 그 지명을 가지기 이전에 류큐왕국琉球王國으로 존재하고 있었고, 1879년 메이지정부明治政府의 류큐처분琉球處分을 통하여 강제적으로 일본의 일부가 되었다. 이후, 일본 근대국가에 편입된 오키나와는 경제적으로는 소철지옥蘇鐵地獄으로 대표되는 궁핍한 생활을 감내해야 했고, 정치·사회적으로는 외지인外地人으로 차별대우를 받아야만 했다.

특히, 아시아 태평양전쟁 당시의 오키나와 전투는 오키나와가 겪은 가장 비극적인 역사적 경험이었다고 할 수 있다. 일본의 지배계급은 패색이 짙어지자 천황제 옹호를 절대적 조건으로 하는 강화협상을 시작하기 위하여 본토결전本土決戰을 준비하였고, 그로 인해 오키나와

는 일본 열도 가운데서 유일하게 지상전을 경험하게 되었다. 그 결과 본토 군인 약 6만 5천명, 오키나와 군인과 민간인 약 20만 명, 그리고 1만 명의 조선인들이 희생되었다. 오키나와 전투에 있어서 군인보다 민간인의 희생자가 많았던 것은 일본군에 의한 오키나와 주민 학살이 자행되었기 때문이다. 일본의 본토군은 오키나와 주민들을 미군의 스파이로 간주하여 주민들을 학살, 고문하였던 것이다. 전쟁하의 오키나와는 '철의 폭풍鐵の暴風'이라고 불릴 정도로 일본군과 미국군의 격전지였을 뿐 아니라, 오키나와 주민들이 모두 학살당하거나, 자결

오키나와 공격 준비를 위
해 정찰하는 미군 비행기
(1945. 4)

무차별 폭탄 공격으로 폐허
가 된 오키나와 슈리성
(1945. 5. 29)

하는 장이기도 했다. 그 결과 오키나와 전체인구의 약 3분의 1이 희생당하게 된다.

패전 후, 미군의 직접지배하에 놓인 오키나와는 미국의 동아시아 군사 요새가 되어 일본 내 미군기지의 약 75%가 오키나와에 집중되는 현실과 마주하게 된다. 오키나와가 일본 제국주의의 희생의 대상이었다는 점을 생각할 때 이와 같은 상황은 역설적이라 할 수 있다. 그러나 이러한 오키나와의 차별적이고 억압적인 전후 상황에 대해, 일본 본토는 무관심으로 일관하였고, 때에 따라서는 적극적으로 오키나와를 차별하기도 하였다. 특히 쇼와 천황昭和天皇은 "미국이 오키나와를 25년이나 50년 또는 그 이상의 기간에 걸쳐 지배하는 것은 미국에게 이익이 될 뿐 아니라, 일본에게도 이익이 된다."라는 소위 '오키나와 메시지'를 GHQ에 전달함으로써 일본 본토의 안정을 위해 오키나와의 희생을 강요하였다.[1] 1972년, 오키나와는 일본 본토로 반환되었지만, 오늘날까지도 일본의 모순적인 정책과 전쟁의 상흔, 미국에 의한 냉전체제의 긴장 등을 그대로 끌어안고 있다는 점에서 오키나와에 '전후'가 도래하였다고 말하기는 힘들지 않은가 하고 반문하게 된다.

이와 같이, 오키나와가 경험한 전쟁과 패전, 그리고 '전후'는 일본 본토와 비교했을 때, 여러 가지 의미에서 이질적이다. 미군에 의한 일본 점령이 성공적이었다고 평가하는 담론은 오키나와가 경험한 전쟁의 상흔과 패전 후의 무수한 희생을 무시한 위에 성립된 것이며, 역으로 미군에 의한 일본 점령을 억압적이고 폭력적으로 서사하는 것은 일본 본토가 오키나와에 가한 폭력성을 문제시하지 않거나 혹은 그것

---

1) 이에 대해서는 신도 에이이치進藤榮一, 『분할된 영토 또 하나의 전후사分割された領土 もうひとつの戰後史』(岩波現代文庫 2002. 11) 참조.

을 망각한 위에 성립한 것이라고 볼 수 있다. 이러한 점에서 오키나와
는 일본이 기억하고자 하는 미 점령상을 다각적인 방면에서 상대화하
고 있다고 말할 수 있으며, 점령 기억이 중간자에 의해 끊임없이 형성
되고 해체되는 운동 속에서 생산되는 것을 생각할 때, 오키나와 역시
전후 일본과 미국의 '중간자' 적 성격을 가진다고 볼 수 있다.

이하에서는 앞에서 살펴본 각각의 중간자가 오키나와에서는 어떠
한 형태로 존재하는지에 대해 간단하게 살펴보고, 오키나와라는 장場
이 가지는 중간자적 성격과 그 가능성에 대해서 생각해보고자 한다.

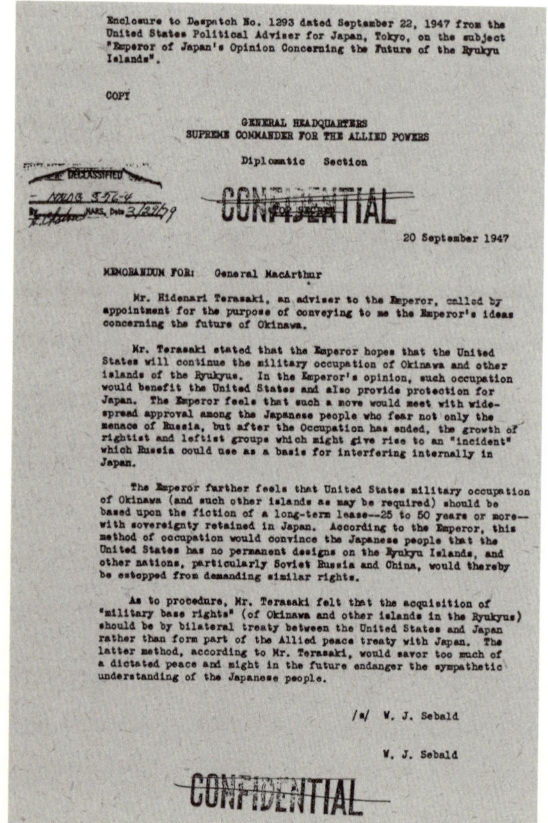

Enclosure to Despatch No. 1293 dated September 22, 1947 from the
United States Political Adviser for Japan, Tokyo, on the subject
"Emperor of Japan's Opinion Concerning the Future of the Ryukyu
Islands".

COPY

GENERAL HEADQUARTERS
SUPREME COMMANDER FOR THE ALLIED POWERS

Diplomatic   Section

CONFIDENTIAL

20 September 1947

MEMORANDUM FOR: General MacArthur

Mr. Hidenari Terasaki, an adviser to the Emperor, called by
appointment for the purpose of conveying to me the Emperor's ideas
concerning the future of Okinawa.

Mr. Terasaki stated that the Emperor hopes that the United
States will continue the military occupation of Okinawa and other
islands of the Ryukyus. In the Emperor's opinion, such occupation
would benefit the United States and also provide protection for
Japan. The Emperor feels that such a move would meet with wide-
spread approval among the Japanese people who fear not only the
menace of Russia, but after the Occupation has ended, the growth of
rightist and leftist groups which might give rise to an "incident"
which Russia could use as a basis for interfering internally in
Japan.

The Emperor further feels that United States military occupation
of Okinawa (and such other islands as may be required) should be
based upon the fiction of a long-term lease--25 to 50 years or more--
with sovereignty retained in Japan. According to the Emperor, this
method of occupation would convince the Japanese people that the
United States has no permanent designs on the Ryukyu Islands, and
other nations, particularly Soviet Russia and China, would thereby
be estopped from demanding similar rights.

As to procedure, Mr. Terasaki felt that the acquisition of
"military base rights" (of Okinawa and other islands in the Ryukyus)
should be by bilateral treaty between the United States and Japan
rather than form part of the Allied peace treaty with Japan. The
latter method, according to Mr. Terasaki, would savor too much of
a dictated peace and might in the future endanger the sympathetic
understanding of the Japanese people.

/s/ W. J. Sebald

W. J. Sebald

CONFIDENTIAL

천황의 '오키나와 메시지'

전후 오키나와와 영·미어

제1장에서 살펴본 바와 같이, 전후 일본이 영어가 아닌 '미어'를 조형하여 맹렬하게 학습한 이유는 그것이 의사소통이 가능한 이상적인 일미관계를 보장한다고 믿었기 때문이다. '미어'를 매개로 한 건강한 일미관계는 일본인이 미어를 학습하지 않는 한 이루어질 수 없는 것으로, 의사소통이 가능한 일미관계를 유지하기 위해서는 언제나 전후 일본이 미국의 보조를 맞추어야만 했다. 이러한 측면은 지배적인 미점령을 대변하는 것이었기에, 전후 일본이 상정한 건강한 일미관계와는 배리될 수밖에 없었다. 그리고 더욱 중요한 것은, '미어'라는 언어적 장르가 실체적으로 존재한 것이 아니라 전후 일본의 욕구에 의해 작위적으로 조형된 것이었던 만큼, 이를 통해 서사되는 전후 일본과 미국의 관계는 당연히 허구성을 노정시킬 수밖에 없는 구조를 가지고 있었다는 사실이다.

그렇다면 전후 오키나와의 경우는 어떠할까?

먼저, '미어'라는 개념에 대해 살펴보자면, 전후 오키나와가 영어와 구별하기 위하여 '미어'라는 용어를 필요로 했는지 어떤지에 대해서는 정확하게 알 수 없다. 의도적으로 '미어'라는 용어를 사용하고 있는 글은 목하 확인되지 않는다. 즉, 전후 오키나와는 종래의 '영어'라는 용어를 그대로 사용하고 있었던 것이다. 하지만 이때 사용되는 영어는 '미국의 습관, 전통, 문화에 대한 지식'[2]을 가지기 위한 수단으로

---

2) "세계 문학, 주요 문헌의 대다수는 영어로 인쇄되어 있습니다. 영어 공부는 류큐인琉球人에게 좋은 지위를 보장하고, 지위를 상승시키는 등의 경제적 이익뿐 아니라, 문화적으로도 많은 이익을 줄 것입니다. (중략) 또 류큐의 많은 학생들은 앞으로 미국 상급학교에 연수할 기

등장하는 경우가 많았기 때문에, '영어'라고 하더라도 실질적으로는 미국이라는 특정 국가의 언어를 상정하는 것이었다고 할 수 있다.

일본 본토와는 달리, 오키나와가 미국에 의한 직접적인 통치를 경험하였다는 점에 주의한다면, 미국이 점령자의 언어인 영·미어의 사용을 강제하였는가 어떤가 하는 쟁점은 전후 오키나와와 미국의 관계를 살펴보는 데 있어서 간과할 수 없는 중요한 문제일 것이다. 그러나 이러한 문제에 대해서도 확인이 어렵다. 『오키나와 전후 교육사』(1977)를 살펴보아도, "점령당초, 미 군정부에 있어서 영어 및 영어교육 문제는 중요한 정책 중 하나였다. 가능하면 오키나와의 교육을 영어로 하고자 하는 의도가 있었겠지만, 오키나와 문교부를 비롯한 교육관계자는 반대하였다."[3]라는 간단한 기술만 확인할 수 있을 뿐이다.

그러나 전후 오키나와에서는 미 군정부 주도에 의한 각종 외국어학교 설립이 조직적이고 체계적으로 진행되고 있었다. 미 군정부와 오키나와 민정부에 의하여 설립된 '오키나와 외국어학교'(1946. 8)를 비롯하여, 일반 성인의 영·미어를 향상시키기 위한 '성인학교'(1949. 1), 미 군정부 직할 '영어학교'(1950. 4) 등은 이에 해당되는 좋은 예다. 미 군정부가 영·미어를 강제했다는 문헌을 확인할 수 없을지라도, 영어교육 시스템이 성립되어 가는 경위나, 각종 영어학교에 관한 담론을 살펴보면, 전후 오키나와의 영·미어에 대한 상황을 읽어낼

회를 가지게 될 것입니다만, 그때 자신의 연구과목을 이해하기 위해서는 미국인의 습관, 전통, 문화에 대한 지식을 가지고 있는 것이 매우 유익합니다. 영어를 구사할 수 있는 류큐인이 서로 영어로 대화를 나누도록 노력한다면 문법이나 발음은 상당히 개선될 것입니다." (「청소년에게 보내는 그레이그 대사의 메시지—영어로 세계의 지식을」〈오키나와 타임즈沖縄タイムズ〉, 1948. 7. 21)

3) 오키나와현 교육위원회沖縄縣教育委員會, 『오키나와 전후교육사沖縄の戰後教育史』(1977. 3) p.45

수 있을 것이다.

먼저, '오키나와 외국어학교' 부터 확인해 보도록 하자.

오키나와 외국어학교는 1946년 8월 영어보급과 영어 교사 및 번역사 양성을 위하여 설립되었다. "수료자 중 학식, 인물이 적당하다고 인정되는 자에게는 통·번역 적격자 인정서를 교부하고 각 관청을 비롯한 고등학교 등의 근무를 알선한다."라는 특전이 있었기 때문에, 영·미어에 능숙한 학생들은 학교를 통하여 직업의 기회를 가질 수도 있었다. 패전 직후의 일본 본토에서 "연합군 진주에 따라 다수의 통역 및 안내인을 필요로 한다."라는 외무성 구인광고와 경시청 통역 구인 광고를 신문지상에서 확인할 수 있었는데, 전후 오키나와에서도 원활한 커뮤니케이션을 위하여 통역사나 번역사를 확보하고자 했던 움직임이 있었음을 알 수 있다.

〈오키나와신민보沖縄新民報〉(1947. 10. 5)가 오키나와 외국어학교에 대해 전하는 바에 따르면, "외국어학교라고 이름이 붙어 있어도 영어 전문학교다. 영어 작문, 문법, 말하기, 듣기 등 눈에서 귀, 입에 이르기까지 여러 방면을 가르치고 있다. 학생은 18세 소년부터 30세 정도의

오키나와 분교학교沖縄文敎學校. 오키나와 분교학교의 외국어부는 이후 오키나와 외국어학교로 독립하였다.

아저씨도 있다. 교실은 반원형의 병사兵舍, 기숙사는 텐트다. 침대는 미군용 휴대침대, 책상은 수제품으로 일본의 고등학교 기숙사와도 같은 자유로운 학원學園 조직이다. 취사는 분쿄文教 학교와 공동으로 사용하고 있고, 식사도 충분하다고는 말할 수 없지만, 결코 부족하지 않다. 군 정부 소속 목사가 외국인 교사로서 말하기와 듣기를 가르치고 있다.”[4]라고 한다. ‘외국어학교’ 라는 명칭을 사용하고 있지만, 실제로는 ‘영어’ 학습을 위한 전문 시설이었고, 또한 패전 후의 오키나와가 의식주의 대부분을 미군에 의존하고 있었던 것처럼, 학교 시설 역시 미군의 불하품으로 이루어져 있었다는 것을 알 수 있다.[5]

그리고 1949년 1월에는 공립학교에 재학하고 있지 않은 일반 성인을 대상으로 한 ‘성인학교’ 가 설립된다. 이것은 1948년 10월, 군문교부 부부장軍文教部 副部長의 요청으로 이루어졌다. 성인학교는 “남녀 성인에게 영어와 민주적 생활에 필요한 지식을 전하고, 덕성을 함양하여 문화인으로서의 자질을 향상시키는 것을 목적” 으로 하였으며, 필수과목 영어는 매주 4시간, 그 외의 선택과목인 사회과, 가정과, 직업과는 매주 2시간 배정되어 있었다. 영·미어를 필수과목으로 하는 만큼, 수업의 비중은 영·미어에 있었고, 수강생은 실력에 따라 보통과, 중등과, 고등과로 나뉘어 학습에 임하였다. 또한, 영어교육과 함께 ‘민주적 생활에 필요한 지식’ 의 전달에 비중을 두고 있었다는 점도 주의를 끈다.

---

4) 〈오키나와신민보沖縄新民報〉, 1947. 10. 5

5) 야마시로 젠조山城善三·사쿠다 시게루佐久田繁, 『메이지·다이쇼·쇼와 오키나와의 사물기원·세상사 사전明治·大正·昭和 沖縄事始め·世相史辞典』(月刊沖縄社, 1983. 12, p.579의 「분쿄학교와 외국어학교의 생활文教學校と外語學校の生活」에서도 당시의 외국어학교에 대한 상황을 읽을 수 있다.

1949년 1월 당시에 개교한 성인학교의 수는 34개교로, 그로부터 3년 후인 1951년이 되면 그 수는 5배에 가까운 156개교로 늘어난다. 학생 수도 18,553명(1949년)에서 31,751명(1951년)으로 대폭 증가한다. 학교 수 및 학생 수가 3년에 걸쳐 비약적으로 증가한 것으로 보아, 미 군정부는 의사소통의 수단으로 영·미어의 중요성을 인식하고, 교육 시스템을 강화함으로써 영어 인구를 확보하려 했음을 알 수 있다. 특히, 이 성인학교는 통역사나 번역사를 양성하는 시설이 아니라, 공립학교에 재학하고 있지 않은 일반 성인을 대상으로 하고 있었는데, 이는 일반인의 영·미어 학습이 오키나와 점령의 중요한 부분이었다는 것을 증명한다.

미 군정부의 언어 정책의 일면은 류큐대학琉球大學 일본어 과목 폐지를 주장한 것에서도 읽을 수 있다. 군 정부가 일본어 과목 폐지를 요구한 것에는 두 가지 이유가 있다. 첫 번째는 류큐대학 재학생들을 미국에 파견시키기 이전에 그들의 영·미어 실력을 향상시켜 둘 필요가 있다고 생각했기 때문이다. 두 번째, 오키나와 학생들은 참전으로 인하여, 학력 수준이 저하되어 있었다. 그것을 보완하기 위해서는 정치, 경제, 재정 등의 필수과목에 주 3시간 정도를 할애해야 했고, 이 때문에 일본어 과목은 폐지할 수밖에 없다는 주장이 제기되었던 것이다. 군 정부의 일본어 과목 폐지 방침에 대해서는 반대 의견이 많아, 결국 일본어 과목은 폐지되는 대신 선택과목이 되었고, 이로써 '국문학' 강좌가 개설되었다.

또한, 오키나와 민정부는 1948년부터 영어를 구사할 수 있는 직원에게 그 능력에 따라 5%에서 10% 이내의 수당을 지급하였다. 물론, 이는 미 군정부의 권유를 적극적으로 반영한 결과였다.[6]

미국의 전후 오키나와 언어정책에 대해서 한마디로 요약하자면, 미 군정부는 점령지인 오키나와에서 일본어의 사용을 제한하고 영·미어를 강요하는 정책을 취하는 대신, 제2언어로 영·미어를 보급시키려 노력하였다고 할 수 있을 것이다.

거듭 이야기하고 있지만, 미국의 전후 오키나와 언어정책이 통역사나 번역사 양성에 많은 비중을 두고 있었다는 점은 중요하다. 앞서 언급한 바와 같이 '오키나와 외국어학교'의 목적은 영어보급과 영어교사, 번역사의 양성에 있었다. 또한 1950년 4월, 미 군정부 직할 영어전문학교로서 이토만系満, 고자ㅋザ, 마에바라前原, 나고名護 등의 4개소에 설치된 '영어학교'의 목적도 통·번역사의 양성에 있었다. 이 '영어학교'는 1953년 4월 "영어학교 설치 목적인 통·번역사의 수는 현재의 상황에 비추어 보아 더 이상 필요 없을 것으로 보인다."라는 이유로 폐교되기도 하였다. 그러나 1953년 9월에는 새로운 '오키나와 영어학교'가 나고에 설치되었다. 중앙교육위원회의 '영어학교 설치안'을 참조해 보면, 설치 목적은 "학적學籍 외의 청소년 및 성인을 대상으로 실용영어를 가르치고, 또한 일반교양을 높여 미국유학, 국민지도원의 예비교육 훈련 및 통·번역사 양성을 목적으로 한다."라고 되어 있다. 이처럼 전후 오키나와에 설립된 영·미어 교육기관의 주안점은 통역사나 번역사의 양성에 있었다고 해도 과언이 아닐 것이다. 즉, 통·번역사의 확보는 원활한 류미관계琉米關係의 전제조건이었던 것이다. 그리고 1950년에 설립된 '영어학교'가 3년 뒤에 "통·

---

6) 야마시로 젠조山城善三·사쿠다 시게루佐久田繁, 『메이지·다이쇼·쇼와 오키나와의 사물기원·세상사 사전明治·大正·昭和 沖縄事始め·世相史辞典』(月刊沖縄社, 1983. 12) p.594

번역사 수는 현재의 상황에 비추어 보아 더 이상 필요 없을 것으로 보인다."라는 이유로 폐교되는 과정에서도 알 수 있듯이, 통·번역사의 수는 언어정책의 존폐를 결정하는 데 있어서 결정적인 요인이 되기도 하였다.

그런데 통·번역의 행위가 발생하는 것은 통·번역하여 정보를 발신하는 측과 그것을 수신하는 측 사이에 공통의 정보, 공통의 관심, 공통의 테마가 존재한다고 생각하기 때문이며, 또한 그 이전에 양자가 공유 가능한 동질적인 코드를 가지고 있다고 상정하기 때문이다. 그러나 통·번역이라는 것은 A라는 언어로 만들어진 메시지를 삽입하면, B라는 언어로 의미의 손상 없이 그대로 재현되는 행위를 의미하지는 않는다. 이미 제1장에서 고지마 노부오의 작품 『포옹가족』을 통하여 확인한 바와 같이, 통·번역은 등가적인 이해가 불가능하다는 전제 하에, 양자 간에 존재하는 비공약적인 복수 언어와 복수 문화가 공존하는 상태에서 잠정적인 관계를 제작하는 활동인 것이다. 그러한 활동으로 생산된 통·번역은 안정적인 관계가 아닌, 오히려 불안정한 관계의 연속이다. 이러한 단면은 오키나와의 작가 마타요시 에이키又吉榮喜가 쓴 작품 「헌병틈입사건憲兵闖入事件」(〈오키나와 고론沖繩公論〉1981. 5)에도 잘 나타나 있다.

어느 여름 날, 오키나와의 한 투우장 입구에 돌연히 미국 헌병이 나타난다. 동물학대라는 이유로 상관이 투우를 당장 중지할 것을 명령했기에, 이를 저지하러 온 것이었다. 그러나 중부투우연합회 회장 우라스케蒲助는 이미 허가를 받았기 때문에 중지할 수 없다며 맞선다. 말이 전혀 통하지 않는 두 사람의 응수를 보다 못한 긴조金城가 통역을 자처하며 나서지만 타협은 전혀 이루어지지 않는다. 결국 우라스케는 허가증을 가지러 집으로 돌아간다. 그러는 사이에 투우장 안의 관중들은 허가증 문제를 둘러싸고 "왜 제대로 가지고 오지 않은 거야!", "이미 허가를 받았는데, 누가 검사할 것이라 생각하나?"라는 입장 차이로 싸움을 벌이게 된다. 소란이 일어나는 가운데 갑자기 굉음이 들린다. 미국 상관이 지면을 향해 총을 쏜 것이었다. 갑작스런 일에 투우사들은 소를 피난시키고, 관중들도 장외로 도망친다. 통역을 하던 긴조도, 투우장의 아나운서도, 촌장도, 류큐정부의 고관도 관중 속에 섞여 피난하기 바쁘다. 그로부터 얼마 후, 장내의 사람들은 모두 사라져버리고 미국 헌병들도 군부대로 돌아간다.

이 소설에 있어서 주의를 끄는 장면은 중부투우연합회 회장 우라스케와 미국 상관이 대면하는 장면이다.

중부투우연합회 회장 우라스케가 방송석 가까이로 나왔다. 천천히 다가오는 우라스케를 상관은 재빠르게 바라보았다. 상관은 빠른 걸음으로 우라스케에게 다가가, 손짓을 섞어가며 무언가를 이야기했다. 우라스케가 영어를 이해할 수 있을 거라고 착각하고 있는 듯하다.

"뭐야?"

우라스케는 상관을 노려보았다. 하지만 27센티미터나 위에 있는 얼굴을 올려다보지 않으면 안 되었기 때문에 아무래도 우라스케의 눈은 부드러워져, 협박은 고사하고 상대에게 눈으로 불만을 호소하는 것조차 어려웠다. 억지로 험한 눈을 하려 해도 눈알만 커져 우스꽝스러운 모양새가 되었다. 상관은 영어로 계속 말했다. 우라스케도 오키나와 방언으로 대응했다. 서로 의미를 알지 못했다. 상관은 좀

처럼 화를 내지 않았다. 관중은 유쾌했다.[7]

투우를 저지하려는 상관과 그것을 거부하는 우라스케는 각자의 언어로 자신의 입장을 주장할 뿐이었다. 다시 말하면 두 사람은 각각 영어와 오키나와 방언으로 말하고 있었기 때문에 상대방이 어떤 말을 하는지 전혀 알지 못했고, 그 때문에 '대립'이라는 관계조차 성립되지 않았다. 이런 탓에 상관은 좀처럼 화를 내지 않았고, 두 사람의 응수를 지켜보는 관중들도 유쾌했다. 즉, 양자 사이에 커뮤니케이션이 전혀 성립되지 않았음에도 불구하고 그 관계는 안정적이었고 오히려 즐겁기까지 했던 것이다.

이러한 상황에 변화가 일어난 것은 긴조가 등장하면서부터다. 긴조에 의해 상관과 우라스케는 자신의 의사를 상대에게 전달할 수 있었지만 상황은 전혀 호전되지 않았다. 상관과 우라스케 사이의 의사소통 이전에 긴조와 우라스케 사이에 발생한 새로운 갈등은 장내의 분위기를 더욱 무겁게 만들고 만다.

그런데 마침 그 자리에 있던 긴조金城가 넉살좋게 앞으로 나와 통역을 자처했다. 미군 불하품인 녹색 베레모와 검은 구두가 다른 사람들에게는 아니꼽게 비춰졌다. 특히 검게 그을린 낮은 코에 걸쳐진 검은 안경테가 볼썽사나웠다. 이런 안경을 쓴 오키나와인은 드물다. (중략) 긴조는 붉은 꽃무늬 알로하셔츠를 입고 있었다. 이 녀석은 우

---

7) 마타요시 에이키又吉榮喜, 『낙하산 병사의 선물パラシュート兵のプレゼント』(海風社, 1988. 1) p.193

리 편이 아니다. 우라스케는 직감하였다.[8]

위의 인용 부분은 오키나와인의 영·미어 구사가 일본, 또는 오키나와라는 국가적, 민족적 출신을 부정하는 것으로 해석될 수 있음을 나타내고 있다. 영·미어 구사능력뿐 아니라, '녹색 베레모', '검은 구두', '검은 안경테', '붉은 꽃무늬 알로하 셔츠'를 착용한 긴조의 모습은 '오키나와'를 부정하는 듯 비춰졌고, 이것은 긴조와 우라스케 사이에 불신감을 조장시키고 말았다.

긴조는 녹음기와 같이 듣고 말하였다. 어조에도 기복이 없었다. 상관과 자신의 대화를 즐기고 있는 듯하다, 고 우라스케는 생각했고, 그것이 더욱 그를 화나게 했다.

"너는 어디에 속한 인간이냐! 더 강하게 말하란 말이야!"

그러자 긴조는 우라스케를 노려보았다.

"너는 오키나와 사람이 아니냐!"

우라스케는 개의치 않고 말을 이었다. 긴조가 노려본다는 것은 뭔가 단단히 착각하고 있는 것이라 생각했다.

"이 지휘관은 화를 내고 있단 말씀입니다."

긴조는 일부러 천천히 말했다. 알고 말고, 라고 우라스케는 생각했다. 네 놈도 화를 내고 있잖나.

"그래서 왜?"

우라스케는 정색을 하며 말했다. 긴조는 안경 너머로 눈을 칩떠

---

8) 위의 책 p.199

본다. 나를 위압하는 거냐, 라고 우라스케는 생각했다. 똑같이 노려 보았다. 잠시 동안 두 사람은 서로 노려보았다. 긴조가 먼저 눈을 돌렸다.

"그 말을 헌병에게 전해도 되겠죠?"

이번에는 협박하기 시작했다. 우라스케는 이런 박쥐 같은 인간을 너무 싫어했다.[9]

상관과 우라스케는 자신의 주장을 일방적으로 펼칠 뿐이었고, 그들 사이에서 통역을 해야만 하는 긴조는 두 사람의 의중을 전달하기 이전에 우라스케와의 갈등에 직면하고 만다. 즉 긴조가 개재한 이후로 마찰은 더욱 극심한 상황에 이르렀고, 장내도 험악한 분위기에 휩싸여 버린다. 상관이 지면을 향해 발사한 총성에 관중들은 조건반사를 하듯 일어서서 피난하기 바쁘다. 도망치던 관중들이 어떠한 장면을 상기하였느냐에 대해서는 새삼 지적할 필요도 없을 것이다. 그들은 자신의 형제와 아이들이 무력에 의해 전장에서 죽어갔던 것을 아직도 생생하게 기억하고 있었던 것이다. 상관과 우라스케의 의사소통을 돕고자 하였던 긴조는 관중의 기대와는 달리 무참한 결과만을 가져왔을 뿐이다.

작품 중에는 "'모릅니다' 하고 끝까지 버티고 있었다면 어떻게 되었을까. 관중의 대부분은 후에 이렇게 생각하였다. 우라스케와 상관의 대화는 횡설수설 종잡을 수 없었다. 버드나무에 바람이 지나가듯이 아무런 반응이 없었다. 때문에 그러는 사이에 헌병들은 제풀에 꺾

---

9) 위의 책 p.201

여 돌아갔을지도 모른다."라는 대목이 있다. 이것은 통·번역이 반드시 의사소통이 가능한 이상적인 관계를 보장하지 않는다는 것을 단적으로 나타낸 문장이라고 할 수 있다.

이미 살펴본 바와 같이, 미국의 전후 오키나와 언어정책은 일반인에 대한 영·미어 학습 장려와 통·번역사 양성에 중점을 두고 있었다. 특히 통·번역사 양성은 언어정책의 핵심이기도 하였다. 그러나 이들이 항상 '정'의 류미 관계를 보장하는 것은 아니었다. 오히려 그들은 통역이나 번역을 개재시켜 양자의 언어를 등가적으로 치환하고 이해하는 것이 얼마나 허구적인 행위인가 하는 점을 명확하게 노정시키고 있었다. 「헌병틈입사건」의 상관과 우라스케의 관계가 통역을 개재시키지 않았을 때, 다시 말하면 미국과 오키나와라는 명확한 경계선에 가두어지지 않았을 때 오히려 안정적이었던 것도 바로 이러한 문맥에서 이해할 수 있을 것이다. 전후 오키나와 미국의 건강한 관계 창출을 위해 강구된 통역과 번역은 '미국'과 '오키나와' 라는 경계선을 더욱 강화하고 고착시켜 양자를 고립시키기에 이르렀고, 이것은 통역과 번역의 의도 및 목적과 오히려 거리가 먼 것이었다고 할 수 있다. 이러한 의미에서 「헌병틈입사건」은 통역과 번역이 가지는 역학을 낱낱이 보여주는 좋은 예라고 할 수 있을 것이다.

두 개의 미국

〈오키나와 타임즈〉가 정리한 '미군관련 주요 사건·사고'를 참조해 보면, 패전 이후부터 오늘날에 이르기까지 오키나와 여성과 주둔 미군 사이의 마찰은 끊임없이 발생하였음을 알 수 있다. 이들 가운데 최근의 사건들은 한국에도 소개된 바 있다.

미국의 폭력적이고 지배적인 오키나와 점령 시스템은 전후 오키나와 문학과도 연동하는 것이었다. 이미 신조 이쿠오新城郁夫가 『오키나와 문학이라는 기도』(2003)에서 지적한 바 있듯이, 전후 오키나와 문학의 주요 테마 중 하나는 오키나와 여성이 직면할 수밖에 없었던 성폭력 문제라고 할 수 있다.

나가도 에이키치長堂英吉의 「흑인거리」(1966), 오시로 다쓰히로大城立裕의 「칵테일 파티」(1967), 히가시 미네오東峰夫의 「오키나와 소년」(1971), 마타요시 에이키又吉榮喜의 「조지가 사살한 멧돼지」(1978)와 「자귀나무 저택」(1980) 등은 각기 다른 테마를 가지고 있지만, 성상품으로 존재할 수밖에 없었던 오키나와 여성의 문제와 그녀들이 감내해야 했던 미군의 성폭력을 묘사하고 있다는 점에서 공통점을 가진다고 볼 수 있다.

물론, 이러한 제재들이 전후 오키나와 문학에만 국한하여 존재하는 것은 아니다. 제2장에서 살펴본 바와 같이, 점령자 미국과 피점령자 일본여성 사이의 젠더적 지배구조는 일본 본토에 있어서도 중요한 문제 중 하나였다. 그러나 전후 오키나와 문학이 진지하게 생각해 온 과제들을 어디에서나 일어날 수 있는 당연한 문제로 처리해서는 안 될 것이다. 현재 오키나와에 잔존하고 있는 폭력적 일미관계를 경시한다면, 그것은 전후 오키나와에 존재하는 거대한 지배구조를 간과하는 결과를 초래할 수밖에 없다. 이러한 문제는 "한편으로는 평화와 안정을 보증받고 있는 것처럼 보이는 전후 오키나와가 지금도 전장의 연속에 있으며, 우리들 또한 전쟁이라는 거대한 시스템 속에 놓여 있다."[10]라는 사실로 함께 고민해야 할 문제인 것이다.

이와 같이, 역사나 문학이 기억하고 있는 전후 오키나와와 미국의 관계는 억압적이고 또 폭력적인 것이었다. 다시 말하면, 미국은 폭력적인 남성의 힘으로 여성성을 가진 오키나와를 점유하였고, 이에 대해 오키나와는 수동적으로 고통과 폭력을 감내할 수밖에 없었다는 것이 일반적인 이해인 것이다. 이러한 점령구조는 일본 본토와도 다분히 일맥상통하는 것이라 지적할 수 있다.

그런데 오키나와의 경우, 억압적인 남성성으로서의 미국뿐 아니라 '여성성'으로서의 미국도 동시에 소유하고 있었다. 다시 말하면 전후 오키나와는 이중적인 의미에서 미국과 마주보고 있었던 것이다. 이 점은 다음의 사례에서 확인할 수 있다.

1950년에 개교한 류큐대학의 가정학과는 오키나와의 생활환경을 개선하기 위하여 보급사업과 사회교육에 힘을 쏟았다. 이들의 사업에 있어서 본보기가 되었던 것은 다름 아닌 미국의 주부, 미국의 가정이었다. 다시 말하면 보급사업과 사회교육을 행하는 과정에서, 폭력적이고 지배적인 남성성으로서의 미국은 소멸되고, 민주적이고 합리적인 여성성으로서의 미국이 생성되었던 것이다.

류큐대학 가정학과 교원이었던 오나가 기미요翁長君代가 보급 책자에 기고한 '미국부인에게서 배우다'라는 글에는 전후 오키나와에 존재한 여성적 주체로서의 미국의 모습이 여실히 묘사되어 있다.

미국 미시간 대학에서 일 년간 유학한 오나가 기미요는 미국 농가와 주부들의 생활을 소개하며, 이에 대해 적극적으로 평가하고 있다.

---

10) 신조 이쿠오新城郁夫, 『오키나와 문학이라는 기도—갈등하는 언어·신체·기억沖縄文學という企て—葛藤する言語·身體·記憶』(インパクト出版會, 2003. 10) p.46

"미국 농가의 주부의 하루는 우리들과 같이 아주 바쁩니다. 많은 일을 순서대로 능숙하고 합리적으로 처리하는 모습을 볼 때, 나는 항상 오키나와에 돌아가서 나도 저렇게 해 봐야지, 하고 생각하곤 했습니다", "미국 부인들만큼 물건을 사는 데 신중한 사람을 다른 나라에서는 볼 수 없을 것입니다. 조금이라도 저렴하게 구입하여 남은 돈은 어려운 사람들을 위해 씁니다. 그들은 그것을 자랑스럽게 여깁니다", "미국 부인들은 일할 때 열심히 일하고, 놀 때도 역시 잘 놉니다. 결코 쓸데없는 걱정을 하거나 고민하지 않습니다. 때문에 항상 젊고 아름다운 생활을 할 수 있지 않을까요?"[11] 등으로 묘사된 미국 농가의 부인들은 근면하며 절약정신이 투철할 뿐 아니라, 합리적이며 논리적이다. 오나가 기미요에 의해 묘사된 미국 부인상은 일률적이고 평면적이지만, 그렇기 때문에 그것은 오키나와 부인들의 롤모델이 될 수 있었다. 이후, 오나가 기미요는 류큐대학 보급사업의 중심인물로 활약하게 된다.

류큐대학 보급사업은 실질적으로 가정학과를 중심으로 진행되었다. 이들의 사업 내용을 살펴보면 전후 오키나와에 있어서 미국이 어떠한 과정을 통하여 여성성을 획득해 갔는지 확인할 수 있다.

류큐대학의 가정학과는 류큐대학이 개교한 1950년 응용학예학부에 '홈 이코노믹스'라는 이름으로 설치되어, 2년 후인 1952년에는 '가정학부'로 독립하였다. 류큐대학의 특징 중 하나는 개교한 다음 해부터 미국의 미시간주립대학과 18년에 걸쳐 교류를 가졌던 것이다. 그 경위는 『류큐대학 20주년 기념지』(1970)에서 확인할 수 있다.

---

11) 위의 책 p.46

류큐대학 개학 당시의 전경. 왼쪽 상단의 흰색 건물이 가정학과가 위치했던 곳이다.

1951년 초, 류큐열도 미 군정부의 요청으로 미합중국 육군성은 미국교육심의회에 다음과 같이 요청하였다. 오키나와에 신설된 류큐대학 원조계획을 추진함에 있어, 고도의 학문 수준과 우수한 교수진을 가진 단과대학 또는 종합대학 중, 특히 (1) 보급 사업 및 농학 분야에 뛰어나고, (2) 교육행정, 농학(임학을 포함), 가정학, 정치학, 일반 행정 및 재정관계에도 뛰어나며, (3) 오키나와 학생들에게 장학금을 수여하고 장학금지원계획을 가질 수 있는 대학을 1개교 또는 복수의 교를 추천하도록 의뢰하였다.[12]

---

12) 류큐대학 20주년기념지편집위원회琉球大學二十周年記念誌編集委員會, 『류큐대학 20주년기념지琉球大學二十周年記念誌』(琉球大學, 1970. 6) p.41

위의 기록에서 주목하고 싶은 것은 교류학교 선정 기준에 '(1) 보급 사업 및 농학 분야에 뛰어나고, 또한 (2) 교육행정, 농학(임학을 포함), 가정학, 정치학, 일반 행정 및 재정관계에도 뛰어나며' 라는 조건이 포함되어 있는 것'이다. 다시 말하면 교류학교 선정 기준에 '농학' 분야가 재차 강조되어 있는 것을 알 수 있는데, 이것은 오키나와의 농업환경과도 밀접한 관계를 가지는 것이었다.

『오키나와 농업의 기초조건과 구조개선』(1971)에 의하면, 오키나와는 작물에 적합한 토지는 아니다. 낮과 밤의 기온차가 적고, 일조량도 적기 때문에, 농업에 적합하지 않을 뿐 아니라 부족한 농지와 노동력, 불안정한 시장, 태풍, 가뭄과 같은 자연재해 등으로 오키나와의 농업 환경은 낙후되어 있었다. 특히 패전 후의 오키나와는 극도의 식량난에 처해 있었다. 먹을 수 있는 식량은 전무에 가까웠기 때문에, 주민들은 급기야 독이 있는 소철 나무의 열매나 껍질을 먹기도 하였다. 소철에 독이 있다는 것을 알면서도 허기를 달래기 위해 소철을 먹다가 목숨을 잃는 이들도 많았고, 이 때문에 패전 직후의 오키나와는 '소철지옥蘇鐵地獄'이라는 말로 표현되기도 했다. 류큐대학이 일찍이 '보급사업' 이나 '농학', '가정학' 등에 중점을 두었던 것도 오키나와의 농업 상황과 무관하지 않은 것이었다.

결국, 류큐대학은 미시간 주립대학과 교류를 가지게 되었고, 미시간 주립대학은 1951년부터 1968년까지 수차례에 걸쳐 교수단을 파견하였다. 가정학과의 경우에는 1951년 9월부터 1959년 9월까지 4명의 교수가 교대로 파견되었다.[13]

---

13) 위의 책 p.405

그렇다면, 미시간 주립대학의 원조를 받아 류큐대학 측이 진력한 '보급사업'은 구체적으로 어떠한 것이었을까.

『류큐대학 20주년 기념지』에 따르면, 농학부의 경우, 미시간 주립대학 파견교수단의 조언에 따라 1955년 11월부터 사업이 시작되었다. 초기 사업의 목표는 오키나와 농업 진흥, 농촌가정 생활 개선에 있었다. 사업 내용을 구체적으로 살펴보면, 보급책자인 『류큐대학 농가소식琉大農家便り』 발행을 비롯하여, 병충해 예방·가축 사육 및 관리·농산물 가공법 등을 지도하고, 요리·피복 등의 전시회를 개최하였다. 뿐만 아니라 도시나 근교농촌의 주부를 대상으로 한 정기적인 강습회도 마련하였다.

특히 미군으로부터 배급받은 식재를 활용하는 방법이나 조리법 등을 시연하는 강습회는 오키나와 주부들 사이에서 많은 인기를 모았다고 한다. 이에 관한 내용은 당시 류큐대학 가정학과 교관이었던 오나가 기미요의 자서전 『아름다운 인생』(1985)을 통하여 확인할 수 있다.

1956년 3월, 미야코 류미문화회관宮古琉米文化會館에서 열린 강습회는 특히 잊지 못할 것입니다. 홀뿐 아니라 복도에까지 가득 찬 부인들은 까치발을 하며 지켜봐 주셨습니다. 미군으로부터 배급받은 식품은 우리들이 본 적도 없는 것이었기에, 강습회는 주부들에게 있어 최대의 관심사였던 것입니다.

최근에는 미용과 건강상의 이유로 탈지분유가 유행하고 있습니다만, 당시에는 녹이는 방법을 몰라, 그야말로 보물을 가지고 있어도 썩힐 수밖에 없는 상황이었습니다. 잘 풀어지지 않아 돼지 사료로 써 버리기 일쑤였고, 그 때문에 오히려 사람은 영양실조에 걸리던 시절이었습니다. 우리들은 열심히 듣는 수강생들을 보고 '오늘 저녁부터 바로 도움이 될 수 있는 요리'를 가르치자. 그것을 위해 열심히 연구하자고 결심하였습니다. 탈지분유를 이용한 요리는 미스펙의 지혜를 빌렸습니다.[14]

류큐대학 가정학과를 중심으로 한 위와 같은 요리 강습회나 시연회는 오키나와 주부들에게 실질적인 측면에서 많은 도움을 주었다. 그 때문에 요리 강습회나 시연회는 오키나와 각지에서 개최되었고, 또한 많은 호응을 얻었다. 그 가운데, 미시간 주립대학에서 파견된 미국인 교원들은 식재의 사용방법이나 조리법에 대해 설명하기도 했고, 위생 및 생활환경의 개선에 대해서도 적극적으로 조언하였다. 이와 같은

류큐대학 가정학과가 마련한 요리 강습회 풍경(1956. 2)

---

14) 오나가 기미요 자서전간행회翁長君代自傳刊行會, 『아름다운 인생素晴らしきかな人生』(若夏社, 1985. 8) p.254

보급사업을 통하여 점령자 미국의 '여성성'은 부각되었고, 이것은 곧 지배자로서의 미국이 아닌 부드럽고 친화적인 미국의 단편을 전경화하는 것으로 이어졌다. 다시 말하면, 오키나와의 '부엌'은 오키나와와 미국의 평화로운 교류를 상징하는 공간이 될 수 있었고, 이를 통하여 오키나와는 미국을 청결하고 합리적이며 건강한 '여성'의 모델로 인식하게 되었던 것이다.

류큐대학 가정학과의 보급사업은 라디오 방송을 통해서도 이루어졌다. 1954년, 민정부는 보급사업의 원활한 진행을 위해 류큐대학에 라디오 방송국을 설치한다. 농학을 전공한 교관들은 방송을 통하여 농작물의 품종이나 병충해 대책법, 태풍이나 가뭄 대책법 등에 대해 교육하였다. 뿐만 아니라, 식재료에 대한 설명과 조리법 안내도 방송을 통하여 이루어졌다. 전후 오키나와에서는 포크 런천 미트라든지, 탈지분유, 아이스크림 분말, 계란 분말, 말린 야채 등이 식재료로 사용되었지만, 주부들은 사용법을 잘 알지 못했다. 때문에 방송에서는 이러한 재료들을 이용한 조리법을 소개하기도 하고, 적절한 사용법을 지도하기도 하였던 것이다. 그 외에도 식품위생이라든지, 응급 처치법, 육아법 등에 대해서도 방송하였다. 비록 방송 시간은 하루에 한두 시간으로 제한되어 있었고, 방송 지역도 제한되어 있었지만 이러한 프로그램은 생활개선에 많은 도움을 주었다고 평가되고 있다.

또한 보급사업은 잡지 발행에까지 이르고 있다. 1955년 11월에 창간된 보급책자 〈류큐대학 농가소식〉은 보급사업의 일환으로 발행된 잡지인 만큼, 그 내용도 류큐대학의 보급사업과 상응하는 것이 많았다. 내용별로 나누어 보면, 식생활에 관한 기사(식생활 개선, 식품위생 문제, 도시락 만드는 법 등)나 일상생활에 대한 조언(수납법, 세탁법, 가구배치법, 빈 박스 활용법 등), 건강법(기생충 퇴치법, 식이요법 등), 패션(미국 농민의 복장 소개) 등 다양하다. 이들은 종래 오키나와의 의·식·주를 개선하여, 위생적이며 청결하고 건강한 가정생활을 영위하자고 독려하고 계몽하고 있다는 점에서 공통점을 가진다.

오키나와의 보급사업 및 사회교육은 일찍이 패전 직후부터 계획되어 있었던 것 같다. 1946년 오키나와 문화부가 발표한 사회교육 지도 요령을 살펴보면, "생활의 갱신과 취미 향상을 도모함으로써 민심의 안정을 꾀하고 문화인으로서 교양을 쌓을 것"을 목적으로, '미신 타파', '진정한 민주주의 계몽', '산업 정신 고취', '도의심 발양', '가정생활 개선' 등을 내용으로 하는 보급사업 및 사회교육이 실시되고 있었음을 알 수 있다. 종래의 오키나와와 구별하는 의미에서 '신 오키나와新沖縄' 라는 명칭을 사용하고 있는 것에서 알 수 있듯이, 보급사업 및 사회교육은 오키나와에 변혁을 가져올 수 있는 가장 핵심적인 요소였던 것이다.

오키나와 문화부는 1947년에도 '지역문화사업 요령市町村文化事業要領'을 발표하여, 오키나와 사람들이 '남양南洋 토인' 처럼 부당하게 취급당하는 현실을 극복하고, '문명인' 으로서 세계 문화에 공헌하는 길을 모색하고자 하였다. 이를 위하여 민정부를 비롯한 각 지방행정 기구는 문화위원회를 조직하여 문화, 예술, 종교, 교육, 체육, 과학 등, 다방면에 걸친 혁신안을 고안하게 된다. 이에 따라 문화시설로는 공민관, 간이 도서관, 문화 광장, 운동장 등을 설치하고, 예술공연으로는 음악회나 연극회, 무용회, 미술전람회 등을 기획하였다. 또 영어 강습회나 가정 강습회, 문화 강습회, 농사 강습회, 체육 강습회 개최도 중요한 시책이었다.

먼저 요리법이다. 특히 농촌의 부인들은 단순한 요리를 매일 반복하며, 맛있고 색다른 요리문화에 대해 생각하지 않는 경향이 있다.

밀가루의 사용법도 2, 3종류밖에 모르고, 심지어 제빵 방법을 모르는 사람이 있을 정도이다. 여러 가지를 만들어 보고, 궁리해 보고, 맛있는 요리를 생각해 보기 위해서는 요리 강습이 무엇보다 필요하다. 칼로리는 무엇에 어느 정도 포함되어 있는가, 갑과 을 중 어느쪽이 영양분이 더 풍부한가, 단백질이라든지 지방질은 어디에 어느 정도 함유되어 있는가, 이러한 영양식의 문제도 중요하게 다루지 않으면 안 된다.

다음으로 위생 면이다. 간호법, 구급법, 양생법, 소독법 그 외 위생 면에 있어서 알아두지 않으면 안 되는 것은 너무 많고, 또 우리들의 생활이 위생적인 면에서 좋지 못한 것도 사실이다. 위생상의 일도 가정사의 일부로 중요하게 생각하지 않으면 안 된다. 각 지역의 의사를 강사로 초빙하여 강습회를 열 필요도 있다.[15]

오키나와 문화부가 마련한 시설과 강습회는 생활의 과학화를 목표로 한 것이었다고 해도 과언이 아니었다. 즉 봉건적 관습 타파, 비위생적 습관 개선, 칼로리 계산, 영양소 분석 등은 모두 '남양 토인' 에서 '문명인', '문화인' 으로 성장하기 위한 조건이었던 것이다. 이때, '문명인', '문화인' 은 다름 아닌 미국인을 의미하는 것이었다.

---

15) 『류큐사료 제10집 문화편 2琉球史料 第一〇集 文化編二』(那覇出版社, 1988. 9) p.12

　한편, 오키나와의 문명화는 미국과 공존하기 위한 수단이기도 하였다. "현재 우리들은 미군정 하에서 생활하고 있고, 장래에도 미국의 통치를 받을 것이라는 것은 최근 신문이 보도하는 바에서도 쉽게 알 수 있다. 이러한 때에 문화인으로서 교양을 더욱 높이지 않으면 오키나와인의 장래 운명은 실로 불안하다."[16]라는 기술은 이를 뒷받침한다.

　미국과 함께 전후를 시작한 오키나와가 미국에는 존재하지만 오키나와에는 부재하는 것을 발견하고, 미국과 효과적으로 공존하기 위하여 그것을 보강하려고 할 때, 가정생활의 개선은 시간을 다투는 선결과제였다. 그리고 '부엌'이라는 공간과 '주부'라는 존재는 유효한 매개체가 되었다. 오키나와의 가정, 오키나와의 주부 모델이 미국에서 비롯될 때, 미국은 더 이상 폭력적으로 오키나와의 '성'을 지배하는 '남성'이 아니라, 근대적인 '여성'의 대표가 될 수 있었다.

　이상, 류큐대학의 가정학과를 중심으로 한 전후 오키나와의 보급사업에 대해 살펴보았다. 보급사업의 배경에는 다양한 미국의 모습이 숨어 있었다. 보급사업을 원활히 진행하기 위해서는 미 군정부로부터 교통수단을 지원받아야 했고, 방송국 설치도 의존해야 했다. 보급사업의 주체가 류큐대학의 가정학과였음에도 불구하고, 보급사업이나 사회교육 사업을 진행하기 위해서는 미 군정부에 의지하지 않으면 안 되는 또 다른 지배구조가 전후 오키나와에 존재하고 있었음을 알 수 있게 하는 대목이다. 그러나 한편으로는 미군으로부터 배급받

---

16) 위의 책 p.8

은 식재료의 조리법이나 칼로리 계산, 건강법, 가구를 만드는 방법까지 가정을 꾸려가는 데 있어서 모범적인 모델이 되었던 것은 다름 아닌 미국의 가정이자 주부였다. 강연회에서는 미군 장교의 부인들이 실제로 요리하는 모습을 보여주기도 하였는데, 이들 미국 주부의 모습이 오키나와에 공개될 때, 미국의 '여성성'은 더욱 강조되어 실정성을 획득하였다. 그 때문에 오키나와에는 없지만 미국에는 존재하는 것, 다시 말하면 합리적이고 근대적인 '여성'을 미국으로부터 강렬하게 희구할 수 있었던 것이다. 이와 같이 주부·부인·부엌을 거점으로 한 보급사업 및 사회교육 사업은 폭력적이고 지배적인 남성성으로서의 미국과는 다른 또 하나의 미국상을 제시하였다.[17]

---

17) 류큐대학의 보급사업이 전후 오키나와에 끼친 영향에 대하여 논한 선행연구로서는 야카비 오사무屋嘉比收의 「월경하는 오키나와—아메리카니즘과 문화변용越境する沖縄—アメリカニズムと文化變容」(『이와나미 강좌 근대일본문화사9岩波講座 近代日本の文化史 9』岩波書店, 2002. 12)이 있다. 저자는 오키나와에서 이루어진 보급사업이라든지, 그로 인한 생활개선 등의 현상은 일본 본토에서는 일어나지 않았다는 점을 지적하며, 보급사업 및 그로 인한 생활환경 변화는 오키나와만의 특징이라고 논하고 있다. 그의 말을 빌리자면 "1950년대부터 1960년대 초의 오키나와 한편에서는 새로운 미군기지 건설이 추진됨에 따라 폭력으로서의 미군기지가 더욱 강고하게 자리 잡는 반면, 다른 한편에서는 생활 개선, 보급사업을 중심으로 미국의 식문화, 생활양식, 사고들이 일반 가정에 조용히 침투되었고 수용되어 갔다."라고 지적하고 있다.
한편, 미 점령기의 일본 부인잡지 분석을 통하여 아메리카니즘이 어떻게 표상되었는가에 대해 밝힌 최근의 연구(가토 케이코加藤敬子, 「점령기의 부인잡지—국제적 요소를 중심으로占領期の婦人雜誌—國際的要素を中心にして」, 야마모토 다케토시山本武利 편, 『점령기 문화를 열어본다占領期文化をひらく』, 早稻田大學出版部, 2006. 8)에 따르면, 1946년경부터 각 부인잡지에는 가타카나 용어가 현저하게 증가하고, 미국, 스웨텐, 소련, 프랑스 등 서구사회에 관한 기사도 압도적으로 증가했다고 한다. 그 가운데서도 '미국종군부인기자 좌담회', '미국종군간호부 좌담회', '미국예술가 좌담회', '미국부인클럽지도자 좌담회' 등과 같이, 미국에 관한 기사가 비중을 많이 차지하고 있었다. 이들 내용에 대해서는 아직 구체적으로 분석해 보지 않았지만, 일본 본토의 미국부인 담론과 오키나와의 미국부인 담론의 층위는 이질적인 것으로 보인다. 일본 본토의 미국부인 담론이 '종군부인', '간호부', '예술가', '부인클럽지도자'라는 특정 부류의 내용이었던 것에 반해, 오키나와의 그것은 보급

'조선'에 대한 시선

오키나와와 '조선'에 관한 이야기를 하기 전에 1980년 12월 잡지 〈스바루すばる〉에 발표된 마타요시 에이키又吉榮喜의 작품 「자귀나무 저택ギンネム屋敷」에 대해 먼저 주목해 보고자 한다.

어느 날, 유키치勇吉는 자귀나무가 무성한 저택에 살고 있는 미군 소속 엔지니어 조선인이 요시코를 강간하는 것을 목격하였다고 '나'에게 말한다. 요시코는 지능이 낮은 매춘부로, 오키나와 전쟁에서 다리를 잃은 삼촌과 함께 살고 있다. 요시코를 대신하여 '나'와 유키치, 그리고 요시코의 삼촌 세 사람은 배상을 요구하러 조선인을 찾아간다. 세 사람이 위자료를 청구하자, 조선인은 사건의 진위에 대해서는 확인하지도 않은 채, 위자료를 지급하겠다고 약속한다.

오키나와에 연행되었던 한국인 종군 위안부 기록 『아리랑의 노래』(靑木書店, 1991)

『오키나와의 할머니』(晩聲社, 1992)

사업, 생활 개선, 요리법 강구와 같이 생활에 밀착한 내용이 주를 이루고 있었다. 미국부인 담론에 대한 일본 본토와 오키나와의 비교, 분석 작업은 앞으로의 과제로 남겨두고자 한다.

그로부터 며칠 후, 조선인과 '나'는 다시 만나게 되고, '나'는 조선인의 과거에 대해 듣게 된다. 조선인의 이야기에 따르면, 그는 고국에 약혼자인 강소리江小利를 두고 전쟁 중에 징용되어 오키나와로 왔다고 한다. 그는 비행장 건설현장에서 강제노동을 하다가, 일본군 트럭에서 내리는 약혼자를 우연히 목격하게 된다. 이후 그는 강소리를 찾아 나선다. 뒤늦게 안 사실이지만, 종군간호부로 징용되었던 강소리는 결국 위안부가 되었고, 패전 후에는 매춘부가 되어 있었다. 조선인은 강소리가 일하는 유곽에 막대한 금액을 지불하여 그녀를 자신의 집으로 데려오지만, 강소리는 그를 알아보지 못하고, 조선인의 곁에서 도망치려 할 뿐이다. 어느 날, 강소리는 조선인의 집에서 탈출을 시도하고, 그녀를 만류하던 그는 와중에 목을 조르게 되어 결국 뜻하지 않은 살인을 저지르고 만다.

며칠 후, 미군으로부터 호출을 받은 '나'는 조선인이 자살하였다는 사실을 알게 된다. 뿐만 아니라 그가 가지고 있던 고액의 예금과 저택을 '나'에게 증여한다는 취지의 유서를 남기고 있었다는 것, 그리고 조선인은 요시코를 강간한 것이 아니라, 강소리를 그리워한 나머지 요시코를 부여잡고 운 것에 지나지 않았다는 것도 밝혀진다.

여기서 이 작품을 소개하는 이유는 전후의 오키나와가 '유일한 지상전', '유일한 격전지', '철의 폭풍' 등과 같이 전쟁의 피해자로 서사되는 경우가 많은 가운데, 이 작품은 '조선인'의 시선을 매개로 하여 오키나와에 만연하는 피해자 의식을 상대화하고, 또 피해자의 성질에 대해서도 묻고 있기 때문이다. 예를 들면, 소설 속에는 조선인이 다음과 같이 이야기하는 장면이 나온다.

소리는 간호부로 징용된 것이기 때문에, 말 그대로 간호부에 지나
지 않는다고 몇십 번이나 되뇌었습니다……. 종군간호부란 모두 위
안부이지 않습니까. 그렇죠? 오키나와 여자들도 그렇잖아요. 당신의
여동생은 징용되지 않았습니까? 여동생이 없어요? 그래요. 그렇지
만 말이죠, 오키나와 사람들은 전쟁이 없는 곳으로 피난 갈 수 있었
지만, 조선인들은 격전지로 보내졌습니다. 무언가 이상하다고 생각
하지 않으세요? 아니, 당신의 책임은 아닙니다. 기분 나빠하지 마세
요 ……. 한때는 당신들이 모두 죽지 않은 것이 분했습니다. 30만 명
이나 살아남은 것은 비겁한 일이라고 생각했습니다. 모두 스파이가
아닌가 하고 생각했습니다. 그러나 나는 오키나와 사람들을 원망하
지 않습니다. 미군도 원망하지 않습니다. 우리들을 데려온 사람들을
원망할 뿐입니다. [18]

당신들은 뼈라고 하면 오키나와 주민의 것이거나 미군의 것, 혹은
일본 병사의 것이라고만 생각합니다. 그렇다면 몇백, 몇천 명에 달
하는 조선인의 뼈는 모두 썩어버린 것일까요…….[19]

강제 연행되고 약혼자까지 잃어버린 조선인에 의하면, 오키나와 사
람들은 '유일한 격전지', '오키나와의 비극', '철의 폭풍' 등과 같은
말로 전쟁의 참혹함을 이야기하지만, 그러한 가운데 전쟁이 없는 곳
으로 피난을 갈 수 있었다는 것이•ᅡ. 또한 격전지로 보내졌던 조선인
들과는 달리 30만 명이나 살아남은 오키나와 사람들은 모두 비겁하다

---

18) 마타요시 에이키又吉榮喜, 『자귀나무 저택ギンネム屋敷』(集英社, 1981. 1) p.182
19) 위의 책 p.186

는 것이다.

또한 전쟁의 비극과 참혹한 죽음을 상징하는 '뼈'는 오키나와 주민들의 잔혹한 죽음을 환기시키지만, 그렇다 하더라도 '뼈'가 가지는 상상력의 폭은 대단히 광범위한 것이었다. 즉, 그것은 적군이었던 '미군'의 죽음도 포함하는 것이었고, 일본인이었음에도 불구하고 자신들을 학살하였던 '일본 병사'의 죽음까지도 포괄하는 것이었다. 그러나 '뼈'가 가지는 상상력은 거기에서 멈추고 만다. 강제 연행된 조선인 군부나 조선인 위안부의 죽음은 '뼈'가 불러일으키는 상상력의 범주에 속하지 않는 경우가 대부분이었던 것이다. "당신들은 뼈라고 하면 오키나와 주민의 것이거나 미군의 것, 혹은 일본 병사의 것이라고만 생각합니다. 그렇다면 몇백, 몇천 명에 달하는 조선인의 뼈는 모두 썩어버린 것일까요……."라는 조선인의 말은 '유일한 격전지', '철의 폭풍'이라는 수식어 뒤에 가려지기 쉬운 조선인의 '뼈'를 전경화하고, 은폐되고 잊혀지기 쉬운 조선인 위안부의 기억을 불러일으키는 것이었다.[20]

점령자, 지배자인 미국을 단지 폭로하는 것에 그치지 않고, 그들 스스로도 지배자의 위치에서 억압과 폭력을 행사하고 말았다는 오키나와 자신의 물음. 이것은 제3장에서 이야기한 바와 같이, '피 묻은 민족주의'나, '내셔널리즘의 울트라화'라는 과거의 책임에 대해 스스로 자문하면서, 그것을 극복함으로써 새로운 '건강한 내셔널리즘'을 체

---

20) 물론, 이 작품에 오키나와 전투로 인한 오키나와인들의 피해가 전혀 시사되어 있지 않은 것은 아니다. 전쟁의 상흔은 간접적으로 묘사되어 있다. 오키나와 전쟁에서 다리를 잃은 상이군인 삼촌과 지능이 낮은 조카 요시코가 매춘을 하며 생계를 이어가는 상황이나, 전쟁에서 아들을 잃고 미치광이가 된 '나'의 전 부인 쓰루의 삶은 전쟁으로 인한 피폐를 상징한다고 볼 수 있다.

득할 수 있다고 생각한 다케우치 요시미나 이시모다 다다시의 사상과
도 상통하는 것이라 할 수 있다. 바꾸어 말하면, 「자귀나무 저택」이 내
포하고 있는 메시지나 다케우치 요시미, 이시모다 다다시의 사상은
'조선' 내지 '아시아'에 대해 가해자, 치자治者로 존재하였던 자신들
의 역사를 인식하고, 나아가 '피 묻은 민족주의', '일본 근대사의 암
흑의 측면'을 직시하지 않는 한, 전후 일본의 출발도 있을 수 없다고
하는 점에서 그 맥락을 같이한다고 볼 수 있는 것이다.

　이와 같이 「자귀나무 저택」은 오늘날에도 피지배자, 피해자로만 서
사되기 쉬운 오키나와를 상대화하고, 나아가 일본 본토의 미 점령 인
식을 상대화하는 시선을 내포하고 있다. 미국의 일본 점령은 패자에
대한 처벌이라는 점보다 패전 일본의 개혁을 미국이 주도하고 조력하
였다는 점이 부각되어 '좋은 점령よい占領'이라고 일컬어지기도 한
다. 물론 그와 반대되는 의견이 전무한 것은 아니다. 최근에 발간된
『점령과 성―정책·실태·표상』(2007)의 경우, 과연 '좋은 점령'이라
는 것이 존재할 수 있는가 하는 물음에서 출발하여, 일본인 여성들이
직면해야 했던 '성'의 위협과 폭력에 대해 규명하며, 미국 점령의 또
다른 측면을 부각하려고 노력하였다. 그런데 여기서 간과해서는 안
되는 것은 미국의 일본 점령이 '좋은 점령'이든 아니든, 그러한 평가
모두가 오키나와를 제외시킨 상태에서 이루어졌다는 것이다. 미국의
일본 점령이 '좋은 점령'이라고 평가될 수 있는 것은 일본의 평화유
지를 위해 오키나와가 희생될 수밖에 없는 현실에 대해서 인식하지
않았기 때문이고, 그와 반대로 '나쁜 점령'이라고 말할 수 있는 것은
오키나와를 비롯한 아시아 제국이 경험한 일본 제국주의의 폭력을 간
과하고 오히려 일본의 비극을 적극적으로 부각시킨 결과라 할 수 있

는 것이다. 그러한 의미에서 오키나와는 일본 본토의 평면적인 미 점
령 인식을 상대화할 뿐 아니라 서사 욕구에 의해 작위적으로 만들어
지는 점령상 구축의 '중간자' 가 될 수 있는 것이다.

이러한 오키나와의 성격을 상징하는 것으로 1995년 6월 23일에 건
립된 '평화의 초석平和の礎' 을 들 수 있다.

오키나와의 최남단 이토만系滿시 마부니摩文仁에 위치한 평화기념
공원 내의 자료관에는 1945년 4월부터 약 3개월에 걸친 오키나와 전
투에 대한 기록이 고스란히 남아 있다. 각각의 자료와 증언, 사진들은
전쟁의 참혹함과 폭력성을 고발해 마지않는다. 또한 공원 내에는 '평
화의 초석' 이 건립되어 있다. 이것은 아시아 태평양전쟁, 오키나와 전
쟁 종결 50주년을 기념하기 위하여 국적뿐 아니라, 군인이나 민간인
구분 없이, 전쟁에서 목숨을 거둔 모든 사람들의 이름을 각명한 기념
비이다.

평화기념공원 내의 '평화의 초석'

베네딕트 앤더슨이 지적한 것처럼, 무명 병사의 묘비가 불러일으키는 국민적 상상력에 비교한다면, 오키나와의 '평화의 초석' 이 가지는 의의는 일목요연하다. 즉, 적군, 아군, 군인, 민간인의 구별 없이, 전쟁에 희생이 된 사람들의 죽음을 모두 같이 위령하는 것. 그것은 특정한 나라의 이름을 환기시키는 것이 아니라, 전쟁에서 생명을 잃은 '사람' 을 환기시키는 것이라 할 수 있다.

그러나 '평화의 초석' 의 기본 사상에 대한 근본적인 문제제기도 존재하였다. 다시 말하면 적군, 아군, 군인, 민간인의 구별 없이 그들의 이름을 동일하게 각명하고 위령하는 취지 그 자체가, 일본의 전쟁책임 소재를 애매하게 하고 불분명하게 하는 것이 아니냐는 지적이 있었던 것이다. '평화의 초석' 각명에 대한 한국·조선인의 이의제기가 바로 그것이다.

'평화의 초석' 에 각명된 한국·조선인의 수는 약 400명 정도다. 그러나 전몰자의 기록이 남아 있지 않은 경우도 있고, 유족을 찾을 수 없는 경우도 있어 그 수는 정확하지 않다. 이 때문에 오키나와현은 전몰자라고 판명되면 묘비에 각명을 더하는 형식을 취하고 있다. 그런데 한국·조선인 전몰자의 각명이 긍정적으로 평가되었던 것만은 아니었다. 가해자인 일본인과 한국·조선인의 이름을 동일한 위상에서 취급하는 것에 대해 위화감을 가지는 사람도 적지 않았던 것이다.

30여만 명에 이르는 우리 동포들이 제국주의 일본에 의해 강제적으로 연행되었고, 전후 50년이 지난 오늘날에 이르기까지 10여만 명의 사람들이 어디서, 어떻게 희생되었는가에 대해 강제 연행한 일본 당국은 아무런 설명이 없습니다. 여기 오키나와에서 불의의 전쟁으로 희생당한 동포들의 본명이 밝혀진 것은 십 수건에 지나지 않습니다. 그 사람들의 이름은 여기에 각명되어 있습니다. 여기서 잊지 말아야 할 것은 희생자의 유가족 가운데 자자손손 영대의 치욕을 남기고 싶지 않다는 이유로 각명을 거부한 사람들이 있다는 것입니다.

제2차 세계대전 중, 오키나와에서 희생한 한국인의 정확한 수가 전후 50년이 지난 지금에도 밝혀지지 않았다는 것은 강제 연행한 일본 정부의 무자각, 책임감의 결여를 전 세계에 드러낸 것이나 다름 없습니다. 오늘, 평화의 초석 제막除幕에 의하여 책임을 다했다고 생각해서는 결코 안 될 것입니다.[21]

이와 같은 의견은 가해자와 피해자라는 틀 속에 국적이나 국명을 단순하게 대입시켜 가해자라는 틀 안에 존재하는 많은 위상, 피해자라는 틀 안에 존재하는 많은 다양성을 무시한 단순한 의견처럼 들린다. 그러나 위의 의견이 환기시키는 것은 그리 간단한 것이 아니다. 예를 들면, 오키나와가 자신들의 전쟁체험을 아시아 여러 나라에 대치시킬 때, 거기에는 희생자로서의 오키나와·아시아라는 공동체가 형성될 수 있는 가능성이 열린다. 그러나 중요한 것은 오키나와는 여전히 일본의 한 부분이고, 그렇기 때문에 오키나와 역시 전쟁책임자로서 '일본' 이라는 틀에서 벗어나기 힘들며, 나아가 아시아 민중과 함께 전쟁 책임을 같은 위상에서 이야기한다는 것은 더욱 힘들다는 점일 것이다. "희생자의 유가족 가운데 자자손손 영대의 치욕을 남기고 싶지 않다는 이유로 각명을 거부한 사람들이 있다는 것입니다." 라는

------

21) 〈오키나와 타임즈沖縄タイムス〉, 1995. 6. 23

의견이 제기되는 것도 오키나와가 다름 아닌 '일본'의 일부분이라는 사실을 염두에 두고 있었기 때문이라 할 수 있다. 한국·조선인들은 자신들의 전쟁체험을 전쟁 가해자인 '일본 오키나와'와 일치시키고 싶지 않았던 것이다.

'평화의 초석'에 관한 이러한 담론은 '조선'을 비롯한 아시아와 전후 일본이, 오키나와라는 장에서 교차하고 있다는 점을 시사한다. 그리고 오키나와가 전후 일본의 점령상을 상대화할 수 있는 가능성을 지니고 있다는 점을 시사한다. 일본 본토가 기억하고 있는 피점령이 '좋은 점령'이든 '나쁜 점령'이든, 그것이 결국은 오키나와의 부재 속에 이루어진 허구에 지나지 않는다는 점에서, 일본 본토의 피점령을 회상할 때 오키나와의 위상은 중요하다. 그러나 본토와 구별되는 오키나와의 피점령에 있어서 오키나와는 단지 '피해자'로 일관되지는 않는다. 오키나와에 공존하고 있는 조선을 비롯한 아시아의 시점은 '피해자'로 일관하려 하는 오키나와의 욕구를 비판해 마지않기 때문이다. 오키나와가 역사적 체험을 '조선'이나 아시아와 공유하면서도, 피해자로서 그들과 연대하지 않고, 일본의 일부이면서 전후 일본을 상대화할 수 있는 시점을 제공하는 것, 이것은 오키나와가 전후 일본의 피점령 서사의 다양성을 확보할 뿐 아니라, 일률적인 점령상을 경계하고 있다는 것을 뜻한다.

2001년에 출판된 『패배를 끌어안고—제2차 세계대전 후의 일본인 상·하』에서 저자인 존 다워는 다음과 같이 말하고 있다.

영어 출판계에서 팔리고 있는 일본관련 도서는 남경대학살과 같이 제2차 세계대전에서의 잔학행위에 관한 것이거나, 게이샤芸者나 선禪과 같이 이국정취를 느끼게 하는 것이 보통이다. 『패배를 끌어안고』는 그러한 것과 성질이 완전히 다르다. 내가 노력한 것은 패전 후에 일본인들이 직면한 고난과 과제를 전달하는 것이었고, 패전에 대해 일본인들이 보여준 다양하고 에너지 넘치고 모순 가득한 훌륭한 반응을 그리는 데 있었다.[22]

위의 문장에서 알 수 있듯이, 저자는 과도하게 단순화되고 획일화되어 있는 전후 일본에 대한 이미지를 극복하는 데 주력하고자 하였다. 상권에 한하여 말하자면, 저자는 패전 후의 일본인들이 '개인' 또는 '사私' 적 영역에서 얼마나 적극적으로, 또 풍부하게 전후를 '끌어안았는가' 를 예증하는 데 많은 페이지를 할애하고 있다. 저자의 문장을 읽어 보면, 전후 일본의 점령기에 관한 기억이나 서사가 결코 하나의 이미지에 수렴될 수 없는, 오히려 개별성을 가지며 각각 다른 위상으로 존재하고 있음을 새삼 확인할 수 있다.

이와 같은 지적을 참고로 하여 이 책에서 살펴본 것은 다음과 같은 문제점에 대해서였다. 미 점령하의 전후 일본에 관한 기억이나 서사가 개인의 위상에서는 다양한 개별성을 가짐에도 불구하고, 무엇 때문에 '전후', 내지는 '점령기' 라는 균일한 공간을 상정하여 전쟁체험, 또는 점령체험을 국민 공통의 사건, 국민 공통의 기억으로 수렴시키려고 하는가? 그 원동력은 어디에 있으며, 그러한 움직임은 무엇을 의미하는가? 이 책에서는 균일한 점령 기억이 '중간자' 즉, 언어, 신

---

22) 존 다워, 『패배를 끌어안고—제2차 세계대전 후의 일본인 상·하 敗北を抱きしめて—第二次大戰後の日本人 上下』(岩波書店, 2000. 3) p.13

체(성), 민족, 오키나와라는 매개체에 의하여 구축되고 또 해체되는 가운데 생산되는 것임을 확인하였다. 서사 욕구에 의해 작위적으로 구성된 전후 일미관계에 대해 중간자들은 그것이 얼마나 허상에 지나지 않는가, 또 그것이 얼마나 재구축 가능한 것인가를 증명하였다. 즉, 실체적으로 기술되고 기억되는 전후의 일미관계를 상대화하기 위한 방법으로 중간자는 존재하고 있었던 것이다.

또한 이 책에서는 문학이라는 장르에 의해 형성된 역사 인식을 비롯하여, 미 점령하의 일본을 서사하는 담론과 문학과의 호응관계에 대해서도 살펴 보았다. 전후 일본이 미 점령을 경험하고 기록함에 있어서 무엇을 기억하고 무엇을 은폐하였는가, 또 문학 논쟁이 사회적, 역사적으로는 어떠한 영향을 미쳤으며 역사의 이미지가 형성되는 과정에 있어 문학은 어떠한 역할을 하였는가 하는 문제는 점령 담론의 메커니즘을 살펴보는 데 있어 무엇보다도 중요한 부분이었다. 이러한 문학의 정치적 기능과 함께, 이 책에서 강조하고 싶었던 것은 점령이라는 국민적 경험을 문학이 상대화하기도 했다는 사실이다. 고지마 노부오, 오에 겐자부로, 마타요시 에이키의 작품 가운데 등장하는 인물들은 언어와 신체, 민족을 매개로 점령 기억의 작위성을 폭로하였고, '좋은 점령' 상도 '나쁜 점령' 상도 부정하며 내셔널한 집합적인 기억에 균열을 일으키고 있었다. 다소 생소한 용어임에도 불구하고 오에 겐자부로의 '중간자' 개념을 차용한 것도 이 때문이었다. 즉, 중간자를 개재한 '삼자의 상관' 이라는 구도를 통하여 미 점령을 파악하고자 했던 오에의 의도는 지배자 미국과 피지배자 일본이라는 이항대립적인 점령 인식을 거부하고, 오히려 그것이 '중간자' 를 매개로 작위적으로 구성되고 해체되는 '허구' 에 지나지 않는다는 사실을 규명하는 데 있었던 것이다. 이 책의 목적이 일본의 피점령에 대한 기억과 서사를 탄생시키는 메커니즘을 밝히는 데 있다고 하였는데, 이러한 작업에 있어서 '중간자'는 가장 시사적인 존재라고 할 수 있다.

물론, 어떤 역사적 사건이 국민 공통의 기억이자 경험으로 대변되고 획일화되는 현상은 비단 전후 일본에 국한되는 것만은 아니다. 시대를 기억하고 서사하는 장場에 있어서 반드시라고 해도 좋을 정도로 기억이나 서사는 극도로 단순화되고, 또 그것을 공통의 체험으로 표상하려는 욕망과 힘이 작용한다. 그렇지만, 지금까지 살펴본 전후 일본의 담론 역학의 면면들이 오늘날 우리들이 수많은 '내셔널 히스토리'를 마주할 때 하나의 힌트를 제공할 수 있다면 좋겠다.

《일본 단행본 자료》

川村湊, 『滿州崩壞―「大東亞文學」と作家たち』, 文芸春秋, 1997. 8

姜尙中, 『ナショナリズム』, 岩波書店, 2001. 10

小林大治郎・村瀬明, 『國家賣春命令』, 雄山閣, 1992. 11

小島信夫, 『抱擁家族』, 講談社 文芸文庫, 1988. 2

『小島信夫全集3』講談社, 1971. 2

『小島信夫全集6』講談社, 1971. 7

五島勉 編, 『續・日本の貞操』, 蒼樹社 1953. 12

『金達壽評論集(上)わが文學』, 筑摩書房, 1976. 2

金時鐘, 『「在日」のはざまで』, 立風書房, 1986. 5

金一勉, 『朝鮮人がなぜ「日本名」を名のるのか』, 三一書房, 1978. 5

中村三春, 『フィクションの機構』, ひつじ書房, 1994. 5

中村隆英, 『昭和史II』, 東洋經濟新報社, 1993. 4

『南原繁著作集 第七卷』, 岩波書店, 1978. 2

西淸子, 『占領下の日本婦人政策―その歷史と証言』, ドメス出版, 1985. 8

西田稔, 『基地の女』, 河出書房, 1953. 6

西山卯三, 『これからのすまい』, 相模書房, 1947. 9

高田保, 『ブラリひょうたん』, 創元社, 1950. 8

竹前榮治・中村隆英 監修, 『GHQ日本占領史　第十七卷　出版の自由』, 日
　本圖書センター, 1999. 3

『竹内好全集 第四卷』, 筑摩書房, 1980. 11

『竹内好全集 第一四卷』, 筑摩書房, 1981. 12

『竹内好全集 第七卷』, 筑摩書房, 1981. 12

富岡多惠子, 『英會話 私情』, 集英社, 1983. 9

戶部民夫,『神秘の道具 日本編』, 新紀元社, 2001. 6

琉球大學二十周年記念誌編集委員會,『琉球大學二十周年記念誌』, 琉球大學,
　　1970. 6

『琉球史料第一0集文化編二』, 那覇出版社, 1988. 9

每日新聞社 編,『一億人の昭和史⑤占領から講和へ』, 每日新聞社 1975.11

Michael S. Molasky,『占領の記憶 記憶の占領』, 靑土社, 2006. 3

松田利彦,『戰前期の在日朝鮮人と參政權』, 明石書店, 1995. 4

松本三之介,『近代日本の知的狀況』, 中央公論社, 1974. 7

『松本淸張全集 三O』, 文芸春秋, 1972. 11

『松本淸張全集 三七』, 文芸春秋, 1973. 7

『松本淸張全集全集 一七』, 文芸春秋, 1974. 1

松本淸張,『北の詩人』, 中央公論社, 1974. 2

松本淸張,『北の詩人』, 角川書店, 1983. 6

又吉榮喜,『ギンネム屋敷』, 集英社, 1981. 1

又吉榮喜,『パラシュート兵のプレゼント』, 海風社, 1988. 1

向井啓雄,『特殊女性』, 文芸春秋新社, 1955. 12

『三島由紀夫全集 第10卷』, 新潮社, 1973. 4

溝口雄三,『方法としての中國』, 東京大學出版會, 1989. 6

朴慶植,『在日朝鮮人關係資料集成 戰後編(八)』, 不二出版, 2001. 2

齊藤勇,『文學としての聖書』, 硏究社, 1944. 2

袖井林二郎,『拜啓マッカーサー元帥樣—占領下の日本人の手紙』, 大月書店,
　　1985. 8

莊司德太郎・淸水文吉編著,『戰中戰後出版業界史』, 出版ニュース社, 1980. 10

週刊朝日 編,『値段の明治大正昭和風俗史』, 朝日新聞社, 1981. 1

週刊朝日 編,『戰後値段史年表』, 朝日新聞社, 1995. 8

Sergeant James A・Harris James B・須藤兼吉,『日米會話必携』, 旺文社, 1950. 6

進藤榮一,『分割された領土 もうひとつの戰後史』, 岩波現代文庫, 2002. 11

新城郁夫,『沖縄文學という企て 葛藤する言語・ 身體・記憶』, インパクト
　　出版會, 2003. 10

朝日新聞社 編,『'日米會話手帖'はなぜ賣れたか』, 朝日新聞社, 1995. 9

粟屋憲太郎 編,『資料日本現代史2』, 大月書店, 1980. 10

山本武利編,『占領期文化をひらく』, 早稲田大學出版部, 2006. 8

山本 明,『カストリ雜誌研究-シンボルにみる風俗史 』, 出版ニュース社,
　　1976. 7

山城善三 佐久田 繁,『明治・大正・昭和 沖縄事始め・世相史辭典』, 月刊沖
　　縄社, 1983. 12

大和資雄,『時事英語』, 山海堂, 1948. 1

『安岡章太郎集Ⅰ』, 岩波書店, 1986. 6

安岡章太郎,『ガラスの靴・惡い仲間』, 講談社文芸文庫, 1989. 8

翁長君代自傳刊行會,『素晴らしきかな人生』, 若夏社, 1985. 8

江藤淳,『成熟と喪失―"母"の崩壞』, 河出書房, 1967. 6

歷史學研究會・日本史研究會 編,『講座日本史8 日本帝國主義の復活』, 東京
　　大學出版會, 1971. 3

歷史學研究會 編,『日本同時代史 2 占領政策の轉換と講和』, 靑木書店, 1990. 9

小熊英二,『〈民主〉と〈愛國〉― 戰後日本のナショナリズムと公共性』, 新曜社,
　　2002. 10

大村喜吉 外,『英語教育史資料 第二卷』, 東京法令出版株式會社, 1980. 2

大江健三郎,『見るまえに跳べ』, 新潮社, 1958. 10

『大江健三郎全作品 二』, 新潮社, 1966. 8

大江健三郎・江藤淳 編,『われらの文學 第 11 小島信夫』, 講談社, 1967. 6

大橋健三郎 外 ,『小島信夫をめぐる文學の現在』, 福武書店, 1985. 7

沖縄縣教育委員會,『沖縄の戰後教育史』, 沖縄縣教育委員會, 1977. 3

渡邊一民,『〈他者〉としての朝鮮―文學的考察』, 岩波書店, 2003. 6

吉見俊哉,『新米と反米― 戰後日本の政治的無意識』, 岩波書店, 2007. 4

吉見周子,『賣娼の社會史』, 雄山閣出版, 1984. 12

上野千鶴子,『ナショナリズムとジェンダー』, 靑土社, 1998. 3

猪俣浩三 外,『基地日本』, 和光社, 1953. 5

井上ひさし,『ベストセラーの戰後史一』, 文芸春秋社, 1995. 9

理論社編集部 編,『國民文學芸術運動の理論』, 理論社, 1954. 9

『岩波講座 文學 九 フィクションか歴史か』, 岩波書店, 2002. 9

『岩波講座 近代日本の文化史 9』, 岩波書店, 2002. 12

日本文學研究資料叢書, 『安岡章太郎・吉岡淳之介』, 有精堂, 1983. 11

日本文學協會 編, 『國民文學の課題 一九五四年度日本文學協會大會報告』, 1955. 11

日本の英學100年編集部 編, 『日本の英學100年・昭和編』, 研究社, 1969. 4

John W. Dower, 『敗北を抱きしめて―第二次大戰後の日本人 上下』, 岩波書店, 2000. 3

John W. Dower, 『容赦なき戰爭―太平戰爭における人種差別』, 平凡社, 2001. 12

John. G. Russell, 『日本人の黑人觀』, 新評論, 1991. 3

辻淸明 編, 『資料・戰後二十年史』, 日本評論社, 1966. 8

惠泉女學院大學平和文化研究所 編, 『占領と性―政策・實體・表象』インパクト出版會, 2007. 5

浜口隆一, 『ヒューマニズムの建築』, 雄鷄社, 1947. 12

早川文夫, 『新 住宅 讀本』, 相模書房, 1950. 8

波多野勝, 『日米文化交流史 彼らが變えたものと殘したもの』, 學陽書房, 2005. 5

藤原審爾, 『みんなが見ているまえで― 占領下日本女性受難の記錄』, 鱒書房, 1955. 8

福島鑄郎, 『新版戰後雜誌發掘』, 洋泉社, 1985. 8

福岡縣警察本部 編, 『福岡縣警察史 昭和前編』, 福岡縣警察本部, 1980. 7

平川唯一監修・ 高柳春之助 著, 『アメリカンスラング』, 文化書院 , 1947. 10

《한국 단행본 자료》

개번 매코맥, 『종속국가 일본― 미국의 품에서 욕망하는 지역패권』, 이기호・황정아 옮김, 창비, 2008. 9

마츠모토 세이초, 『北의 詩人 林和』, 김병걸 옮김, 미래사, 1987. 9

요시미 슌야, 『왜 다시 친미냐 반미냐―전후 일본의 정치적 무의식』, 오석철 옮김, 산처럼, 2008. 3

이철주, 『북의 예술인』, 계몽사, 1967. 1

《신문·잡지》

「脱ぐな心の防空服 女子は隙なき服裝」(〈朝日新聞〉1945. 8. 17)

田中美代子,「『アメリカン·スクール』」(〈國文解釋と鑑賞〉1972. 2)

中野好夫,「譯語と日本語」(〈改造〉1940. 12)

高部義信,「編集余記」(〈英語研究〉1942. 1)

伊地知純正,「戰時下の英語敎育」(〈英語靑〉1942. 1)

「大東亞戰爭と英語の將來」(〈The Current of The World〉1942. 1)

岸田國士,「外國語敎育」(〈改造〉1942. 2)

「大東亞戰爭の進行と共に如何に我等の語學的知識を活用すべきか」(〈The
    Current of The World〉1942. 2)

水野廣德,「大東亞戰爭と英語」(〈英語研究〉1942. 2)

南石福二郎,「戰時體制下に於ける英語科の問題」(〈語學敎育〉1942. 3)

澤村寅二郎,「中等學校に於ける語學敎育」(〈語學敎育〉1942. 4)

「高等女學校の英語問題」(〈The Current of The World〉1942. 8)

坂口安吾,「大波小波—外國語是非」(〈都新聞〉1942. 4. 12)

菊池寬,「話の屑蘢」(〈文芸春秋〉1942. 5)

「高等學校に於ける外國語敎育の諸問題」(〈語學校育〉1942. 8)

「有題無題」(〈朝日新聞〉1942. 10. 1)

「新學制に望む」(〈朝日新聞〉1943. 3. 13)

「片片錄」(〈英語靑〉1943. 4)

高部義信,「編集余記」(〈英語研究〉1943. 4)

福原麟太郎,「外國文學について」(〈新潮〉1943. 4)

「片片錄」(〈英語靑〉1943. 5)

「片片錄」(〈英語靑〉1943. 6)

「盟邦ドイツの學徒總動員」(〈朝日新聞〉1943. 6. 27)

奈倉次郎,「米英擊滅と英語」(〈英語研究〉1943. 7)

「片片錄」(〈英語靑〉1943. 8)

「片片錄」(〈英語靑〉1943. 9)

「片片錄」(〈英語靑〉1943. 10)

山本修二,「決戰下の英語」(〈英語研究〉1943. 10)

「片片錄」(〈英語靑〉1943. 11)

中野好夫,「英語流行の落穗」(〈英語研究〉1943. 11)

「片片錄」(〈英語靑〉1943. 12)

山屋三郎,「編集余記」(〈英語研究〉1943. 12)

「米國の日本語熱」(〈英語研究〉1944. 1)

「片片錄」(〈英語靑〉1944. 1)

「片片錄」(〈英語靑〉1944. 2)

山屋三郎,「編集余記」(〈英語研究〉1944. 2)

「片片錄」(〈英語靑〉1944. 3)

「片片錄」(〈英語靑〉1944. 4)

「片片錄」(〈英語靑〉1944. 5)

「片片錄」(〈英語靑〉1944. 6)

「片片錄」(〈英語靑〉1944. 7)

「片片錄」(〈英語靑〉1944. 8)

「片片錄」(〈英語靑〉1944. 9)

「片片錄」(〈英語靑〉1944. 10)

「片片錄」(〈英語靑〉1944. 11)

「片片錄」(〈英語靑〉1944. 12)

求人廣告 (〈朝日新聞〉1945. 9. 2, 1945. 9. 5, 1945. 9. 9, 1945. 9. 10)

「雜記 英語敎育短評」(〈英語の研究と敎授〉1946. 10)

「新刊紹介」(〈英語の敎究と敎授〉1946. 12)

黑田巖,「米語のer音に就て」(〈英語の研究と敎授〉1947. 3)

黑田巖,「アメリカの發音」(〈英語の研究と敎授〉1947. 4)

石井讓,「世界を股にかける英語」(〈時事英語研究〉1948. 10)

高部義信,「編集者の言葉」(〈時事英語研究〉1948. 10)

「新刊紹介」(〈時事英語研究〉1949. 9)

「アメリカ語の一方向」(〈英語研究〉1950. 1)

「片片錄」(〈英語青〉1950. 2)

「片片錄」(〈英語青〉1950. 5)

「片片錄」(〈英語青〉1950. 6)

「片片錄」(〈英語青〉1950. 8)

坂西志保,「洋行の流行」(〈暮しの手帳〉1951. 1)

「戰前の古い家を作りなおす」(〈暮しの手帳〉1962. 秋号)

「自分で家を建てるひとのために」(〈暮しの手帳〉1963. 秋号)

小林敦子,「アメリカンホームライフ見習い記(六)」(〈新住宅〉1963. 9)

平野謙,「今月の小說(上)」(〈每日新聞〉1965. 6. 23)

江藤淳,「文芸時評(上)」(〈朝日新聞〉1965. 6. 24)

山本健吉・福永武彦・本多秋五,「創作合評」(〈群像〉1965. 8)

田中美代子,「『アメリカンスクール』」(〈國文學 解釋と鑑賞〉1972. 2)

利澤行夫,「小島信夫における風刺と抽象」(〈國文學 解釋と鑑賞〉1972. 2)

羽原讓,「ヴァニッシングポイント文學1976—「抱擁家族」から「限りなく透明
　　に近いブルー」へ—」(〈群像〉1982. 5)

絓秀美,「家＝系の破壞—小島信夫論」(〈群像〉1983. 8)

千石英世,「最後の性—『抱擁家族』における神の問題」(大橋健三郎他『小島
　　信夫をめぐる文學の現在』福武書店 1985. 7. 20)

大橋健三郎,「『抱擁家族』について—笑劇による悲劇」(講談社文芸文庫『抱
　　擁家族』解說 1988. 2. 10)

早川雅之,「小島信夫『抱擁家族』論」(〈近代文學論集〉1988. 11)

富岡幸一郎,「空っぽの「近代」—『英靈の聲』と『抱擁家族』—」(〈新潮〉1990.
　　12)

「座談會—大衆社會の氣分映すベストセラーの變遷」(〈朝日新聞〉1994. 10.
　　31)

松本和也,「〈ガン〉・〈飜譯〉・『抱擁家族』—小島信夫をめぐる試論—」(〈立
　　教大學日本文學〉1999. 7)

廣瀨正浩,「通譯者がいることの意味—言語關係をめぐる『抱擁家族』の問題
　　性」(〈名古屋大學國語國文學〉2000. 12)

「"男性"を語る座談會」(〈婦人春秋〉1946. 4)

池田みち子,「貞操の移動」(〈三田文學〉1948. 7)

「實態調査座談會 パンパンの世界」(〈改造〉1949. 12)

黑豹介,「パン語考」(〈中央公論〉1950. 8)

大宅壯一,「東雲のストライキ 芸娼妓人權蹂躪百年史」(〈日本評論〉1951. 3)

「『混血兒の母』と『やっさもっさ』」(〈サンデ―毎日〉1953. 3)

「風俗から見た日本の百年」(〈改造〉1953. 3)

「賣春婦のパスポート」(〈改造〉1953. 3)

高見順,「パンパン略史」(〈新潮〉1953. 10)

石井仁作,「日本パンパン略史」(〈りべらる〉1954. 1)

「反米總まくり その正體を究明する」(〈サンデ―毎日〉1954. 2)

清岡卓行,「芸術的均衡の美しさ―「ガラスの靴」について」(〈國文學〉1977. 8

「戰後平和論の源流」(〈世界 臨時增刊号〉1985. 7)

鈴木正美,「カストリ雜誌は生きている」(〈新潮45〉1988. 1)

佐藤洋一,「'ガラスの靴' 論 上 安岡章太郎の方法と文體」(〈愛知敎育大學研
　究報告〉1992. 2)

佐藤洋一,「'ガラスの靴' 論 下 安岡章太郎の方法と文體」(〈愛知敎育大學研
　究報告〉1993. 2)

マイケル・モラスキー―,「戰後日本の表象としての賣春 1 ―「特殊慰安施設
　協會」と娼婦をめぐる言說」(〈みすず〉1999. 11)

マイケル・モラスキー―,「戰後日本の表象としての賣春 2 ―『日本の貞操』を
　讀む」(〈みすず〉1999. 12)

マイケル・モラスキー―,「戰後日本の表象としての賣春 3 ―『女の防波堤』を
　讀む」(〈みすず〉2000. 2)

「被占領者の屈辱―安岡章太郎『ハウス・ガード』・『ガラスの靴』をめぐっ
　て」(國際日本文化研究センタ―紀要「日本研究」第20集 2000. 2. 29)

「選擧法改正要点 当局に訊す」(〈朝日新聞〉1945. 10. 14)

「朝鮮人は邦人扱い 外國人事業活動政令」(〈朝日新聞〉1950. 1. 8)

「未登錄朝鮮人 逮捕, 調査できる」(〈日本經濟新聞〉1950. 2. 3)

「台東會館 接收の波瀾 警察隊と衝突」(〈毎日新聞〉1950. 3. 11)

「接收の會館に强制退去 朝鮮人, 警官と亂鬪」(〈讀賣新聞〉1950. 3. 21)

「社說 治安に對する常習的挑戰」(〈時事新報〉1950. 3. 23)

「朝鮮人地下組織明るみへ」(〈日本經濟新聞〉1950. 11. 27)

「神戸に戰後最大の騷擾事件 明かに日共の指導」(〈讀賣新聞〉1950. 11. 28)

「さらに一二名逮捕 神戸朝鮮人騷動の首腦」(〈朝日新聞〉1950. 11. 29)

「結束固めた中堅分子 日共の行動隊に 赤い朝鮮人の實體」(〈毎日新聞〉
　1950. 11. 29)

「共産黨, 暴力革命を企圖？ 朝鮮動亂と聯連」(〈朝日新聞〉1950. 12. 1)

「社說 關西地方の騷亂事件」(〈朝日新聞〉1950. 12. 3)

「京阪神の騷動は背後に國際的關係」(〈毎日新聞〉1950. 12. 3)

「社說 關西の朝鮮人騷亂の諸問題」(〈讀賣新聞〉1950. 12. 4)

「神戸騷擾事件の全貌」(〈毎日新聞〉1950. 12. 4)

「社說 關西地方の騷動事件」(〈日本經濟新聞〉1950. 12. 5)

「非・合法スレスレ 日共から指令飛ぶ」(〈時事新報〉1950. 12. 5)

「社說 東日本にも朝鮮人騷動」(〈時事新報〉1950. 12. 6)

「不參加者からはしぼり參加者に日当支給 神戸事件を語る」(〈時事新報〉
　1950. 12. 6)

「日共, 裏面で指導？ 有力な資料入手」(〈朝日新聞〉1950. 12. 14)

「社說 騷擾事件とその背景」(〈毎日新聞〉1950. 12. 19)

「共産黨からアジ指令？ 神戸事件の背後關係に新事實」(〈讀賣新聞〉1950.
　12. 22)

「(騷擾事件)背後には北鮮系」(〈朝日新聞〉1951. 2. 8)

「朝鮮人の米兵暴行事件(〈毎日新聞〉1951. 3. 22)

「米兵 朝鮮人暴徒に襲わる 北鮮系の反米意圖か」(〈毎日新聞〉1951. 3. 22)

「朝鮮人送還の立法急ぐ 米兵殺傷事件」(〈讀賣新聞〉1951. 3. 23)

「社說 集團朝鮮人の危險性」(〈時事新報〉1951. 3. 24)

「左右朝鮮人が同調「强制送還反對」で大擧陳情」(〈日本經濟新聞〉1951.
　11. 6)

「厚木で北鮮系朝鮮人騷ぐ」(〈毎日新聞〉1951. 11. 26)

「大阪で舊朝連系騷ぐ 特需工場數カ所で暴行」(〈毎日新聞〉1951. 12. 17)

「日本に潛る赤い朝鮮人 三万人のテロ團 日共と金日成が指令」(〈讀賣新聞〉

1952. 3. 30)

「社說 左系朝鮮人に警告する」(〈讀賣新聞〉1952. 7. 15)

張赫宙,「朝鮮人同胞に告ぐ」(〈讀賣新聞〉1952. 6. 27)

「日本に潛入した北鮮部隊 日共の指導下に組織化」(〈讀賣新聞〉1952. 7. 17)

「赤い朝鮮人に食われる血税」(〈讀賣新聞〉1952. 8. 7)

「北鮮系が登錄拒否 淺草でデモ」(〈讀賣新聞〉1952. 9. 26)

「在日朝鮮人の生活と意見」(〈中央公論〉1952. 9)

「(外國人)登錄を拒む北鮮系 實力鬪爭を警戒」(〈讀賣新聞〉1952. 10. 8)

「(外國人)登錄拒否に政府は强腰 高まる北鮮形の大衆動員に對策」(〈讀賣新聞〉1952. 10. 20)

「露骨した登錄拒否 民團系も反對運動へ」(〈産業經濟新聞〉1952. 10. 21)

「李大統領と會見 首相, きょう夕刻に」(〈朝日新聞〉1953. 1. 6)

「社說 日韓國交の開始を望む」(〈朝日新聞〉1953. 1. 8)

「日本水産代表と會見 李大統領, 贊成を表明」(〈朝日新聞〉1953. 1. 10)

「韓國の對日感情好轉」(〈朝日新聞〉1953. 1. 10)

「朴副首相除名の內幕 北鮮のベリヤ事件」(〈每日新聞〉1953. 8. 12)

「日韓關係 李大統領の所信」(〈朝日新聞〉1953. 1. 20)

林英樹,「'北の詩人'の眞實」(〈自由〉1967. 12)

寺田透,「『玄海灘』」(〈近代文學〉1954. 6)

特集《朝鮮文學》(〈文學〉1970. 11)

特集「歷史のなかの'在日'」(〈環〉2002. 11)

「沖繩タイムス」1948. 7. 21

「琉球弘報」1949. 10. 20

石川ゆき,「米の偏食をなくするために」(〈琉球農家便り〉1955. 11)

翁長君代,「生活改善は先ず食品衛生の改善」(〈琉球農家便り〉1956. 3)

喜納澄子,「夏期における子供の健康法」(〈琉球農家便り〉1956. 7)

岸本幸安,「收納整理のための家具—農家と木工」(〈琉球農家便り〉1956. 8)

新垣都代子,「台所の改善について」(〈琉球農家便り〉1956. 12)

新垣博子,「行樂シーズン—お弁当の作り方—」(〈琉球農家便り〉1957. 3)

渡口文子,「家庭で出來る簡易クリーニング」(〈琉球農家便り〉1957. 5)

外間ゆき,「家庭における食品衛生の問題」(〈琉球農家便り〉1957. 6)

石垣信子,「アメリカに於ける農民の服装」(〈琉球農家便り〉1957. 12)

尚弘子,「主婦のみなさまに知っていただきたい夏の洗濯法」(〈琉球農家便り〉1958. 7)

外間ゆき,「献立の工夫」(〈琉球農家便り〉1958. 12)

尚弘子,「高血壓症と食餌療法」(〈琉球農家便り〉1959. 2)

新垣都代子,「生活の工夫—空箱利用—」(〈琉球農家便り〉1959. 5)

岸本幸安,「農家を快適にする塗裝の話」(〈琉球農家便り〉1959. 8)

尚弘子,「胃腸病と食餌療法」(〈琉球農家便り〉1959. 12)

家政學科食物研究室,「よりよいパン給食のために！」(〈琉球農家便り〉1960. 4)

尚弘子,「人體を寄生蟲から守りましょう」(〈琉球農家便り〉1960. 10)

外間ゆき,「琉球の農作物主要病害蟲」(〈琉球農家便り〉1961. 6)

花城知子,「野菜を上手にとるために」(〈琉球農家便り〉1961. 7)

友利知子,「献立のたて方」(〈琉球農家便り〉1963. 11)

新垣都代子,「くらしのヒント」(〈琉球農家便り〉1964. 4)

比嘉美佐子,「居間(洋式)の家具の配置について」(〈琉球農家便り〉1964. 5)

比嘉美佐子,「寝台」(「琉球農家便り」1965. 6)

渡口文子,「たのしくすごすファッション(洋服)」(〈琉球農家便り〉1965. 9)

小林文人・小林平造,「アメリカ占領下・沖縄の社會教育—とくに琉米文化會館を中心に—」(「東京學芸大學紀要 第一部門 教育科學第三七集」1986. 3)

「沖縄タイムス」1995. 6. 23

花田俊典,「自畫像と他畫像の問題(二)」(〈プロブレマティーク〉2001. 7)

座談會昭和文學史,「原爆文學と沖縄文學 沈默を語る言葉」(〈すばる〉2002. 4)

[ㄱ]

[ㄴ]

[ㄷ]

[ㄹ, ㅁ]

오구마 에이지小熊英二 211

오리엔탈리즘 99, 105

오무라 마스오大村益夫 194

오에 겐자부로大江健三郎 21, 114, 150, 165, 275

온리 123, 126, 130, 133-35, 139, 141, 142, 145, 151, 155-58, 163-65

와타나베 가즈타미渡辺一民 178

외국인등록령 173

외국인등록법 171

육체의 문 136, 137

이승만 라인 183

이승만李承晩 183-85

이시모다 다다시石母田正 211, 229, 233, 269

이시이 닌사쿠石井仁作 138

이철주李喆周 195-97

일미관계 4, 5, 14, 20, 30, 34, 60-62, 66, 67, 69-72, 93-95, 99, 104, 122, 124, 128, 135, 145-51, 156-58, 163-65, 173-75, 202, 212, 223, 226, 233, 241, 253, 275

일미안전보장조약 117

일미회화수첩 27, 28, 30-39, 55

일본공산당 14, 181, 183, 187, 188, 190, 207, 209

임화林和 192-98, 200, 201, 204-06

[ㅈ]

장혁주張赫宙 190

재군비 14, 117-19, 178

재일조선인 23, 169-92, 200, 207, 209-12, 220, 222, 226-33

적성어 28, 29, 43, 46, 52, 54, 61, 64

전향문화 214, 217-19

정조 126-36, 139, 145-50, 156, 158, 163, 165

제3국인 173-78

젠더 99-101, 104, 105, 107, 115, 122-24, 128-30, 135, 145-51, 155-57, 163-65, 253

조선인학교폐쇄령 186

조선특수 116, 123, 124

존 다워John W. Dower 14, 104, 273

존 러셀John G. Russell 113

중간자 5, 6, 21-23, 157, 158, 163, 164, 169, 175, 212, 232, 240, 270, 274-76

진주군 29, 66, 121, 130-33, 148

[ㅋ, ㅌ]

카스토리 잡지 138, 139, 141

컴컴 영어회화 27, 28

RAA(특별위안시설협회) 102, 106, 124, 145, 163

통·번역성 78, 92

만들어진 점령 서사

미국에 의한 일본 점령을 어떻게 기억할 것인가

초판 1쇄 펴낸날 2009년 8월 24일

지은이 조정민
펴낸이 강수걸
펴낸곳 산지니
등록 2005년 2월 7일 제14-49호
주소 부산광역시 연제구 거제1동 1493-2 효정빌딩 601호
전화 051-504-7070 | 팩스 051-507-7543
sanzini@sanzinibook.com
www.sanzinibook.com

ISBN 978-89-92235-70-9 93830

값 16,000원

* 이 도서의 국립중앙도서관 출판시도서목록(CIP)은
  e-CIP 홈페이지(http://www.nl.go.kr/cip.php)에서
  이용하실 수 있습니다.(CIP 제어번호 : CIP 2009002394)